AF345671

# LA QUIMERA DEL AÑO DEL GATO

Daniel Cambronero

# LA QUIMERA DEL AÑO DEL GATO

Una alegoría de vida
entrelazada cuánticamente

EDITORIAL
LETRA MINÚSCULA

Primera edición: abril de 2024
ISBN: 978-84-10284-67-8
*Copyright* © 2024 Daniel Cambronero
Uppsala, Suecia. Registros de Derechos de Autor y Conexos: Expediente #9901. San José, Costa Rica

Editado por Editorial Letra Minúscula
www.letraminuscula.com
contacto@letraminuscula.com

Dedicado a mi esposa, a mis hijos y a todos aquellos
seres queridos que en algún momento se atravesaron
en mi vida y, por ello, han dejado una huella profunda
en mi corazón. Muchos de ellos ya no existen.

# Índice

# AGRADECIMIENTOS

Quiero agradecer profundamente a Vilma Camacho de Gallardo, cuya dedicación y compromiso en la corrección y revisión han enriquecido estas páginas con precisión y claridad. Asimismo a Karin Cambronero por su gran aporte inicial. La valiosa colaboración de ambas ha hecho posible que esta obra brille con su mejor luz.

# PRÓLOGO

Cada ser humano tiene una historia; cada historia es un recuerdo, y los recuerdos se convierten en información cuántica en el espacio-tiempo cuando dejamos de existir. La información de los recuerdos está grabada en el cerebro en forma de episodios autobiográficos, remembranzas y hechos que se han depositado en nuestra mente desde el momento de la fecundación. Pero los recuerdos son pensamientos que necesitan del lenguaje y la narrativa para retornar a ellos. Por eso no recordamos mucho de nuestra temprana infancia.

Posiblemente, el período de mayor carga emocional en nosotros los humanos sea entre los ocho y los veinte años de edad, porque es allí donde empezamos a ser conscientes de nuestros pensamientos e ideas y de nosotros mismos. Es en ese lapso de tiempo que se siembra la semilla de la cual se obtiene el fruto de la persona que seremos mañana. Es allí donde se funde y se sedimenta nuestra personalidad, identidad y forma de ser, y donde se plasma la imagen que nos distingue como seres únicos durante toda una vida. Por esa razón, esos doce años de vida son cruciales en la existencia de un individuo. Naturalmente somos seres de adaptación y podemos amoldarnos a diferentes ambientes, situaciones y personas. Esto nos da una ventaja, ya que podemos moldear nuestro entorno de acuerdo con las circunstancias prevalecientes, siempre y cuando podamos ser resilientes en ellas. Podemos recordar el pasado, pero no podemos recordar el futuro, porque aún no lo hemos vivido. Los neurocientíficos dicen que producimos entre sesenta mil y setenta mil pensamientos por día. Esas ideas, esos pensamientos, esos sueños y toda nuestra mente se manejan en un mundo cuántico, en un mundo que no podemos ver a simple vista, porque es subatómico, es demasiado pequeño para el ojo humano y, además, se comporta muy raramente, si lo comparamos con el mundo físico que vemos. Existe también la posibilidad de que nuestra consciencia se maneje en ese micro universo. Es posible que viajemos en forma cuántica cada vez que pensamos en algo o en alguien, cuando dormimos, cuando soñamos, e incluso cuando ya no existamos.

Los pensamientos y las ideas se disparan perpetuamente en nuestro cerebro sin que nos demos cuenta. Nuestro cerebro constantemente nos hace creer que no podemos salir de este mundo físico, de esta cámara holográfica que llamamos realidad. La neurociencia ya ha comprobado a través de tomografías, que revelan que en nuestro cerebro se producen aperturas temporales de ideas y de pensamientos, y que estos se crean en milésimas de segundo y se dan continuamente. Estos destellos de pensamientos viajan a velocidades superlumínicas: corren del pasado al futuro y regresan al presente en un mínimo de tiempo. La mayoría de las veces ni siquiera nos damos cuenta de qué estamos pensando, porque lo hacemos cuántica y automáticamente. Los sueños, los pensamientos y los recuerdos son como un mundo paralelo al mundo real. En nuestra vida no paramos de pensar, ni de soñar, ni de recordar, y quién sabe si lo seguimos haciendo después de nuestra muerte.

Esta es la historia del ensueño de un hombre llamado Ricardo Cantero, el cual sufre un suceso imprevisto que lo lleva a un mundo de recuerdos y reminiscencias conectadas a su vida de niñez y de adolescencia. En un lapso de doce años, Ricardo Cantero experimenta una serie de calamidades y adversidades ligadas a la muerte de seres queridos. Tan solo siendo un niño, su madre se enferma y muere. Él y sus dos hermanos quedan al amparo de la abuela que, con mucha dificultad, apenas puede velar por ella misma.

Estos tres muchachos son hijos extramatrimoniales, y quizás por esa razón, el padre, un hombre de hacienda, se desentiende de ellos y en principio los abandona al azar. Los cinco años posteriores a la muerte de María Cantero se convierten en una lucha de supervivencia. Al final de este período, muere también el desentendido padre, y es entonces cuando el púber Ricardo Cantero toma una decisión crucial para cambiar el destino de su vida.

Con la suficiente resiliencia que posee y con la benévola ayuda de su tía materna y el marido de esta, Ricardo Cantero logra cambiar el rumbo de su vida. Entra a la adolescencia lleno de entusiasmo, hambriento de conocimientos, y con una perspectiva de vida muy pragmática y positiva. En esa época de positivos cambios conoce a Verónica Galdón, una joven sumamente inteligente y con todas las posibilidades de triunfar en el futuro. Con ella establece un romance juvenil y experimenta su primer gran amor, pero también la desilusión y el desencanto que generan los sentimientos profundos y efímeros. Después del florecimiento de esa relación amorosa, Ricardo Cantero decide con mucho dolor alejarse de ella, y lo hace casi como presagiando la tragedia que vendría poco tiempo después.

Durante esos doce años de vida, entre los ocho y los veinte, pareciera que la muerte lo sigue y trata de eliminar a aquellos a quienes él ama. Esa docena de años han dejado una fuerte huella en él y han marcado para siempre la existencia de este hombre. Muchos años después, un percance cardíaco lo induce a experimentar un ensueño y esa quimera le revela toda su vida como en una película. En esa ficción se entrelaza la realidad de lo vivido en este mundo, con la alegoría de una posible existencia en otra tierra utópica y perfecta. Después de todo, es posible que nuestras vidas aquí sean segundos de una historia infinita y universal.

El cementerio expiraba tranquilidad.
El silencio de los acompañantes
apenas se dejaba escuchar.
Atravesó un portón con dos columnas
y, sobre ellas, dos ángeles de alabastro
desde arriba lo veían llorar.

Acompañaba el féretro de su madre,
que entonces iba a sepultar.
A partir de aquel momento,
nunca más la volvería a besar.
Aquella mañana de abril de 1970,
jamás la pudo olvidar.

Esa fue la primera vez,
la segunda no se dejó esperar.
Cinco años más tarde regresó,
ahora con el cuerpo de su padre.
Los mismos ángeles lo vieron cruzar,
pero esta vez sin sollozar.

Pasaron seis años más sin clamor,
pero la solapada muerte regresó.
No vino por él, sino por su primer amor.
La joven fue fusilada sin juez ni ley,
y su muerte llegó en forma anticipada.
Y entonces, allí en su quimera, ella era evocada.

Esta novela es una obra de autoficción. Todos los personajes son reales, pero los nombres han sido cambiados para proteger la identidad de las personas implicadas. La mayoría de las situaciones narradas también son auténticas, excepto las del último capítulo, y se deben —obviamente— a la imaginación del autor.

«La quimera del año del gato» es una expresión utilizada para referirse a un deseo o anhelo que parece posible de cumplir, pero que finalmente resulta irrealizable o difícil de alcanzar. Se origina posiblemente en la mitología oriental, donde se decía que el año del gato era un año de mala suerte y que cualquier deseo formulado durante ese año no se cumpliría. Pero nosotros los humanos todo lo podemos cambiar. Por eso se dice que en China se cambió el año del gato por el año del conejo. Hoy, el año del gato se utiliza solamente en el calendario vietnamita.

# PRIMERA PARTE

# PARA ENTRAR AL CIELO SÍ ES PRECISO MORIR

CAPÍTULO I:

# EL AÑO DEL GATO 2011

*¿Qué es la vida? Un frenesí. ¿Qué es la vida? Una*
*ilusión, una sombra, una ficción; y el mayor bien*
*es pequeño; que toda la vida es sueño, y los sueños,*
*sueños son.*

CALDERÓN DE LA BARCA (1600-1681)

## ENTRELAZAMIENTO DE HECHOS Y FECHAS

Su cuerpo estaba de lado, en posición de feto. El peso de su masa había formado una cuna profunda en la nieve. La horma formaba una cavidad casi perfecta, como una fosa de sepulcro natural y a su medida. Todavía tenía puestos en sus oídos los audífonos. En su Ipod corría una canción que solía escuchar en sus años de juventud: «El año del gato», de Al Stewart. Ricardo Cantero era un apasionado de la música en general. Cuando tenía tiempo, escuchaba música de diferentes géneros. La música siempre lo había liberado de tensiones y lo hacía viajar con su mente por el tiempo y el espacio. En muchas ocasiones la música había sido su única aliada, especialmente en aquellos momentos difíciles de su vida. Pero ahora, como un observador externo y salido de su propio cuerpo, Ricardo Cantero se

21

observaba a sí mismo y a todo lo existente en su entorno. Veía su cuerpo sin movimiento alguno, tumbado en el suelo del patio de su casa, el cual estaba cubierto de nieve. La nieve cubría con un metro de altura toda la vegetación alrededor. Solo los árboles frutales desnudos y sin hojas se dejaban ver por debajo de aquel manto pálido que cubría todo.

Aquel paisaje parecía la sala de una casa deshabitada, en la cual los muebles estaban cubiertos con sábanas blancas, como mostrando abandono o ausencia por parte de sus dueños. La escarcha blanca y resplandeciente que había allí, producía pequeños destellos de luz que se formaban con el reflejo del sol. Estos, a su vez, creaban enormes prismas, como salientes arcoíris de todas las cosas que estaban ahí, pero contradictoriamente a esto, allí se generaba una sensación de que en ese lugar no había colores en realidad, más bien todo era luz brillante. Flotando en aquel etéreo, Ricardo Cantero pudo distinguir claramente un amplio espectro de audición más allá del oído humano, desde los infrasonidos por debajo de los 20 hercios hasta los ultrasonidos por encima de los 20 kilohercios. Aquel mundo era sencillamente ingrávido, atemporal y muy extraño.

En su estado onírico, él también recordaba que apenas hacía algunos instantes había estado desayunando con su esposa, y esa mañana ella había rechazado el café porque no se sentía bien. Su esposa tenía una desazón y no entendía el porqué. Él también había estado pensando en otras trivialidades, como la de quitar la nieve alrededor de su casa, antes de que empezara a subir la temperatura, ya que el equinoccio de primavera se estaba acercando y, por lo tanto, la nieve empezaba a derretirse y a encharcar todo el terreno del patio trasero. Pero ahora levitaba en el espacio vacío, ¿cómo era esto posible? Su cerebro espiritual trabajaba a toda velocidad tratando de recordar cómo fue a parar allí, pero por alguna razón desconocida su mente espiritual no le permitía recordar nada de lo sucedido. Su levedad le permitía subir y bajar como un colibrí cuando chupa el néctar de las flores. Entonces, veía todo a su alrededor girando en forma ralentizada, como en una película en cámara lenta. Al mismo tiempo, observaba algunos pinzones que trataban de buscar alimento bajo la nieve, pero también veía otras aves que buscaban restos de manzanas o cerezas ya secas que habían quedado colgando en las ramas de los árboles frutales desde el otoño anterior.

Aquellos pájaros que veía, posiblemente habían vuelto de un largo viaje a aquellas tierras nórdicas, o quizás habían permanecido allí tratando de sobrevivir el largo y crudo invierno. Eso, él no lo sabía. Lo único que entendía era que esas aves empezaban a calentarse y ahora buscaban alimento febrilmente. Allí, en ese lugar, él era la nieve, la escarcha, los prismas que se producían por el sol y la nieve, el suelo, el frío, el viento, el ruido, los rayos solares, los árboles, los pájaros, las frutas secas; en fin, él era todo y nada a la vez. Ahora se sentía profundamente libre por primera vez, viendo su cuerpo pálido y gélido tendido en el suelo. Lo insólito era que su cerebro físico, que ahora se encontraba tumbado en la nieve, recibía la misma información que su cerebro espiritual, o sea, con el que pensaba en esa otra dimensión donde ahora se encontraba. Era como si ambos cerebros estuvieran entrelazados cuánticamente.

Ricardo Cantero experimentó una rara sensación y un misterioso deseo de disfrutar ese momento mágico. Era un instante inexplicable que le proporcionaba paz y armonía pero, al mismo tiempo, sentía que el tiempo y el espacio no eran reales allí, y que físicamente era imposible encontrarse allí arriba flotando y, a la misma vez, ver su cuerpo inerte tumbado en el suelo. Intelectualmente, eso lo desconcertaba. Él estaba vivo y muerto a la vez, como el gato cuántico e imaginario de Erwin Schrödinger.

En su ensueño recordó las noticias que habían estado transmitiendo por el noticiario hacía unos minutos. Estas hablaban sobre la rápida evolución de la Primavera Árabe y del probable inicio de un conflicto mundial, además, del gran terremoto de magnitud 9.1 en la escala de Richter sucedido en Japón. Todo esto estaba sucediendo, curiosamente, con el inicio de un nuevo año del gato, de acuerdo con el calendario vietnamita/chino que había empezado a finales de enero de ese año. Era el año 2011, y este correspondía al género felino, según el calendario oriental. Este antiguo anuario cíclico se repite una vez cada doce años y, a su vez, cinco veces en ciclos de sesenta años cada uno.

Ricardo Cantero aún no había cumplido los sesenta años. A duras penas había logrado llegar a los cincuenta, pero ahora su cuerpo se encontraba sin vida y su esencia estaba divagando en una dimensión desconocida. En ese estado etéreo pensaba que este mundo estaba lleno de desgracias y calamidades y que, en principio, no existía un punto en la tierra exento de tristeza, de injusticia y de dolor. En su estado quimérico, él pensaba en todo lo que había tenido que luchar durante su existencia, pero también en todo lo bello que había logrado alcanzar durante todos esos años. Había alcanzado muchas de las metas que se había propuesto desde joven. Sin embargo, había perdido muchas batallas y eran incontables sus derrotas. Pero entonces no se arrepentía de nada. Pensaba en que la humanidad nunca iba a cambiar y que en el consciente colectivo humano siempre iban a estar presentes las calamidades, las injusticias sociales, las guerras, el hambre de poder de todos los políticos del mundo, la corrupción y el grado de deshumanización que muchas veces nos convertían en algo peores que animales, porque eso estaba de algún modo escrito en el ADN de nuestro ser. Por lo tanto, lo mejor era seguir tratando de aportar un grano de arena para lograr un mundo mejor. La vida era como un juego, pensaba él en su ensueño, se ganaba o se perdía. Un juego constante de suma-resta, donde alguien siempre ganaba y quizás todos perdían, o donde quizás todos ganaban y alguien siempre perdía, pero al final de cuentas todo se prorrateaba y nadie se llevaba nada a la otra vida. Una vida que él no sabía con certeza si realmente existía en ese extraño instante.

En vida, Ricardo Cantero disfrutó de la soledad y del silencio. Le encantaban la naturaleza y los bosques más que las ciudades bulliciosas. Las buenas y las malas experiencias lo habían hecho crecer espiritualmente. Se consideraba a sí mismo una persona muy normal, ni mejor ni peor que otras. En la naturaleza encontraba siempre paz y bienestar. Él era ameno y sociable cuando debía serlo y huraño cuando lo sentía. Su carácter era a veces un poco tosco pero educado y, a veces, confundía a las personas que estaban en su entorno. A menudo, algunos lo consideraban una persona sobria y displicente, tal vez porque él solía reprochar las injusticias directamente y en el momento en que se daban. Reía cuando tenía que reír, y lloraba cuando lo necesitaba. Me atrevería a decir que él era una persona idealista y realista a la vez. A este hombre tampoco le gustaba hacer promesas, ni crear expectativas en nadie. Las personas a su alrededor nunca esperaron nada de él, por lo menos, eso era lo que él creía.

Ricardo Cantero flotaba entonces allí encima de su propio cuerpo, pero no entendía absolutamente nada de lo que sucedía, estaba como en un sueño lúcido donde él, en cierto modo, dirigía los acontecimientos de su estado onírico. Ricardo Cantero sintió que había viajado a través del universo como un fotón de luz. Se había desplazado sin masa, sin electromagnetismo ni vibración y a una velocidad superlumínica por un espacio ilimitado y sin tiempo. Sabemos que la materia está compuesta de átomos y esos átomos a su vez son como microuniversos. Ellos necesitan la luz de los electrones o, más bien, necesitan fotones para que la materia pueda ser vista por los seres vivos. También sabemos que la luz cambia la forma como vemos los objetos. En ausencia absoluta de luz, la materia no existe, es como si esta estuviera en un agujero negro. Las estrellas como el sol transmiten su luz y energía para que nosotros podamos apreciar todo lo que existe a nuestro alrededor. De otra manera, no podríamos ver nada en este planeta, ni en el universo.

Eso significaba que la esencia de Ricardo Cantero, convertida ahora en un fotón de luz en ese momento, estaba perdiendo energía y, por lo tanto, estaba convirtiéndose en un taquión. Los taquiones son partículas hipotéticas y subatómicas capaces de moverse a velocidades más rápidas que la luz. Cuanto más rápido van, más energía pierden y, al final, se vuelven partículas con energía neutral, sin valor positivo ni negativo. Esta energía neutral se transforma de nuevo en información cósmica, y esa información cósmica o taquiónica es la que crea y mantiene el orden del caos en el cosmos. Con el tiempo, esa entropía suele ordenarse en el universo.

En esa dimensión donde Ricardo Cantero se hallaba entonces, existía la memoria de toda la existencia del universo. Allí se encontraba también la esencia pura de todos los seres que habían existido, incluso aquellos que él había conocido. Estas consciencias eran entonces información cósmica y pura. Allí no había tiempo ni espacio, y todo ahí se comportaba como la singularidad gravitacional que existe en los agujeros negros.

Lo más llamativo de todo esto era que allí podía claramente escuchar la música de piano y de guitarra de aquella melodía que había escuchado una y mil veces. Sentía que la música de esa polifonía tenía una exquisita resonancia en ese preciso momento. Esos sonidos únicos creaban una delicia para el oído en ese instante de inexistencia. Aquella pieza era «El año del gato». Esa canción sugería un momento de cambio, de posibilidades y de aventura. La canción tenía un tono misterioso y evocador y sugería que "el año del gato" era un momento para seguir nuestros instintos, llevar a cabo nuestros sueños y a veces tomar riesgos. La canción trata sobre el amor y la conexión humana, ya que el hombre y la mujer en la canción parecían estar conectados de una manera muy especial y profunda. Esa tonada generaba el mismo placer que ocasionó cuando conoció a Verónica Galdón. En su estado onírico recordaba que había sido en una tarde de febrero de 1977, un año antes de que ella cumpliera los quince años.

Esto había sido en una reunión de jóvenes proselitistas de un partido político en su país natal. Ese día, Verónica Galdón había aparecido de la nada y ella había atrapado su atención y su mirada. Allí, en esa extraña dimensión cósmica, Ricardo Cantero trasladó inmediatamente su pensamiento a la trágica mañana del 12 de junio de 1981. En su estado quimérico, Ricardo Cantero recordaba cómo abruptamente había sido levantado de la cama por su prima hermana. Ella entonces le leía ansiosamente el matutino y le mostraba la foto de Verónica Galdón. Lo relatado en el texto del periódico parecía verdaderamente como un guion sacado de una película de crimen y asesinato de Michael Curtiz, el famoso director de cine de *Casablanca*, y a la cual la canción hacía referencia entonces. El texto de la noticia del periódico se asemejaba también al de la letra de la canción que escuchaba.

Los sucesos descritos en el artículo sucedían en su país natal, donde parecía que el tiempo había retrocedido. El artículo decía, entre otras cosas, que: «Verónica Galdón y su célula guerrillera habían sido sorprendidos por unos policías cuando llevaban a cabo una inspección rutinaria en una zona al noroeste de la capital. Esa madrugada fría y lloviznosa de junio, los terroristas trataban de asaltar una licorera en la periferia de la ciudad. El objetivo principal del asalto era robar dinero para financiar una guerrilla urbana de ideología ultraizquierdista, pero aparentemente la arremetida había fallado, gracias a la incursión de los policías. Este suceso había dejado como saldo a cinco personas asesinadas: tres policías, un taxista y un terrorista».

## LA CONEXIÓN DE LOS AÑOS DEL GATO CON SU VIDA

La mañana fría de marzo de 2011, el sol alumbraba pero no calentaba en aquel país nórdico. La temperatura marcaba -7° Celsius. En su estado onírico, Ricardo Cantero pensaba en la gran coincidencia de que justamente ese año estaba designado al gato. En los calendarios orientales se suele hacer eso, designar un nombre de animal a los años. Curiosamente, su padre había nacido en un año del gato, el año de 1903; lo mismo su madre, en 1939. Y Verónica Galdón, su primera novia, había nacido en 1963. Pero también su esposa Valeria

Cano, la cual había nacido en 1975. En ese mismo año también se había escrito la canción que escuchaba en ese preciso instante. Y para remarcar más los hechos, su padre también había fallecido ese mismo año, y entonces la vida de Ricardo Cantero había dado un giro positivo y trascendental. Era como si todos esos años tuvieran un punto de entrelazamiento causal en la vida de este hombre.

Ricardo Cantero pensó si el destino o Dios querían mostrarle algo en ese preciso instante. Pero, ¿cómo iba Dios a mostrarle algo entonces, cuando él ni siquiera creía en Dios? Tal vez ese algo supremo existía o simplemente todo era una pura coincidencia, una casualidad. Él siempre había estado buscando algo, pero no sabía exactamente qué. Pero allí, en ese estado metafísico, por primera vez estaba entendiendo la relación que existía entre la espiritualidad y la física cuántica. De algún modo esos años del gato estaban entonces enhebrando como con un cordón rojo toda su vida, y lo conectaban a una añoranza con aquellas personas que habían estado cerca de él, aunque muchos de ellos ya no existían.

Por su mente onírica fluía un torrente de pensamientos y emociones que entraban y salían de su ser y, por más que lo deseaba, no podía controlarlos. Empezó a dudar si quedarse allí en esa dimensión para siempre o volver de inmediato a su propio cuerpo y unificarse a este. ¿Pero de qué manera lo iba a hacer? ¿y qué ganaba volviendo a su propio cuerpo?, se preguntaba a sí mismo. Cuando volvió a observar su cuerpo notó que su cara se veía muy pálida. Sus labios estaban resecos y tenían un color púrpura. Su cabello semiondulado estaba ahora alborotado, como si estuviera recién levantado. Sus ojos estaban completamente abiertos y debajo de ellos se visualizaban grandes ojeras de color púrpura. Su cuerpo se veía tieso y congelado. Logró observar el anillo de matrimonio enganchado en su dedo anular, e inmediatamente recordó a su esposa y a sus hijos. Ninguno de ellos se encontraba en casa a esa hora, todos estaban ocupados con sus estudios o en sus oficios. El anillo simbolizaba la bella unión de él con Valeria Cano. Sintió entonces un gran dolor, pero no físico, más bien como una perturbación emocional al percatarse de que no volvería a tenerla entre sus brazos, ni sentir su suave perfume.

## VALERIA CANO, SU ESPOSA

Ricardo Cantero amaba a su mujer. Definitivamente no quería experimentar una relación metafísica con ella. No quería convertirse en un espíritu ambulante, en un fantasma. La amaba demasiado como para abandonarla y dejarla sola en este mundo desventurado. Con Valeria Cano había disfrutado los mejores años de su vida y habían hecho grandes planes juntos para cuando viniera la vejez. Entre Ricardo Cantero y su esposa habían habido desde el principio una gran sincronización y un entrelazamiento de sentimientos, pensamientos y emociones. Ellos dialogaban frecuentemente, alimentaban sus vidas con constantes proyectos y sueños, y trataban de edificar diariamente su relación de amor. Era como si los dos siempre hubieran estado conectados entre sí por una fuerza mística e invisible, de la misma manera que dos fotones están conectados al mismo átomo de luz. Pero era como si ambos estuvieran reponiendo todo el tiempo que habían perdido y no habían podido disfrutar juntos en otras vidas anteriores. Ella pasaba días y noches contándole que ella presentía que ambos ya se habían encontrado en otras circunstancias, quizás en otro mundo, en otro tiempo y en otro espacio, pero al inicio de la relación él no entendía lo que ella le contaba. Ahora, allí arriba flotando, Ricardo Cantero lograba entender perfectamente lo que Valeria Cano le había tratado de explicar una y mil veces. Ella también solía hablarle del primer beso, con el cual Ricardo Cantero la había conquistado. Aquel beso mágico había logrado en ella un amor que nunca antes había experimentado, y este la hacía inseparable de él. Según ella, aquel beso había sido la señal de reconocimiento que definitivamente confirmaba que Ricardo Cantero era la persona que ella había estado buscando y esperando por mucho tiempo. Sus almas estaban íntimamente ligadas entre sí, y ahora ni el tiempo ni el espacio los iba a separar.

De manera mística e inentendible para el raciocinio humano, su esposa sentía entonces que algo no andaba bien, que necesitaba comunicarse con Ricardo Cantero en ese momento, era como una premonición que la incomodaba esa mañana fría de marzo.

Ella, desde su consultorio, intentó llamarlo por el teléfono fijo, pero sin ningún resultado. Llamó incontables veces al celular, pero allí solo el contestador automático respondía, incluso envió un mensaje de texto, pero tampoco eso funcionó. A toda costa ella tenía que ubicarlo para saber cómo estaba y, además, contarle la buena nueva. Se quedó muy inquieta, pero prefirió esperar un rato más. Después de todo quería darle la buena noticia en persona, ya que esta era muy importante para los dos. En ese momento, la esencia y el pensamiento de Ricardo Cantero tenían una lucha mano a mano en un mundo metafísico. En ese instante, ni él mismo sabía a cuál de los dos mundos ahora pertenecía. Quería regresar y decirle a su esposa y a sus hijos que los amaba con todo el amor del universo, pero ese regreso a su estado físico se estaba complicando conforme pasaba el tiempo.

## EL ENCUENTRO CON VALERIA CANO

Su espíritu recordaba claramente el día que la conoció. Al inicio de ese encuentro, y después de más de una hora de conversación con ella, Ricardo Cantero no había querido pedirle su número telefónico. Tal vez por temor a ser tan evidente su interés hacia ella, o tal vez por miedo al rechazo. Sin duda, Valeria Cano lo había encantado desde el primer momento que la vio. Después de ese encuentro, él se las había agenciado para conseguir el número de teléfono, y dos semanas después la había invitado a cenar. Ella había accedido casi de forma inmediata. La inseguridad de Ricardo Cantero no estaba enfocada en él mismo, sino más bien en su situación familiar. Él era un hombre divorciado, pero mantenía la custodia compartida de sus hijos y, por lo tanto, el enfoque de su tiempo estaba totalmente dedicado a ellos y a su trabajo. No disponía de tiempo para más cosas. Empezar una nueva relación amorosa implicaba entonces tiempo, esfuerzo y dedicación. Estaba dedicado de lleno a su trabajo, ya que este era el que le brindaba el sustento necesario para mantener a sus hijos y vivir una vida económicamente holgada, pero obviamente anhelaba el calor y la ternura de una mujer que realmente lo amara.

Durante el tiempo como padre divorciado, Ricardo Cantero había intentado encontrar a una mujer que realmente entendiera su situación personal y familiar y, de paso, que amara a sus hijos como él lo hacía. Lamentablemente, esa tarea no había sido nada fácil. Los años transcurrían y la esperanza se desvanecía conforme pasaba el tiempo. Posiblemente su mal genio y su esquematizada vida le impedían encontrar a alguien que lo aceptara tal y como él era. Como consultor internacional estaba obligado a salir fuera del país regularmente. Los proyectos de alto rango político y económico en diferentes partes del mundo lo estaban consumiendo. Él sabía que, si realmente quería tener a su lado a la mujer de su vida, necesitaría dedicarle atención y tiempo para que la relación funcionara a corto y a largo plazo. Y fue justamente en uno de esos proyectos donde conoció a Valeria Cano.

Ricardo Cantero recordaba aquel agradable momento en un bar de *jazz*. Era una noche cálida de marzo en aquel país tropical a principios del 2002. Allí hacía bastante calor. Al inicio de la velada él estuvo acompañado de algunos colegas que llegaron allí a beber cerveza y a despejar la mente después de un arduo día de trabajo en la oficina. Era viernes. La jornada de trabajo había acabado casi a las 10 p. m. Todos los consultores allí reunidos en aquel bar estaban cansados y charlaban tranquilamente, pero después de un rato, el grupo decidió marcharse de aquel lugar bohemio y optaron por irse a bailar a un lugar más ameno. Ricardo Cantero decidió quedarse allí solo. No tenía ánimos para ir a otro lugar, ni mucho menos para ir a bailar. Prefirió quedarse escuchando la música tranquila de Miles Davis y soñar despierto por un rato más. Después de algunos minutos de estar allí, y ya relajado por la música y la cerveza fría que bebía, Ricardo Cantero se preparaba mentalmente para hacer su viaje a casa.

Llegaría a un hogar lleno de muebles pero vacío de almas, y verdaderamente ya se estaba cansando de esa vida llena de soledad, especialmente las semanas cuando no tenía a cargo a sus hijos en forma directa. Antes de prepararse para ir a su casa, notó que tres muchachas jóvenes entraron y se sentaron en una mesa frente a él. Parecía que ellas andaban celebrando la aprobación de algún examen universitario, o algo así por el estilo. Una de ellas le llamó muchísimo la atención, pero no quiso pensar en ello y trató de distraerse con las teclas de su celular. En ese momento se sintió más viejo de lo que realmente era. Tomó su último trago de cerveza y se alistó para salir del club. Yendo hacia la puerta principal del local, notó que un gato negro merodeaba en el suelo, al otro lado de la barra. Su pelaje oscuro se matizaba con las luces neón que amenazaban con dejarlos a oscuras y que, de algún modo, proyectaban un color lila incandescente cuando chocaban contra el gran espejo donde estaban las botellas de licor fuerte puestas en fila. Ricardo Cantero pensó rápidamente y jugó con un pensamiento algo pueril. Y era que si el gato salía del otro lado de la barra hacia él, él se quedaría una media hora más en aquel lugar. Entonces trataría de entablar una conversación con la muchacha que había observado.

La verdad fue que el gato nunca salió del otro lado de la barra, se quedó zigzagueando entre los pies de su amo, el *bartender*. Se sintió observado por el grupo de las jóvenes recién llegadas, o tal vez era su deseo masculino que lo engañaba. De todas maneras, decidió cambiar de dirección, se dirigió a la barra en vez de irse a su casa y pidió otra cerveza. Intercambió algunas palabras con el *bartender*, que en forma afeminada le explicaba cómo había adoptado a su amigo felino, y que ahora, aparentemente, el animal no se despegaba de él. Aquel hermoso gato parecía una pantera negra. Su pelaje brillaba y creaba diferentes matices con las luces neón del bar. Sus pupilas de color miel se encogían y se agrandaban cuando miraban a Ricardo Cantero entre la penumbra de aquel sombrío lugar. Era como si aquel gato negro entonces estuviera comunicándose con Ricardo Cantero a través de sus ojos. Fue entonces que después de la corta conversación con el *bartender*, Ricardo Cantero decidió ir a interrumpir a aquellas tres chicas que gozaban a lo grande. Cogió su cerveza fría y con voz gerencial se acercó a ellas y se presentó:

—Hola, me llamo Ricardo Cantero, y veo que les agrada el *jazz*. ¿Suelen venir a este lugar? —hesitó él.

Las tres chicas se sorprendieron de la súbita intromisión de aquel atrevido hombre. Callaron unos segundos, se miraron entre sí, y solo Valeria Cano respondió:

—Sí, esta es la primera vez. ¿Y usted?

—Sí, también es la primera vez que vengo a este lugar. Vine con unos amigos, pero ya todos se fueron —expresó Ricardo Cantero en un tono conciliador.

Las otras dos muchachas parecían incómodas con la presencia inesperada de aquel hombre con traje negro, camisa azul y corbata roja. Y lo demostraron indirectamente con un silencio eclesiástico, el cual era acompañado por el saxofón de un *jazz* melancólico que se escuchaba de trasfondo. Ricardo Cantero se sintió algo ridículo y pensó que debía alejarse de allí lo más rápido posible. Cuando de repente vino la próxima pregunta por parte de Valeria Cano.

—¡Veo y escucho que usted no es de aquí! —dijo ella con voz tierna y amigable.

—No, no soy de aquí. Estamos llevando a cabo un proyecto técnico conjuntamente con el gobierno de su país —respondió él sonrientemente.

De repente, el ambiente de disgusto en aquella mesa se despejó, como cuando la neblina de una mañana fría se disipa por el calor del sol. Las otras dos chicas se relajaron, cambiaron de semblante y empezaron a cuchichear entre sí. Luego salió a relucir que una de ellas era novia de un colega de Ricardo Cantero. Entre charla y charla, la noche transcurrió velozmente. Al cabo de dos horas todos empezaron a prepararse para salir del bar. Ricardo Cantero no había querido ser tan evidente en su interés por la chica. Por eso, no había querido pedirle el número telefónico para llamarla otro día. Él había casi desistido por completo en rehacer su vida. Había echado por la borda todos los intentos de caza y conquista amorosa y se sentía sin fuerzas ni voluntad para seguir luchando por alcanzar aquel amor que siempre había deseado tener. Además, estaba consciente de que su estresada vida, tanto profesional como familiar, lo habían reprogramado. Se había convertido en una persona de pocas sonrisas, muchos esquemas, alto control, poca paciencia y dolorosas migrañas que, en ocasiones, lo hacían vomitar hasta sus entrañas. Ricardo Cantero sabía que iba a ser imposible encontrar a alguien que lo amara tal y como él era entonces. Se despidió de Valeria con la esperanza y el deseo de volver a verla. Dejaba esa decisión al azar y a la suerte del destino. Los dos se despidieron con un beso en la mejilla y cada uno desapareció por su lado.

## MOMENTO DE LA TRAGEDIA, INSTANTE ETERNO

La situación en su mundo cuántico-espiritual estaba llegando a un punto sin retorno. No estaba seguro de si podría volver al mundo real de nuevo. Algunos segundos antes, Ricardo Cantero se había quitado los guantes de trabajo en el patio trasero de su casa. Quería amarrarse los cordones de sus zapatos, que se habían soltado. Estaba intentando atarlos correctamente, pero los guantes de cuero revestidos impedían llevar a cabo esa incomoda acción. Y, como una ráfaga de viento fugaz, llegó a su memoria cuántica que había estado paleando nieve durante quince o tal vez veinte minutos, y entonces se percató de que no había otra respuesta a lo que estaba sucediendo en ese preciso momento, su corazón había dejado de latir súbitamente. Él estaba muerto, solo y sin vida.

Ricardo Cantero había sufrido un ataque cardíaco y ahora su esencia no volvía a su cuerpo físico. Estaba atrapado en una dimensión subatómica fuera del mundo real. Su materia, su cuerpo físico, estaba ahora congelado en la nieve y su información cuántica, o sea su consciencia, estaba divagando en el espacio infinito para siempre. Él se había convertido en un ensueño, en algo intangible e indivisible, como la partícula de luz de un fotón. Ahora se encontraba abajo y arriba y en todas las dimensiones del espacio al mismo tiempo. Su consciencia, su esencia, su espíritu y su mente estaban allí resumidos en esa partícula de luz. Toda la información que integraba y constituía el espíritu y el ser de Ricardo Cantero divagaban entonces en un vacío infinito en forma de luz, pero en ese vacío no había diferencia entre lo microcósmico y lo macrocósmico, entre lo visible y no visible, entre el espacio y el tiempo.

La pala de hoja ancha para quitar la nieve estaba ahora tirada al lado de su cuerpo, enclaustrada en aquel polvo blanco y frío, conjuntamente con los guantes negros de cuero. Allí arriba, donde se encontraba ahora, no existía el tiempo, todo pasaba en ese instante. El pasado y el futuro eran lo mismo. Al mismo tiempo sentía que todo ocurría en un abrir y cerrar de ojos. Era como si todo ocurría, pero nada transcurría, o todo transcurría, pero nada ocurría. Hizo un intento de ingresar a su propio cuerpo, pero no lo logró. Instintivamente sabía que debía tomar una decisión en forma inmediata, de otra manera quedaría atrapado en ese mundo irreal. Fue entonces que empezó a correr la cinta de su vida, como una película rápida de largo metraje, uniendo así a todas las personas que habían estado cerca de él durante su niñez y su adolescencia. En ese momento empezaron a enhebrarse todos aquellos acontecimientos trágicos vividos por él, como el cordón rojo del amor.

# REMINISCENCIAS DE SERES QUERIDOS

Las imágenes se proyectaban ahora a toda velocidad y se remontaban a su calamitosa niñez y a su boyante juventud. Ricardo Cantero recordaba que antes de salir al patio de su casa había estado de pie frente al espejo del baño. Recordaba que miraba su rostro y veía sus crecientes canas que empezaban a matizar de color plata su cabello. Ese día había estado indeciso si rasurarse o no. Después de todo ya no tenía que salir corriendo a una oficina por alguna gestión laboral o algún otro asunto de negocios. Se rasuraba por costumbre y ese día no había sido la excepción. Reflexionaba sobre lo que veía y se sentía agradecido con la vida, a pesar de la derrota económica que había sufrido por la quiebra de su empresa. La crisis financiera mundial del 2009 había acabado con todos los ahorros que había guardado para el futuro. Solo habían transcurrido un par de años desde entonces, pero ya no le daba importancia a aquel fracaso económico. En su estado cuántico-espiritual comprendió que aquellos doce años de niñez y de juventud lo habían marcado más de lo que él creía y, posiblemente, ellos habían sido la razón por la cual él había decidido emigrar a aquellas tierras boreales donde ahora se encontraba. Sabía que el tiempo había discurrido y transcurrido, porque era a través de los cambios físicos que se notaba que el tiempo había fluido en su cuerpo, pero su espíritu no se sentía como un ser humanamente adulto. Más bien, su espíritu juvenil había vuelto a revivir con el encuentro y la unión con Valeria Cano. Ricardo Cantero flotaba allí y recordaba a todas las personas que en algún momento de su vida habían estado cerca de él y que ahora no eran más que un puño de tierra, quizás adornadas por unas flores frente a una lápida de piedra gris, o incluso ya removidas de sus tumbas para dar espacio a otros cuerpos inertes. Los cuerpos de aquellas almas estaban enterrados en algún lugar de su tierra natal, un país tropical, lleno de exuberante vegetación, con gente alegre y feliz de vivir en un lugar lleno de paz y de democracia.

## CAPÍTULO II:

# EL AÑO DEL GATO DE 1939

*Todos somos muy ignorantes. Lo que ocurre es que no todos ignoramos las mismas cosas.*

ALBERT EINSTEIN (1879-1955)

## MARÍA CANTERO, UNA MADRE PRESENTE

María Cantero había nacido en plena evolución de la Segunda Guerra Mundial. Alemania se preparaba para invadir Polonia por la parte occidental, y días después la Unión Soviética invadiría ese mismo país por la parte oriental. Después de ese fatídico acontecimiento para el mundo, Inglaterra y Francia le declaraban la guerra a la Alemania nazi. Esto sucedió justo el año en que María Cantero nació. El año de 1939 no había sido un buen año para la humanidad, sin embargo, el destino había permitido que este ser inocente naciera al otro lado del océano, donde la guerra y la desgracia aún no se habían asomado.

Aquella niña vino al mundo sin tener la más mínima idea de que la sociedad afuera estaba infectada de odio, rencor y maldad. Tampoco imaginaba que algunos años después más de 20 millones de personas perderían sus vidas a causa de la xenofobia, el hambre de

37

poder y la avaricia esquizofrénica de un gobernante desquiciado. El inicio de una gran guerra había estallado en Europa y pocos años después esta se propagaría por todos los continentes de la tierra. Desgraciadamente, este año del gato de 1939 no iba a traer buenos augurios, ni para María Cantero, ni para el mundo entero.

Inmerso aún en su campo cuántico, Ricardo Cantero recordó aquel fatídico 4 de abril de 1970. Recordaba que él estaba sentado en el piso de madera de una pequeña sala que se desbordaba de niños. Allí estaban sus dos hermanos, algunos primos y otros párvulos del vecindario. Los muchachos estaban concentrados viendo una serie de televisión llamada *Perdidos en el Espacio*. Esta era una serie de ciencia ficción que transmitían todos los sábados a la misma hora y por el mismo canal, la cual deleitaba a todos los niños con una aventura familiar, llena de acaecimientos peligrosos en diferentes mundos. Estos humanos elegidos habían zarpado de la tierra, ya que esta había sufrido una sobrepoblación masiva y una reducción de los recursos naturales, lo que había ocasionado la selección de ese grupo específico de personas para ir a buscar vida a otros planetas y establecerse allí. A Ricardo le fascinaba este tipo de series televisivas.

En aquel país de su infancia, a finales de los 60 y principios de los 70, todavía era algo inusual la televisión en la mayoría de los hogares. Dos años atrás, en 1968, María Cantero había hecho un gran esfuerzo en comprar un televisor en blanco y negro. Con arduo trabajo y gran esfuerzo, ella había ahorrado el dinero suficiente para depositarlo como enganche a un crédito obtenido en un almacén de electrodomésticos, el cual permitía hacer pagos parciales semanalmente. El almacén enviaba a un cobrador en motocicleta todos los viernes. El viernes de esa semana María Cantero agonizaba, pero la vida parecía seguir su flujo normal en aquel hogar. Llegó el sábado. Y como la programación televisiva de los sábados era de algún modo compartida con los niños de la vecindad, ese día la sala era un cine casero. Inconscientes de la gravedad de su madre, Ricardo y su hermano mayor ya habían cobrado una fruta de entrada para poder ver la serie televisiva. Los niños vecinos pagaban con mangos verdes y jocotes tiernos la entrada para poder ver la serie. Después, todos se sentaban en el piso de madera a disfrutar de las hazañas de la familia Robinson y de los sabotajes del inepto doctor Smith, que, por miedo a todo, estropeaba constantemente la misión espacial.

En su estado onírico, Ricardo Cantero recordaba claramente la hora. Eran las 4:40 p. m. cuando escuchó un grito, casi como el alarido de un perro callejero que ha sido lastimado por algún niño travieso. Paró la oreja y comprobó que no eran los aullidos de un animal: eran los gritos de su angustiada abuela, que ahora gemía desesperada, por la muerte de su hija mayor. Inmediatamente después de esos gritos de angustia vino una procesión de más chillidos y llantos, todos provenientes del mismo cuarto. Los gritos de la habitación de al lado asustaron a todos los muchachos que estaban allí sentados viendo la tele, excepto a Ricardo Cantero. Él ya sabía de qué se trataba. Ricardo quiso levantarse del suelo para ir a tocar la puerta del cuarto donde su madre había estado agonizando. Pero no pudo ponerse de pie. Sus piernas no respondieron en ese preciso instante. Sus extremidades inferiores aún estaban adormecidas por tener la misma posición corporal mientras veía la serie de televisión, o tal vez era porque quería hacer a un lado aquel trágico momento y así evitar la realidad.

De pronto, Ricardo Cantero escuchó cómo aquellos gritos se mezclaron con el ruido de un zapateo. El taconeo era como el de un flamenco. El piso de madera de la habitación sonaba en ese momento como un instrumento de percusión. Y este, a su vez, se asemejaba al que se produce cuando el ganado va al matadero en los camiones de carga, rumbo a la muerte. Él lo asociaba a esto, porque algunos meses atrás había acompañado a su padre a aquel lugar lleno de mal olor y gemidos. Aquel ganado pateaba el piso de madera del camión en el que iba como presagiando la muerte venidera. Ahora la muerte misma estaba visitando su propio hogar. Ricardo pronto entendió que aquel ruido era ocasionado por los espasmos de la abuela, debido a un ataque epiléptico. Entonces, parado detrás de la puerta cerrada, él podía escuchar e imaginar cómo todos los presentes dentro de aquella habitación se le echaban encima a la débil anciana para detener los descontrolados espasmos que no paraban de cesar.

Su abuela padecía de esa enfermedad neurológica, y cada vez que recibía una mala noticia se desvanecía y luego su cuerpo empezaba a vibrar como una cuerda tensa de un quijongo a punto de reventar. Después de algunos minutos, alguien salió corriendo de la conmovida habitación, abrió la puerta y pidió a gritos alcohol y un pañuelo para auxiliar a la anciana que yacía en el suelo desde hacía algunos minutos. A sus nueve años de edad, Ricardo Cantero empezaba a enfrentar la cruel realidad familiar y esta vez la adversidad había venido en el momento menos esperado, ese día sábado, a la hora de su programa favorito en la tele. En sus adentros, él había estado esperando ese momento desde hacía mucho tiempo, pero su pueril pensamiento lo hacía procrastinar cada vez que pensaba en que su madre pronto los iba a dejar. Ahora entendía perfectamente que la hora había llegado. Ella no podía postergar más el dolor y el sufrimiento. María Cantero había estado sufriendo el intenso dolor por más de dos años consecutivos. Él había estado preparándose para ese momento y este ya estaba allí. Pero entonces, Ricardo Cantero no sabía qué hacer ni cómo actuar. Estaba totalmente descontrolado y todo era un caos en su mente y a su alrededor.

Luego, la sangre volvió a fluir por sus extremidades y sintió un hormigueante dolor en ellas, trató de ponerse de pie y entrar a la habitación donde su madre se encontraba, pero alguien le negó la entrada y le dijo que no era apropiado ver el cuerpo de la difunta. No en ese momento. Ella estaba tendida en la cama y la abuela yacía en el suelo. Él tenía que esperar a que algunas cosas prácticas se llevaran a cabo. Además, tenían que socorrer a la abuela, que entonces estaba completamente desmayada. Ricardo Cantero sintió el olor que provenía de un pañuelo empapado en alcohol. Cuando lo percibió, sintió por unos breves instantes estar atravesando uno de los pasillos del hospital público provincial. La mezcla de ese olor y el mentolado alcanfor le provocaba siempre náuseas cada tarde que iba a visitar a su madre enferma al hospital. En aquel salón de incurables, las camas de metal pintadas de blanco estaban siempre en fila, una al lado de la otra. Allí, los pacientes moribundos solo esperaban la hora de su partida al otro mundo.

Ricardo quiso alejarse de aquel olor y decidió retirarse al pequeño jardín que adornaba modestamente el frente de su casa. Allí observó las rosas que su madre había sembrado hacía algunos años y que en esa época solían florecer, justo antes de las primeras lluvias de mayo. Aquellas bellas flores de color rojo como el rubí expedían una suave y peculiar fragancia, que contrarrestaba el olor de aquella sustancia química. María Cantero le había enseñado que las plantas, la fe y la buena sugestión lo curaban todo. Por esa razón, Ricardo Cantero había aprendido a reconocer la mayoría de las plantas que estaban allí sembradas. El pequeño huerto estaba sirviendo como lugar de retiro en ese momento. Su madre también había sembrado allí un montón de hierbas que utilizaba para remedios caseros. Tenía ruda, romero y altamisa que, mezclados con alcohol, eran usados para dolores musculares y picaduras de insectos. Tenía albahaca y orégano que, tomados con leche, tranquilizaban los nervios y ayudaban a la depresión, además del llantén como laxante. Obviamente no faltaba el culantro castilla y el culantro coyote para la hipertensión y como condimento.

Ricardo Cantero quiso permanecer en el pequeño huerto, pero no pudo. Tomó algunos pétalos de rosa y los frotó con la yema de los dedos para evitar el olor del alcohol que todavía se fugaba por la ventana del cuarto e inmediatamente sintió las lágrimas a flor de piel. Quería llorar y desahogarse en soledad. Se sentía confundido. En su mente se aglomeraba una cantidad de pensamientos fatalistas que entonces no podía controlar. Su abuela carecía de salud y de recursos económicos y todos sus familiares más allegados vivían en una asfixiante pobreza. Su padre, en principio, había desaparecido poco después de conocer la gravedad de la incurable enfermedad de María Cantero. Sentía que en ese momento no contaba con nadie, a pesar de que había mucha gente a su alrededor en esa tarde de luto. La muerte de María Cantero desencadenaba una serie de situaciones miserables para él y sus dos hermanos. Esa tarde de abril el cielo entonaba con un matiz naranja-rojizo en el oeste y la oscuridad de la noche se abría paso por el este. Pronto no habría luz natural, solamente la luz de las bombillas semipalpitantes de las pocas casas que formaban aquel todavía ralo vecindario.

## EL BARRIO DE INFANCIA

A principios de los años 70, no había alumbrado público en muchos de los barrios aledaños a las ciudades. Los terrenos en ese barrio, si bien estaban lotificados y tenían agua potable y electricidad, carecían de algunas otras modernidades que ya estaban presentes en las cabeceras de las provincias y en la capital, como el teléfono fijo, por ejemplo. Las calles todavía eran de lastre, aplanadas por una niveladora que pasaba todos los veranos entre enero y febrero. De vez en cuando rociaban una mezcla de agua y aceite quemado para aplacar las insoportables nubes de polvo que se hacían con el viento. No había aceras. Frente a cada casa había un puentecito de madera o de cemento que servía para evadir los diques que todavía no estaban entubados. El frente de la casa ya estaba atestado de gente cuando Ricardo Cantero quiso salir. Tuvo que abrirse espacio entre los curiosos que encorvaban el puentecito de madera de su casa. Quería estar solo. Entonces, se dirigió a un terreno baldío que estaba al final de la única calle del barrio y que colindaba con una acequia.

La calle ciega topaba con una quebrada que estaba cubierta en sus orillas por cañas de bambú y frondosos árboles de higuerón, cedro amargo y roble. Al otro lado del barranco se extendía un terreno fértil de docenas de hectáreas sembradas de árboles frutales, café y caña de azúcar. Esa propiedad colindante estaba siempre resguardada por peones de la finca. A veces los párvulos cruzaban al otro lado de la acequia y robaban frutas de ese lugar. Eso era parte de la diversión y de las fechorías de los niños del aquel barrio, solo que Ricardo Cantero nunca se atrevió a cruzar más allá de ese límite vedado. Quiso hacerlo esa tarde, como para desviar y evadir el luto, pero no pudo esta vez tampoco. Desde pequeño Ricardo Cantero fue precavido, o quizás cobarde. Esa debilidad, o tal vez virtud, le ayudó a esquivar muchos problemas en su vida futura.

En vez de eso, Ricardo Cantero se subió a la rama de un higuerón. El árbol estaba junto a la acequia en un terreno baldío. Subido allí, miraba la caída del sol. Soplaba una brisa cálida, como las que suelen haber en los países tropicales antes de la época de lluvia. Vio hacia abajo y observó a su gato negro rasguñando y tratando de subir por el mismo tronco al que él había subido hacía unos minutos. Ricardo Cantero permanecía callado y pensativo allí arriba. Fue entonces que sus lágrimas empezaron a correr por sus mejillas, como el agua del riachuelo que veía desde lo alto. Pensó que todo eso era solo una pesadilla, algo irreal, pero luego reaccionó. Secó entonces sus lágrimas con la manga de la camisa e intentó ayudar a su pequeño amigo felino que, aparentemente, quería subir hasta donde él estaba ahora.

Mientras contemplaba a su gato, Ricardo Cantero pensaba que hubiese deseado ser como aquel animal, libre, audaz y autosuficiente. Pero eso no era así. Él sentía miedo y tristeza y todavía dependía de los adultos que estaban a su alrededor. Después de un rato decidió bajar del árbol y empezó a caminar cabizbajo y a paso lento. Volvió a su casa. Observó a lo lejos la muchedumbre que todavía estaba formada frente a su hogar. Sintió que Puma se le enredaba entre sus pies y casi no lo dejaba avanzar. Por un instante consideró la posibilidad de haberse quedado más tiempo allí arriba, en la rama de aquel árbol higuerón, pero él sabía que tenía que regresar y confrontar la situación tal y como era. No había otra alternativa. Esa era su realidad.

Cuando cruzó entre la gente, escuchó los diferentes comentarios que hacían los vecinos y amigos que estaban reunidos en el pequeño jardín frente a la casa:

—¡Pobres niños!

—¡Tan pequeños y ahora quedaron huérfanos!

—¡Ella tan joven y bonita! ¿Cómo se fue a morir?

—Nos quedaremos a la vela después de que la arreglen y la maquillen.

—¿Saben si alguien ya fue a comprar la caja fúnebre?

—¿Llamaron ya a la rezadora y al padre Oviedo?

—¿Saben si alguien ya fue a comprar una bolsa de café y unas botellas de guaro?

Los comentarios y las anécdotas no paraban de escucharse. Parecía que cada uno de los allí presentes quería decir algo positivo sobre la difunta o simplemente todo eso era una charla trivial.

En medio de ese escolio alguien le dirigió la palabra, pero él no escuchó o más bien no quiso escuchar a la persona que le estaba hablando. Quería entrar lo más rápido posible y comprobar con sus propios ojos que su madre ciertamente había fallecido. Ella, con tan solo veintinueve años de edad, permanecía inmóvil, con los ojos cerrados y con unos algodones metidos en las fosas nasales. Sabía que los presentes en la habitación estaban atentos a su reacción. Tuvo ganas de llorar otra vez, pero entonces se abstuvo. Ya lo había hecho en aquella rama del higuerón y ahora no iba a llorar delante de nadie. Se mostraría fuerte y valiente para que su abuela no se desmayara de nuevo y tuviera los ataques que la hacían vibrar en el suelo. La muerte misma había estado acechando aquel dormitorio durante varios meses y, ahora, había decidido saltar como un gato cuando caza a un indefenso ratón. Y no era solo eso, sino que esta también había dejado un aroma mustio y dulcete impregnado en las paredes de aquella triste habitación. Ese peculiar aroma era el mismo que impregnaba aquel gran salón del hospital, donde las camas estaban en fila y los agonizantes aguardaban el óbito debajo de sus sábanas blancas.

# EL INTERMINABLE DOLOR

En su ensueño, Ricardo recordaba claramente el angustioso lamento de dolor que María Cantero constantemente emitía día a día por más de dos años seguidos. Aquel mal no la dejaba dormir, ni tampoco a ningún miembro de la familia. Muchas veces él colocaba su almohada sobre su cabeza para tratar de conciliar el sueño, pero cuando esto no funcionaba, se iba detrás de la casa y trataba de rezar. Le rogaba al ser supremo que ayudara a su madre a no tener más ese tormento. Suplicaba y pedía alivio, pero cuando entraba de nuevo el gemido de la moribunda, se agudizaba aún más en sus oídos. Y era entonces que perdía la esperanza y su fe se desvanecía casi de inmediato. Decepcionado, se enojaba y se ponía de malhumor. A su corta edad descubría que no podía haber un dios que permitiera tanto sufrimiento y aflicción. Era como si el Dios de los cielos no quisiera escucharlo. Entonces, Ricardo se desquitaba cogiendo una piedra y lanzándola a los pájaros que pasaban volando por ahí. Otras veces, empezaba a correr hasta caer agotado entre las callejuelas de un cafetal que había cerca de su casa. Pero eso solo aplacaba su angustia por algunos instantes.

A veces, simplemente se subía a la cumbre de un árbol y allí se quedaba, solo, contemplando el cielo, esperando a que pasaran las horas para tratar de no escuchar el lamento angustiante de su madre. Cuando empezaba a oscurecer, bajaba del árbol y entraba a su casa, que entonces estaba llena de ese olor a alcanfor y alcohol con metilo, ya que no había medios suficientes como para comprar otros medicamentos que tuvieran mayor efecto contra el malévolo dolor que ocasionaba el cáncer. Ese ritual lo repitió muchas veces sin que nadie se diera cuenta. En ocasiones deseaba hablar con alguien, contarle lo triste y angustiado que estaba, pero en su familia no había nadie a quien recurrir para ventilar esos sentimientos de aflicción. Toda la familia estaba enfocada en la enfermedad de María Cantero. Al mismo tiempo, daba la impresión de que esos tres chicos eran impermeables al sufrimiento de aquella mujer, pero definitivamente la realidad era otra.

## PALPANDO LA MUERTE

De pie frente a la difunta, Ricardo Cantero levantó su mano derecha y la dirigió hacia el rostro de ella. La tocó con la yema de los dedos y sintió lo fría que estaba. La cara blanca de María Cantero tenía un tono pálido. El lunar negro en la parte superior derecha de su labio resaltaba aún con más claridad. Ese día todo parecía más blanco de lo normal. La bata que ella vestía, la cinta del pelo que recogía aquella melena ondulada, las sábanas de su cama y el algodón en su nariz casi resplandecían. Aún de pie frente al lecho de su madre fallecida, Ricardo Cantero notó que la gente en la habitación estaba a la expectativa de su próximo movimiento. Se inclinó un poco y la besó en la mejilla. Se acercó aún más y le susurró algo al oído. Nadie allí pudo escuchar lo que dijo. Las palabras proferidas que nadie allí vio salir de su boca fueron:

—No quiero que estés muerta. Quiero que siempre estés cerca de nosotros.

Ricardo Cantero levantó la cabeza e irguió su cuerpo. Se quedó pensativo unos segundos antes de salir de la habitación. Entonces había visto y palpado el cuerpo inerte de su madre. A partir de entonces las cosas ya no serían igual.

En su quimera Ricardo recordaba la habitación compuesta de cuatro tabiques, algunos cuadros colgando, una ventana con una cortina rala y transparente, y una puerta con cerradura. La habitación de María Cantero era la única que tenía privacidad total en aquella sencilla casa. La habitación contigua era el dormitorio de Ricardo Cantero y de sus dos hermanos. Esta no tenía ni siquiera una puerta que aislara totalmente el espacio de esas cuatro paredes. La habitación se unía directamente a una sencilla sala y a una simple cocina con un pequeño baño. Ricardo Cantero se dirigió hacia la exigua sala de estar, que apenas tenía un sofá gris de vinil, cuatro sillas y una mesa blanca endeble de madera, la cual estaba algo despintada. El aposento era una especie de sala-comedor. En el borde interior de la ventana adornaban un par de macetas con unas violetas que la abuela había estado cuidando los últimos dos años. Él se quedó ido en el color púrpura de aquellas florecillas que posaban allí incrustadas en aquellos recipientes de barro. María Cantero había comprado las macetas y las flores en algún tramo del mercado, antes de caer enferma. En su estado metafísico Ricardo pudo incluso ver los diminutos vellos de las hojas y recordaba a su madre diciendo que, quebrando las hojas y poniéndolas en un vaso de agua podrían echar raíces y obtener nuevos retoños. En ese momento él era el retoño de aquella bella planta que había muerto. Y de la misma manera, él también era la planta de sus propios retoños, ya que él ahora no estaba vivo.

Desde pequeño, Ricardo se dio cuenta de que los milagros simplemente nunca existieron. Pero entonces en su ensueño eso ya no importaba. Ahora, veía a María Cantero disfrutando de paz y tranquilidad. No necesitaba preocuparse de nada. Ella estaba allí al frente suyo, aunque no pudiera alcanzarla ni tocarla. En su quimera, Ricardo Cantero podía sentir y distinguir la luz infinita que salía del cuerpo de su madre. Esta irradiaba belleza y armonía. Sin embargo, él no lograba deslindarla, ni podía apreciar su rostro, ni ver cómo ella se veía en aquel preciso momento. Allí, en ese mundo irreal, María Cantero emanaba claros destellos de luz, porque ella se encontraba al otro lado de una barrera invisible que los separaba y en ese lugar no existía la oscuridad. La información pura que constituía la imagen de María Cantero parecía que levitaba sobre un vacío y creaba fractales de sí misma. Allí, se percibía una inmensa paz y una tranquilidad ralentizada, y se notaba que ella ya no sufría.

# LA COMPASIÓN, SENTIMIENTO AMBIVALENTE

La autocensura de sensaciones, de sentimientos y de emociones había empezado a crecer en Ricardo ya a muy temprana edad. Ese comportamiento, quizás considerado como poco humano, había afectado sus relaciones personales y sociales durante toda su vida. Recordaba allí que algunas personas lo habían llegado a tachar incluso de insensible, de frívolo y hasta de inhumano, por el solo hecho de no mostrar lo que sentía en momentos de desgracia. El contener el llanto y no mostrar debilidad fue un sentimiento reprimido que lo acompañó durante el resto de su vida. De algún modo, Ricardo Cantero se había cansado de recibir compasión sin acción. Desde el primer momento en que su madre había caído enferma, había empezado a escuchar palabras de empatía, pero en realidad esas palabras siempre llegaban vacías, ya que nadie hacía nada por ayudar o aliviar la situación crítica de los muchachos; posiblemente, nadie podía hacer nada para calmar el sufrimiento de aquellos niños. Esto hizo que Ricardo pronto empezara a sentir la responsabilidad de resolver sus propios problemas por él mismo, o sea sin la ayuda de nadie.

En su estado etéreo, él recordaba que salió del cuarto y se quedó de pie en media sala parado como una estatua. Se le acercaron varias personas para consolarlo y tratar de despistarlo. Alguien lo tomó de la mano, le acarició la cabeza y tocó su cabello negro y ondulado. En el fondo él agradecía aquel gesto de bondad, pero al mismo tiempo detestaba estar ahí, y ya no quería recibir ternura ni compasión de nadie. Lo único que él quería en ese momento era ver a su madre feliz. A María Cantero le fascinaba la música y le encantaba bailar. La recordaba allí cuando, planchando ropa, escuchaba baladas de amor, cumbias, pasodobles o alguna que otra balada popular de los años 60. Era una mujer muy romántica y alegre. A veces, cuando sonaba una pieza movida en la radio, lo cogía debajo de los brazos, lo levantaba y lo colocaba sobre su cadera. Ella se movía al ritmo del son y él sentía cómo era llevado de un lado a otro, como un bote en vaivén movido por las olas.

La última vez que María Cantero intentó hacer eso con él, Ricardo apenas tenía siete años. En esa ocasión él vio cómo el rostro de su madre casi instantáneamente se demacraba por el dolor intenso que sentía en la parte superior de la cadera derecha.

—Mi amor, creo que hoy no vamos a poder bailar —le decía ella.

—Pero mami, entonces no me levantes, tómame de las manos y baila conmigo. Dame vueltas sin parar hasta hacerme volar. Yo solo quiero dar vueltas contigo aquí en la sala —reponía él.

Ella tomaba valor y hacía caso a su ruego. Lo sostenía de las manos, bailaba un par de piezas y luego caía extenuada en el sofá gris de vinil. El dolor causado por la letal enfermedad la había empezado a derrumbar a sus veintisiete años de edad. Para entonces, ella ignoraba que dentro de algún tiempo dejaría a sus tres hijos a la merced de su madre, que padecía de epilepsia y de ataques de asma.

El cáncer ovárico de María había empezado a devorar sus órganos internos, y la despiadada metástasis había logrado que las células cancerosas viajaran del ovario a los ganglios linfáticos, y de allí a otras partes del cuerpo, acabando con esta joven mujer en tan solo un par de años. El estado patológico de María lo hacía sufrir en silencio, y de algún modo, inconscientemente, él se preparaba para soportar la ausencia de María y las consecuencias que esto traería. Ricardo Cantero entendía que el verdadero sentimiento de compasión enfatizaba la virtud de la empatía en el sufrimiento humano, pero, de algún modo, ese sentimiento de compasión también estaba asociado a un sentimiento pasivo de lástima y de compunción. Y eso lo hacía sentirse, a veces, inferior e insignificante.

A su temprana edad, Ricardo no quería piedad ni misericordia. Él anhelaba amor y apoyo de su padre, cosa de la que, en ese momento, carecía. En el fondo, él sabía que podía arreglárselas por sí solo, pero todavía era un niño y no entendía cómo pensaban los adultos. Lo único que necesitaba entonces era un empujón, tal vez psicológico, tal vez económico. No lo sabía. Cuando empezó a desarrollarse, empezó a tratar de resolver los problemas en soledad, o sea sin la ayuda de nadie. Pero pronto cayó en la cuenta de que eso iba a ser imposible. Siempre iba a necesitar de alguien para poder salir adelante y solventar sus problemas. La vida le había enseñado que todos necesitamos de alguien, de un trampolín para poder saltar más allá de lo que realmente nos proponemos alcanzar, sea cual sea la meta que nos fijemos.

## EL HERMANO MAYOR

Como muchas jóvenes madres solteras en aquel país, María Cantero había parido a su primer hijo a los diecisiete años. El paradero del padre de este niño era de origen desconocido. Pero se rumoraba que el muchacho había nacido a causa de una violación que nunca fue esclarecida, ni mucho menos investigada. Antes de nacer su hijo mayor, María Cantero vivía con sus padres en un pueblo. Una tarde, ella se bañaba junto a una quebrada, en un rincón de una finca de café. Fue entonces que dos hombres llegaron y, a la fuerza, los desgraciados la obligaron a entregar su más preciada prenda, su virginidad. De aquel salvaje acto de violencia nació Raúl Cantero, el hijo mayor de María. Nunca se supo quiénes fueron los malhechores, ya que los canallas le habían colocado un saco de manta sobre la cabeza y la habían atado de manos a un árbol. Pero a pesar de esa desdicha, María Cantero optó por parir a su hijo y cuidar de él. Después de todo, el muchacho le había venido a alegrar aquellos momentos de tristeza después de la repugnante desfloración. Ella amaba a su hijo. Por eso, para no darle placer a la desgracia y al infortunio, María Cantero siempre cargó en brazos al niño y lo cuidaba con dignidad y esmero, como si el suceso nunca hubiera ocurrido. Pero «pueblo chico, infierno grande», y los rumores empezaron a florecer en aquella aldea.

Raúl Cantero fue travieso e inquieto desde muy pequeño, pero al mismo tiempo, era muy alegre y despabilado. Cuando creció, María Cantero lo castigaba por todas las travesuras que a menudo hacía. Posiblemente la falta de educación, la inexperiencia de ser madre joven y la presión social, la impulsaban a actuar indebidamente. Cada vez que esto sucedía, Raúl Cantero se marchaba a vivir con la abuela y lo hacía por períodos indefinidos. La abuela, que vivía en un barrio aledaño, siempre lo recibía y lo amparaba como si fuera su propio hijo. Ricardo Cantero conocía perfectamente la historia de su hermano mayor, y por eso tenía un gran apego y consideración hacia él. Siempre extrañaba su compañía, aunque no eran pocas las veces que su hermano lo llevaba al máximo fastidio. Raúl se aprovechaba a menudo de Ricardo, cogiendo sus cosas y de paso destruyéndolas. Raúl Cantero por su lado, a veces, pensaba que su madre sentía más cariño por Ricardo y por su otro hermano menor. Él suponía esto porque sus dos hermanos menores eran hijos del mismo padre. Él, sin embargo, nunca conoció a su padre biológico, pero ese vacío fue reemplazado por el amor y la ternura de la abuela.

Cuando Raúl Cantero tenía seis años pasó como un péndulo, trasladándose de la casa de su madre a la casa de la abuela, ya que la abuela había quedado viuda y sola recientemente. Ricardo Cantero apenas recordaba la muerte del abuelo Salomón. El abuelo Salomón había muerto cuando Ricardo Cantero apenas tenía tres años de edad. Posiblemente esto también había afectado el estado anímico de María Cantero. Salomón Cantero era un hombre alto, delgado, con un gran bigote blanco, de pelo canoso echado siempre hacia atrás. Ricardo Cantero lo recordaba sentado siempre en un banco de madera, tocando guitarra y mascando tabaco. Años atrás, aquel viejo había decidido dejar de fumar y, como reemplazo a ese vicio mortal, trituraba pedazos de puro con los dientes y escupía saliva de color café como un camélido. El viejo había logrado casarse dos veces, no porque fuera muy guapo o tuviera dinero, sino más bien por su labia y aires de conquistador. Se había gastado el poco dinero de la herencia de su primer matrimonio en licor y en cigarrillos. Era un viejo ameno, que en toda reunión hacía siempre reír a la gente. Como buen trovador y picaflor que era, le gustaba encantar a las mujeres con sus chistes pícaros y fogosos. Y no importaba si estas eran jóvenes o mayores, solteras o casadas, bonitas o feas. Su afán era solamente conquistar la atención de las mujeres con la música de su guitarra y sus melodías de trovador.

Tanto el abuelo Salomón como la abuela Isabel, habían nacido y crecido en un ambiente totalmente rural y analfabeto. Allí, lo más importante era ganarse el jornal para gastarlo en las necesidades diarias o, a veces, en uno que otro festejo patronal. Para ellos, la educación no tenía un valor significativo, era pérdida de tiempo. Lo que sí importaba era levantarse en la madrugada, beber el café con una tortilla de maíz acompañada de gallopinto, ir al campo a trabajar en la siembra y recoger la cosecha de su propia parcela de tierra o la del patrón. Eso sí era vida, decía el viejo Salomón. Así era como se formaba un hombre hecho y derecho, solía decir el abuelo. Posiblemente la falta de educación contribuyó a que la familia Cantero-Montero nunca logró mejorar su condición de vida, a pesar de la base económica que inicialmente habían heredado.

Tanto Salomón Cantero como Isabel Montero habían heredado tierras desde hacía muchas generaciones. Aquellas tierras sembradas de arroz, cebada y maíz debieron haber generado el sustento diario de aquella familia con nueve hijos en total. Los tres hijos mayores eran del primer matrimonio de Salomón Cantero. Su primera esposa había muerto, posiblemente de un infarto. Poco después, Salomón Cantero había encontrado el amor en Isabel Montero, la abuela de Ricardo, y esta le parió seis hijos más. María Cantero fue la hija mayor de aquel segundo matrimonio y fue la primera en experimentar los cambios bruscos de decadencia y pobreza en esa familia. Las malas decisiones, el alcoholismo y la pésima administración de sus progenitores pronto hicieron que la situación familiar se convirtiera en un caos.

Salomón Cantero murió una mañana cálida de febrero en el hospital provincial. El licor y el fumado le habían heredado una infección pulmonar que los médicos no lograron parar con penicilina. Para calmar el sufrimiento y el dolor de la ida de Salomón Cantero, la abuela se había ido a vivir con una de sus hijas menores a un barrio aledaño al arrabal donde María Cantero entonces vivía. La partida de Salomón Cantero había dejado un gran vacío y por esa razón la abuela buscaba reemplazar ese vacío dándole amor y cuidado a su primer nieto, Raúl Cantero. En principio la abuela había casi adoptado a su nieto mayor. Entre ellos dos había crecido un amor inseparable que perduró por el resto de sus vidas. La abuela se había hecho cargo de Raúl casi desde su nacimiento y, por lo tanto, ella tenía un gran cariño por el muchacho. Paralelamente, María Cantero sabía que su hijo mayor también necesitaba el amor y el cariño de una verdadera madre y, por eso, trataba siempre de integrarlo con sus dos hermanos menores en todas las actividades sociales que ella realizaba.

Para los días festivos de navidad y año nuevo solían celebrar juntos e iban a las fiestas patronales que se llevaban a cabo cada año en los distritos vecinales. En esas fiestas populares se divertían viendo corridas de toros y topes (desfiles de jinetes), comiendo comidas típicas y montando en los carruseles. Allí, armaban siempre una pequeña montaña rusa, a la cual le cimbraban todos los hierros y traqueaba toda la infraestructura de madera que sostenía los rieles y los vagones de metal. María Cantero solía llevar a los tres niños bien vestidos a esas fiestas. Primero, iban a la misa de celebración del inicio de la festividad, y luego, a la plaza de futbol, que ya para entonces se había convertido en un espacio lleno de luces, de atracciones y de gente proveniente de diferentes lugares de la provincia. Los tres hermanos salían estrenando ropas y zapatos y tenían monedero abierto para comprar golosinas. Ella siempre lograba hacer eso con los pocos ahorros que guardaba cuando trabajaba en el mercado municipal y a veces completaba con lo que Francisco Caballero le daba semanalmente para la manutención de sus dos hijos. Esto siempre fue tema de discusión entre María Cantero y Francisco Caballero, ya que cada vez que María gastaba algo extra en Raúl Cantero, Francisco Caballero se molestaba y obviamente eso desgastaba la relación entre ellos dos.

## EL HERMANO MENOR

Después de la muerte de María, Ricardo Cantero tuvo un sentimiento de responsabilidad casi paternal hacia su hermano menor. Sin embargo, a veces esto se expresaba también en fastidio y agobio, ya que él, a menudo, tenía que acceder y dejar participar a su hermano menor en todos los juegos que se practicaban en ese entonces. A regañadientes, a veces le permitía jugar a las rayuelas, tirar las canicas o jugar a los trompos con la cuerda, tirar el yoyo y volar las cometas. Pero algo que definitivamente Ricardo no permitía, era que tocaran sus postales de futbolistas o su colección de paquetes de cigarrillos de marcas raras. Estas tenían un gran valor de colección en el mercado de apuestas entre los párvulos del vecindario. En más de una ocasión, Ricardo encontró unidades de su preciada colección en manos de otros chicos, ya que su hermano menor a menudo descubría el escondite donde él las tenía guardadas. Luego las extraía, las apostaba y las perdía.

Casi siempre, al atardecer, los dos niños jugaban a las mejengas que se hacían en los lotes baldíos y, allí, Ricardo estaba obligado a permitirle a su hermano menor jugar a la pelota en el improvisado partido de fútbol. Cuando la luz del sol desaparecía por completo, su abuela los llamaba a comer lo que hubiera disponible en la pobre despensa. Entonces los dos entraban a la casa sudando, muchas veces sucios, rotos y llenos de adrenalina por los golpes que les habían dado en las querellas que se armaban en aquellos partidos espontáneos.

Daba la impresión de que los hermanos Cantero no estaban siendo afectados por la crisis familiar que existía en ese hogar, pero definitivamente no era así. Solo que ellos posiblemente no podían expresar con palabras lo que realmente sentían. Ellos estaban en medio de la tormenta y no veían otra cosa más que el torbellino dando vueltas a su alrededor. Sin embargo, estaban muy conscientes de lo que vivían y experimentaban en esos tiempos de calamidad. A pesar de la situación tan precaria en la que vivían, existía en aquel hogar un sentimiento de hermandad y colaboración entre ellos. Los muchachos trataban de protegerse entre sí y de llevar una vida más o menos normal, o por lo menos no muy diferente a la de los otros muchachos del barrio. Los tres iban a la escuela, trataban de hacer sus deberes y jugaban como cualquier otro párvulo de aquella época. Pero a pesar de eso, la preocupación por la falta de dinero y la carencia de alimentos socavaba constantemente el estado psíquico y anímico de aquellos tres niños.

## LA DESGRACIA DE LOS HIJOS DE UNA CONCUBINA

Francisco Caballero era un hombre de avanzada edad y había casi rejuvenecido con la relación entablada con María Cantero. Era una relación fuera del matrimonio y, por lo tanto, era excitante, prohibida y pasional. Su familia oficial, sus bienes y su honor estaban en juego si optaba por rehacer una nueva vida con aquella guapa doncella. El problema era que ella ya tenía un niño antes de conocerlo y eso creaba un sentimiento de desconfianza en hombres como él. Sin embargo, eso no frenó a Francisco Caballero para hacer sus visitas semanales a María durante más de siete años consecutivos. Él la visitaba todos los viernes para satisfacer sus deseos carnales. Pero, cayendo la mujer enferma, Francisco Caballero redujo sus visitas a casi cero. En realidad, fueron contadas las veces que Francisco

Caballero pasó a visitar a la pobre mujer agonizante. Como cualquier otro niño, Ricardo Cantero anhelaba la presencia de su padre, pero al mismo tiempo entendía que su padre no tenía el interés ni la voluntad de estar con ellos. Su obligación se limitaba a dar algo de dinero de vez en cuando para solventar las necesidades básicas que había en aquel hogar. Quizás, esta era la manera en que Francisco limpiaba su mala consciencia y expiaba sus pecados.

## TIEMPOS DE ESPERA Y DE CONGOJAS

Después de la muerte de María y obligado por la necesidad de dinero, Ricardo Cantero tuvo que optar por salir a buscar o, más bien, perseguir a su padre. Lo buscaba en diferentes puntos de la ciudad. A veces lo esperaba muy temprano por las mañanas, en un almacén de fertilizantes contiguo al mercado central, a veces iba a un café frente al parque, y en otras ocasiones iba hasta la casa donde Francisco Caballero vivía. Ricardo Cantero no había cumplido los diez años y ya había aprendido a corretear por todos los lugares que Francisco Caballero solía visitar antes de tomar rumbo hacia su hacienda. Y como un cachorro cuando olfatea a su dueño, el muchacho se enfocaba en dos o tres lugares, pero el más acertado era casi siempre la acera de la esquina del estadio, ya que la residencia de los Caballero estaba situada cerca de ese lugar.

La gran casa de la familia Caballero estaba a solo unos cuantos metros de la instalación deportiva. A menudo, Francisco Caballero se le escabullía por las mañanas y se iba a la finca antes de que el muchacho lo pillara. Entonces, Ricardo volvía después de la escuela, con la caída del sol y con la esperanza de encontrarlo allí en su casa. En aquel andén donde pasaba largas horas atisbándolo, el tiempo se le hacía eterno a Ricardo Cantero. Muchas veces vio a su padre venir a la distancia conduciendo el carro. Entonces, Ricardo aprovechaba la señal de alto, le hacía señas y le gritaba que por favor necesitaba hablar con él, o más bien necesitaba dinero para comer y pagar cuentas.

Francisco Caballero a veces se detenía y le daba unas cuantas monedas, pero muchas veces lo hacía de mala gana, casi con disgusto y apatía, posiblemente por el estrés de ser pillado por su mujer. Otras veces se hacía el despistado, como si el muchacho no existiera. En muchas ocasiones, cuando ya habían pasado varios días sin poder hablar con su padre, el muchacho se arriesgaba a atravesar la calle y caminaba por el frente de la casa, y allí, Ricardo Cantero le silbaba. Se iba a hurtadillas para no ser identificado por la mujer de Francisco, ya que ella tenía plena consciencia de la existencia de estos dos niños extramatrimoniales. Y era entonces que la mujer aprovechaba para externar su odio y apatía, y con gran furia salía de la casa y le pegaba cuatro gritos al muchacho. En una de esas ocasiones la mujer le gritó unas frases que quedaron grabadas en la mente y el alma de Ricardo Cantero:

—Vete de aquí, mocoso, que no te quiero ver. Eres hijo del adulterio y como tal nunca nadie te va a querer. Cualquier persona que quieras amar va a sufrir y posiblemente morirá antes de la fecha, como lo hizo tu desvergonzada madre —dijo la mujer.

Esa vez Ricardo salió corriendo a toda velocidad como tratando de dejar atrás las palabras dichas por aquella ingrata mujer. Los regaños y gritos por parte de esa mujer ya antes habían sucedido, pero nunca antes habían sido tan amenazantes como en esa ocasión. En esas circunstancias lo único que Francisco hacía era guardar silencio y el hombre entonces se ofuscaba frente a su esposa. Más bien parecía que él aceptaba pasivamente aquella reacción inmadura de su mujer, o quizás inconscientemente él le daba la razón por haber sido un hombre infiel y descarado. Ricardo estaba plenamente consciente de la invasión que él hacía a la tranquilidad y al bienestar de aquel hogar adinerado, pero entonces tuvo miedo de pensar que todos aquellos seres que él amaba iban a morir si él los seguía amando. Por eso, ese día se propuso entonces que no amaría a nadie, solo les tendría cariño para que no murieran.

En su quimera, sentía casi dolor al recordar cómo él pasaba allí incontables horas sin comer y sin beber, esperando a su padre frente a la acera del gran estadio. Esas horas de espera, de zozobra y de congojas se hacían casi infinitas. Allí permanecía bajo un sol candente que formaba hálitos infernales y creaba espejismos a un metro del pavimento. Otras veces lo hacía bajo aguaceros torrenciales y sin poder cubrirse de la furia del tiempo. Allí, camuflado entre las casas y los carros, entre los aficionados y los revendedores de entradas, trataba de encontrar la más mínima sombra o refugio para no mojarse o deshidratarse. A menudo, y como pasatiempo, trataba de distraerse de todas las maneras posibles, mientras esperaba que su padre apareciera.

En muchas ocasiones, Ricardo Cantero tuvo que satisfacer su hambre con el olor del pescado empanizado que se escapaba de las ventanas de la famosa cantina El Golazo, ya que no tenía un cinco para comprar. Allí llegaban los aficionados y otros adictos al licor a llorar o a celebrar el resultado futbolístico de la noche anterior. Sus tripas se retorcían de sed y de ayuno obligado. Entonces, se imaginaba estar comiendo un emparedado de pescado, acompañado con mayonesa, tomate y dos suaves rebanadas de pan cuadrado. A veces, pasaba allí cinco o seis horas sentado, y esa escena la repitió por más de cuatro años seguidos. No fueron pocas las veces que regresó a su casa con las manos vacías y a punto de desmayar por el hambre que sentía. Y como cuando un soldado pierde una batalla, derrotado le comunicaba a su abuela que ese día su padre no se había asomado a la acera. Entonces, entraba a la cocina, se pegaba al grifo y bebía agua hasta casi reventar. Luego, se iba y se tumbaba en el catre, el cual tenía un colchón de paja cubierto con una tela de manta blanca con rayas azules. Y mientras escuchaba las voces de los artistas de una telenovela, se quedaba dormido hasta que las náuseas o la luz del sol lo despertaran hasta el día siguiente.

# EL VELORIO DE MARÍA CANTERO

Ahora, en su quimera, recordaba cómo el velorio de su madre había ocasionado casi un holgorio en aquel humilde barrio. Entre la gran multitud que se había aglomerado dentro de la casa, se encontraba una vecina que se acercó a él ofreciéndole una melcocha. La mujer quizás quiso endulzar la amarga angustia que aquel niño experimentaba en ese momento de desdicha. Ella lo sacó de la muchedumbre y lo invitó a salir al patio donde ya estaba oscuro. Ya afuera, él empezó a desenvolver el papel de cera que cubría el alargado confite y, mirando a la blanca mujer de ojos verdes y pelo rizado, le indicó con un gesto de impotencia que le era imposible masticar el dulce. Por sus mejillas bajaban entonces lágrimas, como ríos desbordados en tiempos de invierno.

—Llora, no te contengas —dijo la mujer.

Ella trató de abrazarlo, pero él rehusó. En la oscuridad del patio se apreciaba un cielo lleno de estrellas y una luna llena empezaba a asomarse entre algunas nubes pasajeras, las cuales parecían estar de visita en aquellas tierras.

—Bien, hazlo. Entiendo que quieres llorar, pero te da pena que te vean llorar, ¿verdad? Dime si no es así —manifestó otra vez la mujer.

Ricardo Cantero le dio la espalda y sollozando dijo entre dientes:

—Lloro porque me duele mucho la lengua, y el estómago también. Tengo la lengua llena de ampollas. Me arde mucho desde ayer, y por eso lloro.

La mujer solo asintió con la cabeza.

Si bien era cierto, su lengua estaba roja, con pequeñas vejigas en la periferia, y le dolía lo suficiente como para deshacerse en llanto, pero en verdad ese dolor que sentía en su músculo bucal no era nada en comparación con el dolor que sentía en su corazón. El virus del herpes ya había hecho su incursión días antes, cuando él había escuchado la conversación entre la abuela y una de sus tías, la cual mencionaba que a María no le quedaban muchos días de vida. Posiblemente, él ya había canalizado su estrés de esa manera, y esa noche había alcanzado la cúspide de la angustiosa espera. Esto lo venía debilitando psíquica y emocionalmente y ahora esto hacía efecto incluso en sus entrañas. La mujer hizo una mueca entre sonrisa, asombro y compasión, y luego sugirió:

—Entiendo. Ven, te pondré algo para aliviar el dolor.

A los minutos ella regresó con un frasco en la mano. Contenía una sustancia color violeta, y tenía un dosificador que ella dejó gotear sobre la zona afectada. Ricardo Cantero sintió el sabor ferroso en su boca cuando trató de tragar saliva. Estuvo a punto de vomitar, pero se contuvo gracias al sabor de la melcocha.

—Con esto te sentirás mejor. ¡Imagino que no has comido nada tampoco! —sostuvo la mujer.

Ricardo Cantero no había percibido cuán rápido había pasado el tiempo hasta que entró de nuevo a su casa. Tampoco había sentido hambre durante ese lapso de tiempo. Entró por la puerta de la cocina y notó que allí desbordaba de gente. Observó que una de sus tías se abría espacio entre los autoinvitados. Ella cargaba una bandeja redonda de aluminio o de algún latón barato en la que llevaba una docena de vasos plásticos repletos con guaro de caña que, por cierto, estaba prohibido fabricarlo, y aún más venderlo. Pero a pesar de ello, la bebida era consumida clandestinamente por los vecinos del barrio. El guaro de caña era muy popular, y para hacerlo más atractivo, había sido mezclado con sirope rojo.

Evidentemente, la sed de licor se hacía presente en aquel encuentro fúnebre, ya que la tía tuvo que hacer varias rondas con la bandeja llena de la popular bebida alcohólica. Allí se repartía también café recién chorreado, pan casero, quesadillas y gatos dulces, una especie de panecillos con jalea en el centro. El velatorio se había convertido casi en una fiesta en aquella vecindad. En el fregadero, que era de cemento y estaba coloreado de un ocre rojo, alguien había sumergido en el fondo de esa pila unas botellas de rompope para que estuvieran frescas y tuvieran un mejor sabor a la hora de servirse, ya que allí no existía una nevera.

En la sala ya habían logrado colocar a la difunta dentro de un ataúd que alguien había ido a comprar al centro de la ciudad. Aquella caja mortuoria estaba forrada con una especie de gamuza gris y una tela de satén blanco en su parte interior. Eran casi las once de la noche. Ricardo Cantero se sentía como un fantasma entre la gente que estaba allí congregada. En realidad, él no quería estar allí. Él deseaba no ser la persona que estaba sufriendo y sintiendo la ida de su madre. El dolor que él experimentaba en ese momento era muy fuerte para un niño de nueve años.

Ricardo recordaba que de un momento a otro el público empezó a hacer silencio y todos allí empezaron a agruparse alrededor del ataúd. Un sacerdote vestido de sotana negra y de cuello blanco hizo su presencia. Ese mismo padre había estado allí el día anterior, dándole los santos óleos a su madre. Para entonces, Ricardo Cantero no había entendido que ese ritual sagrado se daba solo a los moribundos como unción cristiana a los enfermos. Hubo un silencio pulcro cuando el sacerdote empezó a hablar. El representante de la Santa Madre Iglesia oró y rezó unas cuantas oraciones, dijo algunas palabras de consuelo y luego, tan pronto como vino, desapareció del lugar. Su labor estaba limitada al marco de la homilía y, por lo tanto, el cura no tenía ni ganas ni tiempo para permanecer allí y dar palabras de aliento y esperanza a aquellos desafortunados niños.

Pronto, las obsesivas y monótonas plegarias del sacerdote fueron reemplazadas por una pequeña dama vestida de negro y un velo del mismo color sobre su cabeza. La señora estaba de pie frente al ataúd. De repente, ella tomó la batuta de iniciar el rezo y todos empezaron a repetir las letanías y oraciones que ella decía. Y entonces, algunos ya afectados por la bebida alcohólica, dulcete y rojiza, empezaron a cabecear. Ya entrada la medianoche, Ricardo Cantero también se durmió en una esquina de la sala y, sin darse cuenta de la hora, fue trasladado por alguien a su piltra en el cuarto contiguo. A los pies de él, también dormido, estaba tumbado su pequeño amigo felino. El pequeño animal parecía cuidar el sueño de su pequeño amo. Puma, su gato amigo, no se movió de ahí hasta el día siguiente.

En la habitación donde Ricardo dormía había dos catres, una cómoda de madera pintada de azul cielo —la cual utilizaban para meter ropa interior y calcetines—, y un armario de madera barnizado, el cual servía como ropero para los tres hermanos. En aquel aposento no había ventanas ni tampoco un cielo raso que tapara el zinc. Muchas veces Ricardo Cantero se quedaba dormido contemplando las diferentes figuras que se formaban entre el zinc y las vigas de madera que sostenían el techo. Las luces de los pocos vehículos que pasaban por la calle del frente dejaban a veces una nube de polvo y miles de personajes en la imaginación del muchacho. En ocasiones, las luces de los autos creaban imágenes de monstruos que se subían por las cerchas y corrían por las vigas. Pero luego, esas fantasiosas imágenes se escabullían por las rendijas y allí siempre quedaban atrapadas. Luego desaparecían.

Cuando María estaba sana, él siempre llamaba con miedo y recelo a su madre desde la habitación.

—Mami, ¿verdad que los fantasmas no existen? —preguntaba él.

—Depende, si te portas bien y te duermes, no existen —respondía ella.

—Si hay algo allí arriba, son solo sombras, ¿verdad mami? —ratificaba él.

—Sííí, así es —respondía María Cantero.

—¿Por qué hay cosas malas en el mundo, mami? —volvía él a preguntar.

Y así, Ricardo pasaba tratando de crear un hilo de conexión con su madre a través de la voz, preguntando entre tabique y tabique antes de dormirse. Luego, ella le gritaba desde la otra habitación.

—Bueno, ya duérmete y deja de preguntar tantas tonteras. Mañana tienes que levantarte temprano conmigo para ir a la escuela y yo al trabajo —terminaba diciendo María. Posiblemente, cuando ella le gritaba esa frase, él ya estaba dormido.

Al día siguiente después de la muerte de su madre, Ricardo Cantero despertó de repente al escuchar llantos y murmullos que se oían fuera de la casa. Rápidamente se percató de que no había estado soñando, todo era una realidad. Sintió a Puma sobre sus pies, el cual se retorció cuando él corrió la cobija para cubrirse la cara. Y como si estuviera dentro de una cueva solo y abandonado, lloraba allí desconsoladamente. Luego, Puma caminó sobre su cuerpo aún cobijado. Se acercó a su cara y moviendo la cabeza de un lado a otro quiso lamerle la frente, pero Ricardo Cantero no se lo permitió. Era como si su pequeño gato quisiera consolarlo. De algún modo, el mamífero olfateaba la tristeza de su amo, y ahora quería acercarse a su cara para tratar de comunicarle que no estaba solo. Su madre se iba de este mundo, pero ella siempre iba a estar con ellos como una fuerza positiva, cósmica y espiritual. Y no importaba dónde ellos se hallaran en el universo. Ricardo Cantero observó las dilatadas pupilas de Puma y sintió una sensación de regocijo, paz y serenidad. Era como si a través de los ojos del gato, María Cantero le transmitiera un mensaje de tranquilidad y bienestar a su hijo. En ese instante sintió un alivio que nunca antes había sentido, como si una carga pesada hubiera sido eliminada de sus hombros.

## EL SEPELIO DE MARÍA CANTERO

A las once de la mañana del 5 de abril de 1970 inició la procesión luctuosa. El carro fúnebre con dos coronas de flores en la tapa frontal y una cola de gente detrás, marchaba lentamente. Parecía que todo el vecindario acompañaba a la difunta en su último viaje por la calle del barrio. Por allí saldrían a la calle principal y luego tomarían el camino directo hasta el cementerio central. Él recordó que quiso ir sentado al lado del chofer que conducía la carroza, pero por alguna razón no le fue permitido. Debía ir caminando los cinco kilómetros de distancia hasta el campo santo como todos los demás. Durante el trayecto le pareció haber visto a Puma detrás de él. No fue sino hasta después, cuando estuvo en el cementerio, que vio de nuevo a Puma saltando sobre el cúmulo de tierra sacada de la fosa donde iban a enterrar a María Cantero. Cuando los acompañantes del funeral estaban de pie frente a la sepultura, Puma ya se había esfumado del lugar. En ese momento onírico, Ricardo Cantero se preguntaba a sí mismo si realmente había sido Puma o sencillamente se lo había imaginado.

El último día del novenario llegó. Puma no había aparecido desde la muerte de María Cantero. Lo habían buscado por todos los rincones dentro y fuera de la casa, pero el gato no aparecía por ningún lado. Ese día vendrían a casa parientes y amigos a rezar el noveno y último día. Y fue entonces que Ricardo Cantero encontró a su mascota tumbada y sin vida debajo de la cama de su madre. Aún recordaba cómo lo levantó suavemente del lecho donde estaba. Lo abrazó como si fuera un bebé. Entonces lloró desconsoladamente por su gato. Él había estado recordando todo lo sucedido desde el primer instante de la muerte de su madre hasta el momento en que la colocaron en la fosa de tierra color marrón. Pero allí, en su quimera cuántica, no recordaba nada más de ella.

## FE RELIGIOSA Y CREENCIAS<br>EN EL MÁS ALLÁ

La fe y la devoción de María Cantero la habían obligado a vestir de ángel a Ricardo, a pesar de que él no quería servir de ángel en una procesión de Semana Santa. Ella ya había hecho una promesa a la Virgen cuando él apenas tenía cinco años. Por lo tanto, la promesa debía ser pagada, de lo contrario, el milagro no se llevaría a cabo. Su madre era muy católica, pero al mismo tiempo muy supersticiosa. Creía tanto en santos y vírgenes como en médiums, astrólogos y creencias del más allá. Definitivamente, María Cantero buscaba siempre la verdad en lugares muchas veces equivocados, posiblemente como resultado de la ignorancia o quizás por exceso de fe. Independientemente de lo que fuera, Ricardo Cantero siempre salía pringado.

En su mente estaba grabada una serie de acontecimientos que en el ensueño él consideraba casi ridículos. Se acordaba de las noches cuando ella y sus hermanos, sentados en el pequeño corredor de la casa, contemplaban el firmamento lleno de estrellas. María Cantero les mostraba las siete cabritas en el cielo, refiriéndose al cúmulo de estrellas de las Pléyades. Allí, ella les explicaba que el número siete era el signo que comprendía y contenía todo. Era su dígito favorito y su número de suerte, ya que este signo era la suma de lo celestial (tres) y lo terrenal (cuatro), aunque en realidad Ricardo nunca entendió el verdadero significado de esa operación astral. María Cantero les explicaba que el dígito siete era la cifra del conocimiento sagrado, de la ciencia y de lo divino. Era el número de Dios. Posiblemente, ella se refería a la representación de la Santísima Trinidad: el Padre, el Hijo y el Espíritu Santo, y quizás los otros eran los cuatro elementos naturales: agua, viento, fuego y tierra. Ricardo Cantero nunca se dio a la tarea de escudriñar más sobre este número divino, ya que para él todos los dígitos tenían su propio valor intrínseco.

Su madre les contaba que el mundo estaba lleno de espíritus buenos y malos y, por eso, había que saber diferenciarlos. Según ella, los espíritus malos cargaban siempre el número seis, representado por los tres seises como marca designativa del mal. Esos espíritus oscuros eran almas que no habían logrado entrar al cielo y, por lo tanto, necesitaban nuevamente apoderarse de un cuerpo en este mundo para no entrar en el infierno. Esos cuerpos inéditos podían ser cualquier cosa viva: una persona, un animal o incluso un vegetal. Logrando eso, ellos podrían estar en el Purgatorio, o sea, aquí mismo en la tierra. Por lo tanto, sería aquí en la tierra donde las almas se purificarían pagando sus deudas pendientes por los pecados cometidos. Después de esto, ellos podrían entrar al cielo. María Cantero había creado su propia *Divina Comedia* con la fe y sus creencias.

Para ella, los espíritus buenos llevaban incorporado el número de Dios. Ellos sí habían logrado entrar al cielo. Los espíritus buenos podían ser ángeles enviados por Dios para protegernos de los males causados por los malos espíritus. Ellos eran entes limpios y no permitían dejarse ver, por causa de su pureza divina y celestial. Sin embargo, si algún ente o espíritu benévolo se dejaba observar por un ser humano, perdía automáticamente su pureza divina y su energía cósmica. Y entonces dejaba de ser un ángel o un buen espíritu y volvía otra vez a la tierra en forma de cosa, animal o persona. Allí, en su estado metafísico, Ricardo recordaba las historias de su madre y entendía perfectamente que eso no podía ser así, pero a pesar de ello, prevalecía un temor y un miedo oculto en su ser que no podía evitar. Allí, en ese éter cósmico, rehusaba aceptar que él en ese momento se encontraba en una dimensión donde solo los ángeles o los demonios podían estar. Él no quería convertirse en un ángel, ni tampoco en un espíritu malo. Ricardo Cantero quería ser el mismo que siempre había sido.

Ricardo recordaba que una vez le preguntó a su madre si los malos espíritus le podían hacer daño. Ella le respondió con mucha firmeza que no, que eso no era posible, ya que él estaba protegido por los buenos espíritus, porque él había sido adivinado e interpretado por una astróloga llamada Madame Gandahara. Esta dama espiritista se ganaba la vida vaticinando el futuro de los demás y, aparentemente, tenía grandes dones místicos y astrológicos. Ella había hecho posible que Ricardo Cantero estuviera siempre protegido del mal. Los excelentes atributos y habilidades sobrenaturales de la adivinadora tenían una reconocida fama en todo el país, e incluso, tenía un programa de radio a nivel nacional que era escuchado por una gran parte de la población en aquellos años. Decían los rumores que Madame Gandahara, a sus cuatro años de edad, sentada sobre una enorme piedra volcánica en un cerro del Valle Central, empezó a manifestar su particular don de leer el destino de las personas a través de la mano.

Con mucha dificultad por causa de su corta edad, la astróloga apenas podía entonces narrar el futuro de aquellos que estiraban la mano para que el destino les fuera leído. Según la habladuría de la gente, esta dama, aparte de leer el futuro de las personas, averiguaba si un hombre tenía otra mujer o viceversa y hacía enloquecer de amor a hombres y a mujeres con ungüentos y elíxires. Además, revelaba hechizos y maleficios en contra de personas buenas y los hacía rebotar en contra de los malhechores. Ella sabía dónde estaban los embrujos que causaban enfermedades, y también hablaba con los muertos. Incluso llegó a adivinar el destino de algunos políticos y el número de la lotería que había que comprar, aunque los afortunados nunca se dieron a conocer, por miedo a ser asaltados o timados. Según los creyentes, esta astróloga adivinaba todo, gracias a la comunicación directa con seres de otros mundos.

María Cantero era una de sus mejores clientas y, como tal, Madame Gandahara había visitado la casa de los Cantero en varias ocasiones. En una de esas oportunidades, colocaron a Ricardo Cantero en una mesa cubierta con una sábana blanca. La mesa estaba llena de pétalos de rosas recogidas del pequeño jardín y habían puesto unas velas encendidas flotando en una palangana llena de agua. La luz de la sala estaba apagada y habían colocado una manta oscura sobre las ventanas. Ricardo Cantero permanecía acostado, semidesnudo, solo en calzoncillos. Tenía quizás cinco años de edad. La dama de tez blanca y cabello negro llevaba puesto un vestido blanco con diferentes cintas de colores alrededor de su cintura, una malla negra que recogía sus cabellos, unos escapularios largos con diferentes tipos de piedras y colores, y unos aretes colgando hasta los hombros.

El aspecto de aquella mujer impresionaba y daba la sensación de que ella tenía un gran poder sobrenatural. Sus manos eran blancas, con largas y puntiagudas uñas, las cuales estaban pintadas de color negro, con un anillo en cada dedo y con diferentes tipos de piedras preciosas, por lo menos así lo apreciaba el niño. Su ropa expulsaba un olor a mezcla de cúrcuma con pachulí. Ricardo Cantero recordó cómo en esa ocasión aquella dama empezó a cantar rezos y alabanzas que él no reconocía. Luego, roció sobre su cuerpo una especie de remedio. Un compuesto de ruda, altamisa, romero, alcohol y otros ingredientes que no le eran familiares. Su madre de pie al lado de él, rezaba una plegaria repetitiva y le decía que cerrara los ojos y que no se asustara. Madame Gandahara exclamaba que el niño estaba protegido por un aura divina y tenía la cruz de la verdad dibujada en el cielo de la boca. Supuestamente, esto era un designio espiritual que no todos los seres humanos lograban poseer, según la mujer. Él no veía con claridad lo que estaba sucediendo. Permaneció acostado hasta que su madre le ordenó levantarse y salir de la habitación. Y así lo hizo.

Luego, llamaron a su hermano mayor. Repitieron el mismo procedimiento de culto con Raúl Cantero, a quien también lo acostaron en la misma mesa. Pero Raúl Cantero era más travieso e intolerante y no aguantó mucho tiempo en ese lugar. El muchacho no ponía la fe necesaria que se requería en el ritual, miraba de reojo lo que sucedía a su alrededor y, entre temor y burla, hacía lo que ellas le pedían. Pero después de un rato de estar acostado, Raúl Cantero se cansó, se levantó y salió disparado corriendo hacia la calle. Su madre, enojada, lo llamaba para que regresara de nuevo al ritual. Escondido debajo de un arbusto, Raúl Cantero le susurraba a Ricardo para que por favor le alcanzara el pantalón y la camisa, ya que el pobre estaba en la calle casi en paños menores. Ricardo Cantero tuvo que escabullirse en la oscuridad de la habitación y pudo recoger la ropa de su hermano, para luego entregársela. Su hermano no logró ser convencido por su madre ni por la astróloga. Tan pronto como pudo, el chico desapareció del lugar. Se fue a refugiar a donde su abuela y apareció días después.

En las noches, cuando caminaban desde la casa de la abuela, Ricardo Cantero sujetaba fuertemente la mano de su madre. En esa travesía había un lugar muy peculiar, cerca de un puente por donde corrían las aguas de la quebrada. Su madre aseguraba que allí se escondía un bulto y, por esa razón, era necesario siempre alumbrar aquella pareidolia para echarle unas gotas de agua bendita, que ella siempre cargaba en un pequeño frasco de vidrio. El propósito de esta acción era para que este no hiciera daño a ellos ni a nadie más. Según María, el agua bendita neutralizaba las fuerzas negativas del espíritu malo que se apropiaban del bulto, el cual se tumbaba en el dique a esperar a las personas buenas que caminaban por ese tramo de la calle. El bulto era un espíritu atorrante que, supuestamente, se echaba a descansar justo en ese mismo lugar todas las noches. Ricardo nunca pudo apreciar aquel cuerpo indistinguible en la oscuridad de la noche. Él nunca pudo descifrar si era un animal, un matorral o un montículo de basura amontonado en el desagüe.

A pesar del miedo que sentía, se moría de la curiosidad y estaba intrigado por saber qué era aquel velado objeto. Su mente de niño jugaba con la idea de descifrar su forma imprecisa. En ocasiones se preparaba mentalmente para tomar coraje y desvelar el objeto y, cuando ya estaba a algunos metros de este, fijaba la mirada en la cosa concentradamente, pero por más que se esforzaba no lo lograba entrever. Obviamente, nunca intentó ni siquiera tocarlo. En muchas ocasiones pensó regresar en la oscuridad de la noche y ver si lo podía identificar con una linterna, pero su cobardía podía más que su curiosidad y nunca se atrevió a ir solo. Indudablemente, tampoco quería comentárselo a nadie, ya que le daba pena que los demás chicos fueran con él y no encontraran nada. La vergüenza y el miedo al ridículo lo frenaban cada vez que intentaba contárselo a alguien. Lo extraño era que en la claridad del día el famoso bulto siempre desaparecía.

María Cantero realmente creía en cosas del otro mundo, y su curiosidad por saber más de lo sobrenatural la inducía muchas veces a visitar diferentes médiums, astrólogos y homeópatas. Sus visitas a los curanderos se habían intensificado un par de años antes de que se agravara su enfermedad. En su quimera, Ricardo Cantero recordaba que dos veces al mes, durante por lo menos dos años, ella iba a la casa de un homeópata que tenía un consultorio en la provincia vecina. Había que viajar en bus aproximadamente treinta o cuarenta minutos, luego tenían que caminar por lo menos dos kilómetros a pie en medio de un bosque de cipreses y pinos, muchas veces cubiertos de una neblina densa y húmeda, ya que el lugar estaba en lo alto de un monte. Cada vez que visitaban al curandero, Ricardo Cantero experimentaba una sensación compuesta de esperanza y placidez, mezclada con un deseo de frustración y de fracaso, al ver que su madre no mejoraba. Aparentemente, las visitas y las consultas con el homeópata no le daban buen resultado a María, y esto la había deprimido.

Ricardo recordaba que quizás era noviembre o diciembre. Los vientos monzones habían dejado de soplar para permitir la entrada de los vientos alisios al Valle Central. Estos despertaban una sensación navideña, ya que traían vientos y un frío seco. En una ocasión, su madre había salido de la casa del curandero en un mar de lágrimas y Ricardo no entendía el porqué. Fue entonces que él, inocentemente, preguntó qué había sucedido y su madre había respondido que el homeópata había dicho que ella estaba desahuciada. Él había escuchado esa palabra en otro contexto, cuando en el barrio habían desalojado a los Carvajal de su propia casa por no haber pagado el alquiler durante mucho tiempo. Hasta entonces, Ricardo Cantero no entendía por qué su madre estaba desahuciada, ya que ellos no pagaban alquiler de ninguna casa.

Después de ese acontecimiento con el homeópata, ella estuvo ingresada en el hospital público más grande de la capital. Lo hizo en varios intervalos de tiempo. Allí había recibido tratamiento médico, pero las terapias no habían generado resultados positivos. Luego, fue reenviada al hospital provincial, donde estuvo hospitalizada durante varias semanas, pero finalmente fue declarada incurable y tuvo que pasar los últimos meses de agonía en su casa. Los dolores en su lado derecho del vientre se agudizaban día a día y asimismo la amargura y la desesperanza en aquella familia. Él recordaba que los últimos seis meses antes de que su madre muriera, ella había permanecido acostada en aquella tétrica y sombría habitación, llorando de dolor como una Magdalena, día y noche sin parar.

# LA ÚNICA FOTOGRAFÍA EXISTENTE DE MARÍA CANTERO

Después de la muerte de su madre, Ricardo había deseado tener una fotografía de la difunta, pero no había quedado ningún retrato de ella. Él había tratado de conseguir alguna foto con sus parientes más cercanos, pero aparentemente nadie en su familia poseía un retrato de la mujer. La única persona que guardaba una foto de la difunta era la tía Angelina. Ella era media hermana de María Cantero y vivía en la capital. La foto era de cuando María Cantero aún era una niña, y estaba pegada en un viejo álbum de fotografías. La foto estaba desteñida y se veía algo borrosa. El padre de María Cantero había estado casado dos veces. Él había quedado viudo con sus tres hijos, Angelina, Renato y Carlos, todos ellos entrados en la adolescencia. Algunos años después, Salomón Cantero se había casado con la abuela de Ricardo y con ella habían procreado seis hijos más. La tía Angelina se había mudado a la capital recién cumplidos los diecisiete años, y un par de años después había contraído nupcias con Pablo Prado.

Pablo Prado era una persona luchadora y muy responsable, pero más que eso, era una persona de muy buen corazón. El único problema que aquel gran hombre tenía, era que le gustaba emborracharse en sus días feriados, y cuando lo hacía se desconectaba totalmente del mundo. Había iniciado su empresa a los veinte años de edad: su propia cantina. El establecimiento era un popular bar situado en una de las avenidas céntricas de la capital, cerca de una parada del tranvía. A menudo y con gran melancolía, solían llegar allí los clientes descorazonados y malqueridos por sus novias o concubinas. Allí, estos iban a escuchar tangos de Carlos Gardel y de otros grandes de la música de los años 40 y 50. Pero aparte de ahogar sus penas con ron y cerveza, estos hombres llegaban a llenar sus estómagos con alguna boquita de carne o chicharrón que allí se servía.

La cantina de Pablo Prado se había hecho famosa en la capital, ya que, además de esos deliciosos bocadillos, Pablo fungía como oreja psicológica a muchos hombres desdichados en el amor. De hecho, Pablo guardaba en su mente miles de historias de malquerencias, desengaños y desamor. En su afán por ayudar a aquellos vehementes hombres, Pablo Prado los acompañaba solidariamente con un trago cuando ellos contaban sus historias. El hombre trabajaba todo el día, de once de la mañana hasta las once de la noche. Después del cierre, hacía el conteo de caja, y luego se iba tambaleando a su casa con sus tragos ya ingeridos desde la mañana. Y si no hubiera sido por la tía Angelina que siempre lo esperaba con todo el estoicismo del mundo, aquel hombre hubiera muerto anticipadamente.

La tía Angelina lo aguardaba todas las noches con sopas, tortillas calientes, queso y una taza de café hirviendo. Y así lo hizo hasta el final de sus días. Ella fue la que lo obligó a cerrar aquel negocio mundano y lo estimuló a estudiar contabilidad para poder trabajar en una oficina. Pablo se convirtió en un excelente contador y así se pensionó. La tía Angelina y Pablo Prado eran los únicos que tenían fotografías de los años 40 y principios de los 50. En uno de esos álbumes aparecía María Cantero, en la foto borrosa. Ella tendría allí quizás diez años. Llevaba un vestido a media falda y el cabello le llegaba apenas a los hombros. Se veía muy delgada, más bien parecía casi desnutrida. Al principio, Ricardo Cantero no la reconoció. Tuvo que contemplar profundamente la vieja foto para lograr descifrar los rasgos de su madre. Esta era en blanco y negro y estaba posando en la laguna de un volcán conjuntamente con un grupo de personas adultas, entre ellas la tía Angelina. Posiblemente, habían ido de excursión en bus desde la capital.

La tía Angelina y Pablo Prado eran entonces novios. Ellos habían llevado a su madre a aquel bello lugar. María no parecía muy feliz en la foto. Quizás porque ella estaba aburrida de estar como chaperona entre tantas parejas de novios jóvenes. Esa era la única fotografía que existía, no había nada más. Obtener una fotografía de María Cantero en edad adulta había sido un proyecto que Ricardo había iniciado desde hacía mucho tiempo.

Para entonces, Ricardo ya se había ido a vivir a la capital con la tía Angelina y su familia. Parecía que María Cantero nunca hubiese existido en este mundo. Su abuela, consciente o inconscientemente, había permitido que se deshicieran de todos los bienes personales que relacionaban directamente a María Cantero. Según los relatos de algunos familiares, su abuela había ordenado eliminar todas las pertenencias de su hija. Por un lado, porque le ocasionaban sufrimiento y dolor, por otro lado, porque algunas de las hermanas de María Cantero creían que tener fotos y reliquias de la difunta era idolatría, y eso iba en contra de sus principios religiosos. Durante muchos años, Ricardo Cantero había tratado de reprimir esos recuerdos, quizás como un acto de supervivencia, o tal vez porque no había otra alternativa. Lo único que Ricardo había heredado de María Cantero había sido una cadena de oro con un Cristo en la cruz. Esto había sido días después de la muerte de su pequeña hermana, la cual había muerto antes de que la bebé cumpliera los seis meses.

## LA TENUE IMAGEN DE SU DIFUNTA HERMANA

En su estado onírico también vino a recordar a la pequeña niña, la cual había muerto a los seis meses de edad. Casi la había olvidado por completo. María Cantero había tenido cuatro hijos en total. Rosario Cantero, su hermana menor, había venido al mundo pidiendo ayuda desde el comienzo, ya que nació simultáneamente con el lanzamiento de la canción de los Beatles «Help». Él aún tenía grabada en su mente la música de aquella canción, ya que durante las noches algún fanático del grupo inglés despilfarraba todos sus centavos en la rocola del salón de baile del barrio. Este estaba situado a unos cuantos metros de su casa.

Allí llegaban juerguistas y bailarines a mover sus cuerpos y a tomar licor y cerveza. Algunos de ellos eran vecinos del barrio, pero la mayoría eran de otros vecindarios aledaños. No fueron pocas las veces que escuchó los gritos de un pendenciero peleando por una mujer, o los gritos de una mujer alegando por el amor de un hombre que oficialmente pertenecía a otra. El salón de baile era considerado un lugar de mal agüero en el vecindario, y despertaba enojo en la conservadora vecindad, particularmente en aquellos que iban a misa todos los domingos. Estos se quejaban constantemente del lugar y profetizaban que Dios mandaría pronto un castigo para reformar a todos aquellos parranderos que visitaban aquel antro inmoral todos los viernes y sábados.

Y aparentemente así fue, ya que en un invierno de 1968 el espectro de la oscuridad vino al arrabal y ocasionó la muerte fulminante a varios niños pequeños, entre ellos Rosario Cantero. La bestia del mal se había cubierto con su capa oscura y esta vez la muerte había venido camuflada con la bacteria del neumococo. Así lo había declarado el sacerdote y todos los demás feligreses del barrio en la ermita vecina. Ese año en que la niña murió, el invierno había sido muy fuerte y cruel. Había habido inundaciones en muchas partes del país y los temporales no habían dejado de azotar. La quebrada se había convertido en un río torrentoso de varios metros de altura que inundó toda la zona aledaña al barrio. La casa de los Cantero había tenido la gran suerte de haber estado geográficamente en una posición más alta y, por lo tanto, se había salvado de ser anegada por la corriente sucia y contaminada. Los temporales habían llevado consigo frío, lluvias y, obviamente, gérmenes, los cuales quizás buscaban calor en las posadas de aquel humilde vecindario. Ricardo recordaba cuando mecía a su pequeña hermana en el sommier de la cama de su madre, de vez en cuando la cargaba y la arrullaba, pero siempre atento a no dejarla caer.

Ricardo Cantero no recordaba con exactitud quién cuidaba a la bebé y a su hermano menor cuando su madre trabajaba y él iba a la escuela. Este recuerdo le trajo un amargo pasaje a su memoria. Cuando la niña enfermó ese invierno lluvioso, su madre fue al hospital, posiblemente de urgencia. Un destacado médico le había recetado medicamentos y le había ordenado llevar a la niña a un control posterior. La persona que atendía en la ventanilla de la atención externa del hospital, le había dado a María una cita con el ilustre médico una semana después. La hora y la fecha de la cita estaban anotadas en un cartoncillo que tenía la función de carné. Un día antes de la cita, María Cantero le pidió a Ricardo que le leyera la información puesta en el cartoncillo, ya que ella no sabía leer. Y entonces, con mucho esfuerzo, ya que Ricardo también estaba aprendiendo a descifrar las letras y los números, el niño malinterpretó los garabatos que la servidora pública había anotado en el cartoncillo. A causa de eso, su madre perdió la cita médica en el hospital con el famoso médico. Ella fue con la niña al hospital, pero no la pudieron atender. María se moría de rabia y desesperación.

Al día siguiente, María se fue al centro a tratar de empeñar una cadena de oro con un Cristo bendito. Necesitaba llevar a la niña a un médico privado y comprar medicamentos, pero la casa de empeño no le dio lo que ella pedía. El padre de los niños tenía más de tres semanas de no asomarse y, por lo tanto, desconocía el estado de salud de la niña. Ahora, María Cantero y la bebé debían esperar varios días hasta recibir una nueva cita. El cuadro de salud de la niña no pintaba muy bien. Ella tenía mucha fiebre y tos. Se la llevó a su casa de nuevo para ver si podía curarla con remedios caseros, pero desgraciadamente la niña no soportó y murió a los tres días.

Ricardo Cantero recordaba aquel momento de tristeza profunda cuando su madre clamaba al cielo. Ella, ignorante, lo culpaba por no haber leído bien el cartoncillo. Pero en sus adentros María sabía que el muchacho no tenía la culpa. Él era solo un niño y apenas estaba aprendiendo a leer y a escribir. Era lógico que ella sintiera enojo, frustración e impotencia al ver a su hija muerta. Al mismo tiempo, se sentía como un cero a la izquierda por ser una persona iletrada y un ser ignorante. María Cantero no había tenido la oportunidad de ir a la escuela, ni siquiera había ido a la primaria. Ella había crecido como una ciega en un mundo de claridad. A pesar de su corta edad, Ricardo se culpaba a sí mismo.

A María Cantero se le habían acumulado todas las desgracias y sentía que luchaba contra corriente. Días después de la muerte de la niña, María Cantero decidió darle la cadena a Ricardo Cantero y le pidió perdón. Él era apenas un niño de siete años y no podía cargar con la responsabilidad de su madre. María Cantero había estado consciente todo el tiempo de que Francisco Caballero nunca estuvo de acuerdo con el nacimiento de la niña. Cuando Francisco Caballero se dio cuenta de que María Cantero había quedado embarazada de la niña, le sugirió que abortara para no tener más problemas con su familia oficial. Ya era suficiente con dos niños extramatrimoniales. Todavía hacía pocos años, Ricardo Cantero aún se reprochaba a sí mismo la mala lectura del cartoncillo. Se preguntaba qué hubiese pasado si él hubiese leído correctamente la información del carné. Tal vez su hermana menor aún estuviera con vida. Con el tiempo, él logró sacar esos reproches de su mente y de su corazón. Entendía entonces que un niño de siete años apenas podía leer y, por lo tanto, le era imposible descifrar garabatos hechos por una recepcionista de un hospital público, la cual posiblemente haya escrito la hora de mala gana y en el lugar del número siete habría puesto el número uno. Lo cierto del caso fue que esta vez el número siete no le trajo la suerte a ninguno de los dos, ni a Ricardo ni a María Cantero. La cita era a las siete de la mañana y no a la una de la tarde, como Ricardo Cantero la había interpretado entonces.

# DIME CON QUIÉN ANDAS Y TE DIRÉ QUIÉN ERES

La idea de parir o la de abortar a la bebé, María Cantero la había consultado con la Virgen María y con su vecina más cercana: Elena, la mística mulata del barrio. Ella era una mujer mucho más extrovertida y más pragmática que María Cantero. Esta mujer aconsejó a María Cantero que abortara lo más pronto posible, antes de que el feto se desarrollara y entonces no hubiera marcha atrás. Pero María Cantero no podía imaginarse cometer tal atrocidad. Sus principios católicos estaban muy arraigados o su ignorancia no la dejaba ver las consecuencias. Por eso, no advirtió los resultados de tal hecho. El tiempo fue transcurriendo y, después de nueve meses, nació la pequeña niña. Posteriormente al nacimiento de la bebé, María Cantero empezó con problemas de salud y las cosas poco a poco empezaron a complicarse. María Cantero le atribuía esas desgracias a la esposa de su hombre e intuía que había sido esa mujer la que la había hechizado, quizás con el propósito de que desapareciera de la vida de su cónyuge.

Ricardo Cantero recordó en su ensueño que en una mañana ventosa y polvosa de enero, su madre había desenterrado un envoltorio que estaba debajo de la grada en la entrada de la casa. Había sido la mulata la que había desvelado y revelado el lugar donde estaba el conjuro. Lo había hecho con la ayuda de la lectura de un huevo dentro de un vaso de agua. El maleficio desenterrado contenía huesos, quizás de algún animal, cabellos de ser humano, y emanaba un olor sulfúrico y apestoso. Además, había una figurilla parecida a una muñeca, la cual estaba llena de alfileres y envuelta en trapos sucios y malolientes. El fetiche tenía la parte inferior quemada. Quizás esa era la prueba contundente de que alguien estaba luchando espiritualmente en contra de María Cantero. Las creencias de María Cantero en lo esotérico y su poder de sugestión contribuían a su preocupación y empeoraban su estado anímico. Y fue tal el grado de zozobra, que María tuvo que ir acompañada de la mulata a visitar a unos consejeros espirituales durante siete días seguidos. Según la mulata, este ritual iba a contrarrestar el embrujo y todos los males que estaban por venir a causa del hechizo.

Elena, la mulata, era una mujer alta, musculosa y tosca, pero apreciaba mucho a María Cantero. Vivía sola con sus dos hijos y nunca se le conoció una pareja fija. Habitaba a cuatro casas de los Cantero. A ella, al igual que a María, le fascinaba todo lo relacionado con la esotería y se había convertido en la consejera espiritual de María. Ambas estaban metidas en asuntos enigmáticos y de creencias en el más allá. Fue ella quien aconsejó a María Cantero neutralizar los males con incienso, agua bendita y una retahíla de oraciones católicas, a pesar de que Elena tenía prohibido entrar a la iglesia, ya que el sacerdote de la capilla, a través de un chisme, se había dado cuenta de las aventuras en las que andaba aquella trigueña. Elena tampoco estaba bien parada en el barrio. Todas las amas de casa temían que sus maridos, tarde o temprano, fueran a parar a la cama de aquella amazona. Además, ella no tenía pelos en la lengua para gritarle la verdad a quien fuera y donde fuera. Todas las mujeres casadas le tenían miedo y envidia. Por tal razón, la mulata no se relacionaba con ninguna mujer en el arrabal, más que con María Cantero.

Elena solía también ahogar su soledad y sus penas bebiendo ron con limón y Coca-Cola en el salón. A menudo, bailaba con una minifalda y mostraba sus piernas a viejos y nuevos amigos que aparecían allí de repente. Esto había contribuido aún más a su mala reputación. Sus dos hijos, Miguel y Yolanda, desaparecían de la casa durante los fines de semana. Ellos detestaban ver a su madre ebria, la cual siempre, en forma altanera e insolente, peleaba con quien se le apareciera. Nadie le podía contradecir o alegar algo, porque sacaba el repertorio de malas palabras. Y pobre de aquel diablo que se le interpusiera. Más de una vez, Miguel, que era contemporáneo con Ricardo Cantero, le confesaba que estaba harto de ver a Elena acostada con diferentes hombres cada fin de semana. Miguel aborrecía dormir en esa casa olorosa a sexo y a ron. Su hermana Yolanda, que era menor que él, parecía no entender mucho de lo que sucedía. Sin embargo, ella iba y se escondía en la casa de los Cantero hasta el otro día.

En el barrio aumentaron los rumores sobre el descuido y la irresponsabilidad de Elena para con sus hijos. Muchas veces María Cantero tuvo que salir a defender la actuación y el comportamiento de Elena. La gente hablaba a espaldas de ella, entonces María les reprochaba la falta de coraje y valentía por no ser más directos con la mulata. Elena sabía que siempre podía contar con María Cantero para lo que fuera. Después de un tiempo, la situación se volvió insostenible para la desdichada mujer y sus dos hijos. Y fue entonces que Elena tuvo que mudarse del barrio a otro lugar que Ricardo Cantero nunca supo. Un año antes de que María Cantero muriera, llegó la noticia de que Elena se había suicidado con un balazo en la cabeza. La bala le había entrado por la boca y había cruzado la zona interna de su rostro y había destruido toda la cavidad cerebral. La habían encontrado sentada en una mecedora en el corredor de su casa. Fue una madrugada de julio de 1969. Esa misma mañana, el Apolo 11 estaba alunizando y, por primera vez en la historia de la humanidad, el ser humano pisaba la luna. Y también la mulata Elena decidía acabar con su pena.

## VISITA FUGAZ AL BARRIO DE LA INFANCIA

Ricardo Cantero pensó en los restos de su madre, si estos aún estaban en el cementerio público de aquella ciudad, aquel lugar que ahora era totalmente diferente al lugar que fue testigo de un tiempo imborrable y que marcó su vida para siempre. La última vez que estuvo en el barrio de su infancia, fue en el año 2010, ya habían transcurrido casi treinta y cinco años. Durante ese tiempo, todo había cambiado. La quebrada estaba entubada en grandes acueductos subterráneos. A causa de esto, los bultos habían desaparecido por completo. En vez de esto, lo que había era edificios y casas de vivienda de todo tipo y por doquier. Ya no existían los terrenos baldíos. Y donde había árboles frutales, ahora solo había fábricas, laboratorios y un gran centro comercial. Solo un vecino de aquellos tiempos vivía todavía en el arrabal. En el patio de la casa del vecino había un gran árbol de higuerón. Era aquel árbol que Ricardo Cantero había escalado el día de la muerte de su madre. Este se había convertido en un hermoso y frondoso ejemplar. Ricardo Cantero quiso subir al higuerón, pero sus piernas no se lo permitieron. Ricardo casi no pudo ubicar los sitios donde había corrido como niño, pero aún recordaba aquella calurosa tarde de abril y la compañía de su gato. Allí, sentados en una de las ramas de aquel gran higuerón, ambos se movían suavemente con el soplo del viento. Aquel lugar ya no era suyo, lo único suyo eran los buenos y malos recuerdos vividos con su madre y sus hermanos en aquel pobre vecindario durante la década de los 60 y principios de los 70.

## CAPÍTULO III

# EL AÑO DEL GATO DE 1975

*No es la carne ni la sangre, sino el corazón, lo que nos
hace padres e hijos.*

FRIEDRICH SCHILLER (1759-1805)

## FRANCISCO CABALLERO, UN
## PADRE AUSENTE

Hacía algunos meses, Ricardo Cantero observaba atento cómo la lluvia caía y golpeaba el parabrisas de su auto. Era un día de otoño en aquel país nórdico. Pensaba que pronto tendría que cambiar las llantas de verano por las de invierno para evitar un accidente automovilístico. Las llantas de invierno con taquillos de acero disminuían el riesgo de deslizamiento, ya que allí a menudo el pavimento se congelaba. Hacía ya muchos años que su vida había cambiado radicalmente. A sus veinte años había tomado la decisión de emigrar fuera de aquella tierra cálida y tropical a una tierra fría y desconocida. Ricardo Cantero había sido demasiado arriesgado y había decidido abandonar su país, aunque entonces no tenía un destino fijo. Había pensado ir primero a Europa y luego a Australia. El problema era que no tenía suficiente dinero como para poder financiar su soñado viaje. Y así, tuvo que dejar que el destino decidiera por él.

La razón por la cual había decidido emigrar de su país era todavía algo difusa. Aún no podía señalar una razón específica por la cual había querido irse de su tierra natal. Quizás, había llegado a un punto de su vida donde necesitaba hacer un cambio radical, tener otra perspectiva de vida, o tal vez quería huir de la realidad. Pero de una cosa Ricardo sí estaba convencido: de que si se quedaba allí, se estancaría para siempre. La situación sociopolítica, económica y judicial del país parecía no haber cambiado en las últimas dos décadas. El sistema sociopolítico lo había decepcionado por completo.

En muchas ocasiones, cuando conducía del trabajo a su casa y tenía tiempo para reflexionar, proyectaba el escenario de haberse quedado allí. Ahora, vivía en aquella tierra de pinos y abedules, de valles y lagos y de mujeres rubias y hombres altos. En aquel país europeo había logrado procrear varios hijos, los cuales se sentían más identificados con la cultura nórdica que con la suya, a pesar de que Ricardo Cantero siempre estuvo al lado de ellos cuidándolos en todo momento. El hecho de que sus hijos no se sintieran más acordes con su cultura le causaba cierta tristeza y desilusión, pero de algún modo eso era lógico. Sus hijos habían nacido, crecido y estudiado en un país muy diferente al suyo.

Su padre, Francisco Caballero, había sido muy diferente a él. El absentismo paternal había hecho que Ricardo Cantero siempre buscara soluciones a problemas sin la ayuda de una figura paternal. Por eso, a sus trece años había decidido irse a vivir con su tía materna y su familia. La tía Angelina y su marido Pablo Prado habían tomado la decisión de hacerse cargo del muchacho, ya que él mostraba mucho interés en los estudios. Un año antes, Ricardo ya había empezado la secundaria. El muchacho tenía cabeza para los estudios, y además, era bastante tranquilo y ordenado. Aún recordaba el día en que la noble pareja había decidido ampararlo bajo su hogar. El benevolente corazón de la tía Angelina había resuelto un dilema con el que

Ricardo Cantero había estado luchando desde la muerte de su madre. Su gran anhelo había sido siempre prepararse para el futuro, pero con la muerte de su madre todo se había estropeado y su padre no era un hombre de estudios. Él aún recordaba el momento en que se le comunicó que se iría a vivir a la capital con sus tíos y sus tres hijas.

Esa decisión vino a cambiar el panorama de su vida futura. Esto fue como un trampolín para Ricardo Cantero. Desde allí pudo saltar adonde él quería. Años después, tomaría la decisión de salir de su país. Toda su adolescencia estuvo envuelta en una atmósfera llena de figuras femeninas. Su tía fue como su madre y sus tres primas fueron como sus hermanas. Ellas estuvieron presentes en su adolescencia y, de algún modo, esto sembró en él un sentimiento de responsabilidad y disciplina, pero también generó una mayor compresión hacia el sexo femenino. Las mujeres en su entorno fueron siempre las que tomaron la responsabilidad directa de sus hijos y lucharon para sacarlos adelante.

En casa de los Prado, Ricardo Cantero pronto vino a comprender de mejor manera las situaciones y los problemas con que las mujeres se enfrentaban a diario. Fue allí también donde vino a discernir lo que la figura femenina representaba para él: responsabilidad, tenacidad y amor, cosa que difícilmente había encontrado en las figuras masculinas dentro de su familia y fuera de ella. Ricardo Cantero había experimentado en carne propia la irresponsabilidad de los hombres en su tierra. Con el tiempo, entendió que la promiscuidad era una conducta manipulativa, imprudente e irresponsable del ser masculino. Esa desenfrenada conducta casi siempre acarreaba problemas a las desdichadas mujeres. Algo muy típico era que cuando el embarazo era un hecho, la única responsable era la mujer.

Esta amañada conducta era y seguía siendo muy común en la sociedad en general. El nacimiento de los hijos espurios se había convertido en algo muy común en aquella sociedad. Los niños venían al mundo casi por obra y gracia del Espíritu Santo, ya que los padres nunca aparecían a la hora de la verdad, o sea, cuando había que tomar la responsabilidad. Desde pequeño, Ricardo Cantero se había propuesto a sí mismo que nunca actuaría de esa forma, ni nunca abandonaría a sus propios hijos, independientemente de lo que sucediera. Sintió una gran tristeza y decepción en pensar que su padre no fue como él.

## LA PERFIDIA DEL HOMBRE: DESGRACIA DE LA MUJER

Francisco Caballero estaba casado desde hacía muchos años con una mujer igual o mayor que él. Con ella había procreado más de ocho hijos. Ellos residían en una acomodada casa en el centro de la cabecera de la provincia. Además, tenían una casa de campo en la hacienda que estaba en las afueras de la ciudad. Allí, en esa finca, Francisco había conocido a María Cantero. Desde el primer momento que la conoció, María lo había deslumbrado con su fresca juventud y encantadora belleza. Ella casi lo había encantado y lo había atrapado en las redes de la pasión y del amor prohibido. Ambos habían estado a un pelo de iniciar una nueva vida juntos, pero la situación familiar y el estatus económico de Francisco lo habían frenado. Además, él no estaba convencido de si María lo quería por amor o por dinero. Después de todo, era más seguro y económico mantener una relación con una amante, que oficializar una relación con una mujer en la que no se confiaba plenamente.

Un año antes de que Ricardo Cantero naciera, su madre había estado recolectando café en un cafetal de la hacienda de Francisco Caballero. Aunque Ricardo Cantero no conocía exactamente los detalles de la conquista amorosa, sabía que sus padres se habían conocido en ese lugar. Era probable que María Cantero haya iniciado su relación con Francisco Caballero después de algunas tertulias entretenidas con él. Ella ya había cumplido los veinte y él ya había pasado los cincuenta. Su juventud y su natural belleza la hacían sobresalir en la congregación de campesinos que recogían café allí en esa finca. María Cantero necesitaba trabajar para mantener a su hijo primogénito Raúl Cantero, ya que, para entonces, el niño tenía casi dos años. Ella vivía con sus padres y todos sus hermanos en el mismo pueblo donde estaba la hacienda.

En aquellos tiempos, las familias eran numerosas y pobres y allí siempre había austeridad. Aquella aldea campesina era una larga calle de varios kilómetros y a cada lado de la calle había pequeñas y sencillas casas de adobe y de teja, pintadas de azul y blanco, con pisos de tierra y fogones de leña. Esto era típico en aquel pequeño país. Algunas familias allí tenían el privilegio de poder cultivar sus propias parcelas de tierra con frutos y hortalizas. Por desgracia, había otras que no lo lograban. Una de esas era la familia de María Cantero. Estos tenían que trabajar en la hacienda de los Caballero y en otras fincas aledañas para obtener el sustento.

El pueblo estaba formado por una pequeña ermita hecha de madera y latas de zinc. Allí, también había una plaza de fútbol que se convertía en un lugar de rodeo y corridas de toros en los días festivos. Detrás de la plaza se levantaba una estructura de cemento con cuatro aulas que funcionaba como escuela. En el centro del pueblo había un establecimiento de abarrotes, el cual era propiedad de los Caballero, y donde vendían verduras, carnes y todo tipo de granos básicos y de ferretería. Por supuesto, allí no faltaba la cantina, la cual estaba frente al abastecedor. Esta se llenaba de borrachos todos los fines de semana. Más de una vez, Francisco Caballero tuvo que disparar con un revólver hacia el cielo para poner orden en aquel lugar que a veces se volvía violento. La vida en ese pueblo rural no se diferenciaba mucho de los otros pueblos en aquel país.

María Cantero siempre había deseado irse de aquel lugar, pero como madre soltera que era, tenía muchos problemas y no solo dentro de su casa sino también fuera de ella. El apoyo de sus padres estaba ciertamente condicionado, ya que eran ellos los que cuidaban de su primer hijo cuando ella tenía que salir a trabajar al campo.

Indirectamente, su familia le exigía encontrar un hombre que la apoyara económicamente y, hasta cierto punto, la acogiera socialmente. Pero esa tarea no era nada fácil en aquella época y especialmente en aquellos pueblos donde el machismo, la promiscuidad y el alcoholismo dominaban toda la sociedad.

El hecho de ser madre soltera con un niño que alimentar generaba en algunos hombres la idea de que este tipo de mujeres eran presa fácil. Muchos hombres sabían que una madre soltera necesitaba medios para criar a sus hijos. Y qué mejor manera de hacerlo que ofreciendo falsas promesas de bienestar económico a aquellas desafortunadas mujeres, obviamente, a cambio de sexo. Allí, el respeto a la dignidad femenina no existía. Si en una comunidad se sabía que una doncella ya no era virgen, entonces ya no había por qué preocuparse, la muchacha ya había perdido lo más valioso y, por lo tanto, tenía menos valor socio-moral que una muchacha plenamente virgen.

Pero lo más llamativo de todo esto era que en esa forma de pensar tan arcaica, existía intrínsecamente una ambigüedad patriarcal o más bien una doble moral masculina. Para muchos hombres, la virginidad de una joven generaba el desenfreno al instinto insaciable y animal, ya que los hombres perseguían ese galardón para confirmar su hombría, pero siempre evitando el compromiso socioeconómico. Al mismo tiempo, la virginidad era lo que la mayoría de los hombres exigía de toda muchacha formal, ya que sin la virginidad no había matrimonio. La virginidad de una mujer a la hora del matrimonio era altamente cotizada en ese pensamiento machista y era obviamente amparada por la Iglesia católica y el resto de la sociedad. La ausencia de la virginidad hacía desaparecer la intención de casamiento por parte del hombre. El ser madre soltera se convertía en una desgracia social y económica para la mujer y sus hijos.

María Cantero no fue la excepción entre las madres solteras. Ella se encontraba en medio de un decadente torbellino sociocultural. Le sobraban los hombres que le prometían el cielo y la tierra, obviamente, si se iba a la cama con ellos. Forzada por las circunstancias y aprovechando su belleza y encanto femenino, tomó la decisión de seguirle el juego al hombre más rico de aquel pueblo. En aquella aldea no iba a encontrar a un hombre soltero que le diera seguridad social ni respaldo económico. Tenía dos cartas para jugar: una era quedarse allí y encontrar al «mejor postor», aunque este estuviera casado. Y la otra, era salir del pueblo a otra ciudad o a la capital y tratar de hacer allí una nueva vida, tomando el riesgo de no encontrar a nadie que valiera la pena y, tal vez, tener que regresar al pueblo sin esperanzas de encontrar a nadie nunca más.

Al final, María Cantero optó por la primera opción, aceptar una invitación al puerto del Pacífico con el hombre más rico de la zona, aunque este estuviera casado. Definitivamente, la necesidad tenía cara de perro y, por lo tanto, no había tiempo para pensar en valores éticos y morales. La decisión de María Cantero y de muchas otras mujeres como ella, confirmaba la crisis decadente de una sociedad machista basada en un sistema oligárquico y patriarcal. Ricardo Cantero, en su estado onírico, trataba de justificar la decisión que su madre había tomado en ese entonces, y pensaba que si ella se había "aprovechado" de un hombre rico y casado, entonces su padre se había aprovechado de la frágil posición social de una mujer pobre, soltera y deseosa de darle un mejor futuro a su hijo primogénito. Económicamente hablando, Francisco Caballero estaba en mayor ventaja y, por lo tanto, ella no dejó ir la oportunidad. Él era un hombre rico en una sociedad totalmente patriarcal y tenía dinero suficiente como para mantener a dos mujeres o tal vez más. Él era un hombre mayor y posiblemente ya no encontraba satisfacción sexual con su Eva oficial, ya fuera por la edad o por el aburrimiento de la rutina cotidiana. La larga relación con su mujer quizás había eliminado toda pasión y lujuria, pero ahora había aparecido una manzana fresca.

La relación entre María Cantero y Francisco Caballero fue arraigándose más y más conforme avanzaba el tiempo. Francisco

Caballero le ofreció sacarla de aquel pueblo y llevarla a la ciudad, donde iban a vivir en forma privada, casi clandestina y sin necesidad de que la gente allí supiera de la relación amorosa entre el terrateniente y la madre soltera. Además, así también evitarían los roces con sus hijos legítimos, ya que para entonces estos eran mayores de edad, e incluso estaban formando sus propios hogares en el mismo pueblo cerca de la hacienda. Fue así que Francisco Caballero decidió comprar un terreno y pagar la construcción de una casa de madera, no muy lejos del centro de la ciudad.

Allí fue donde Ricardo Cantero nació y pasó su niñez hasta los trece años. Aparentemente, Francisco Caballero había enloquecido de amor por María. Cuando podía, la llevaba a conocer diferentes lugares del país durante los fines de semana, le compraba ropa, joyas y alhajas de todo tipo. Le llevaba las mejores carnes y mariscos del mercado y la mimaba y halagaba como si fuera una venus. Ambos disfrutaban de la vida y todo indicaba que eso llegaría muy lejos. Los dos eran felices y estaban satisfechos con lo que tenían. María Cantero, recibiendo bienestar para ella y su hijo, y Francisco Caballero, complacido por el amor y el sexo.

## EL RESULTADO DE LA PERFIDIA DEL HOMBRE CASADO

A inicios de los años 60, la humanidad estaba atravesando momentos trascendentales. Después de la posguerra, había habido grandes cambios sociopolíticos, científicos y económicos a nivel mundial. El ser humano empezaba a planificar los viajes espaciales para poder llegar a la luna y la carrera espacial y armamentista entre las dos superpotencias, Estados Unidos y la Unión Soviética, se intensificaba día a día. Los rusos estaban ya enviando a Yuri Gagarin al espacio. Al mismo tiempo, John F. Kennedy rompía relaciones diplomáticas con Cuba y se establecía uno de los embargos más duraderos de la historia. En Italia se llevaban a cabo las primeras fecundaciones de óvulos humanos en una probeta, y los Beatles empezaban a escucharse por las radioemisoras de todo el mundo. Todos estos cambios que estaban sucediendo, se consideraban como algo fuera del poder de Dios y, para algunos, de algún modo esto significaba el acercamiento al fin del mundo.

María Cantero sentía que el mundo estaba cambiando vertiginosamente y advertía que debía salir de aquella aldea campesina donde había nacido y crecido. Las tradiciones pueblerinas y las costumbres culturales y religiosas estaban allí muy aferradas en la mente de sus habitantes, y eso, a veces, complicaba la existencia. María Cantero sentía la necesidad de abrirse un nuevo camino y ahora había encontrado la oportunidad de hacerlo con Francisco Caballero. De algún modo, ella quería dejar atrás su pasado, iniciar una nueva vida con aquel acaudalado hombre de hacienda, aun sabiendo que el futuro con él podía ser incierto, incluso doloroso. Después de casi un año de cortejo y de conquista fue que nació Ricardo Cantero.

Ella fue a parir al niño en el hospital público provincial, pero Francisco Caballero no se atrevió a visitarla durante su convalecencia. Él esperó a que ella regresara a su nueva casa con su neonato. Francisco era conocido en la provincia y, por lo tanto, no quería correr el riesgo de que el chisme se esparciera como fuego en la gasolina derramada. María Cantero tuvo un parto velado, ya que la criatura vino al mundo con la bolsa amniótica intacta, pero afortunadamente el enmantillado nació sin complicaciones. El niño midió cincuenta y un centímetros de largo y pesó tres kilogramos y medio. Parecía que Francisco estaba muy emocionado con el nacimiento de este niño toquilla. De algún modo, este acontecimiento lo había vuelto a rejuvenecer. Sentía que todavía era lo suficientemente viril como para preñar a una joven doncella y hacerla sentir verdaderamente una mujer. Casi todos los días, camino a la hacienda, pasaba a visitar a su concubina y a su hijo. A él le llevaba ropa, alimentos y todo lo que necesitaba y a ella le entregaba su lascivia. No pasó mucho tiempo y al año siguiente ella volvió a quedar embarazada de aquel hombre mayor que parecía haber tomado verdaderamente la responsabilidad de un hombre correcto. Pero por desgracia no fue así.

Algo debió de haber sucedido durante el segundo embarazo, porque repentinamente las cosas empezaron a cambiar. Quizás Francisco Caballero no estaba preparado emocionalmente para enfrentar el nacimiento de una segunda criatura con María Cantero, o quizás la emoción y la satisfacción de una relación pasajera ya había cruzado el límite de la satisfacción y ahora se encaminaba hacia la rutina. Lo más seguro fue que hubo un elemento de presión social y familiar y este era más complicado, porque aquí prevalecía el compromiso legal y eclesiástico. Aunque su esposa estaba consciente de que él le era infiel, probablemente la mujer aceptaba involuntariamente una relación esporádica, ya que ella sabía que jamás le podía ofrecer la pasión y el placer sexual que una joven le podía brindar a su propio marido. Posiblemente la desdichada cónyuge ya había experimentado desde hacía mucho tiempo el estado de menopausia y el envejecimiento de todos sus órganos reproductores y, obviamente, esto había apagado el amor y el deleite sexual entre ellos dos. Pero sin duda, la esposa de Francisco Caballero no estaba dispuesta a renunciar muy fácilmente a su desposado, ni tampoco al capital que juntos habían acumulado durante largos años de vida nupcial.

Después de Ricardo, nació Antonio Cantero, su hermano menor. Francisco Caballero visitaba como de costumbre a María, pero ya no con el calor y la pasión de los dos primeros años. María comprendía que Francisco tenía una relación matrimonial que cuidar y que ella era su mujer en segundo plano. Ella pertenecía al grupo de las mujeres desafortunadas que estaban condenadas a vivir una vida clandestina, escondiéndose a sí mismas y a sus hijos de la sociedad. De alguna manera, estas mujeres eran las que reemplazaban los elementos faltantes en una relación marital y, por lo tanto, debían de cumplir muy bien su papel en la sociedad patriarcal e hipócrita en la que vivían entonces.

Los hermanos Cantero crecieron juntos con un padre que solo se asomaba a visitarlos cuando tenía necesidad de satisfacer su deseo carnal o cuando a él le convenía. Cinco años después de que Ricardo Cantero naciera, María Cantero volvió a quedar embarazada por cuarta vez. Esta vez el embarazo se convirtió en un problema mayor. Fue entonces cuando las desgracias se empezaron a asomar en la vida de María, más o menos como una nube oscura en el cielo cuando está a punto de venirse un gran aguacero. La niña no deseada nació sin el consentimiento de Francisco Caballero. Francisco Caballero había sido esta vez muy rotundo en la decisión de no tener más hijos. Pero para María la decisión de abortar era inimaginable. Además, eso iba en contra del mandato de Dios y de la Iglesia católica, a la que ella era fiel y devota. Un acto semejante ella jamás lo cometería.

## LOS AÑOS 70: BIENESTAR Y POBREZA

Las riquezas de Francisco Caballero habían sido en parte heredadas desde los tiempos de la colonia y en parte multiplicadas por su propio esfuerzo y destreza, ya que este hombre tenía grandes habilidades para hacer negocios. Ricardo siempre había escuchado que Francisco Caballero se había aprovechado de la inestabilidad política del país durante los años 40 para aumentar aún más sus riquezas. Para entonces, era necesario estar aliado con el partido gobernante de la época. Por lo visto, la Guerra Civil del 48 fue una buena oportunidad para que muchos empresarios y terratenientes pudieran sacar provecho económico y político de la situación. Se rumoraba que Francisco Caballero había respaldado económicamente al caudillo que inició la guerra civil, el cual había tomado posteriormente el poder de la república. Este personaje de linaje catalán, bajo de estatura y algo polémico, en principio, había formado el partido político de mayor influencia en el país, pero lamentablemente ese mismo partido se había atrincherado en el poder político por más de tres décadas y esto había frenado el desarrollo económico del país.

Sin embargo, muchas otras cosas buenas se habían alcanzado con la efímera revolución. De algún modo, el país había tenido un empujón socioeconómico y democrático. Por ejemplo, se había abolido el ejército, se había implantado un sistema de seguridad social y educativo, se había creado un régimen de instituciones públicas y bancarias y, por supuesto, el país se había consolidado en una democracia firme y estable, comparable con muchas otras del primer mundo. El problema era entonces que muchos grandes agricultores y empresarios habían apostado a este político de gran temperamento y, por lo tanto, todos los favores debían pagarse, tarde o temprano, de una u otra manera. Los rumores decían que Francisco Caballero solía prestar dinero a campesinos y a agricultores en la provincia donde él tenía la hacienda. Generalmente, estos labradores ponían sus tierras y propiedades como garantía de préstamo, y cuando estos no podían pagar las deudas, Francisco Caballero los obligaba a entregar las escrituras de propiedad, y así, él se adueñaba de más tierras, formando grandes latifundios en aquella zona. El legado familiar de los Caballero provenía posiblemente desde el tiempo de la colonización, pero se había ampliado durante los años 50 y 60. El apellido Caballero no solo tenía peso económico, sino también peso político en la provincia donde vivían.

## INTENTANDO GANARSE LA VIDA

Los años póstumos a la muerte de María Cantero fueron verdaderamente como un túnel oscuro, lleno de incertidumbres y preocupaciones para los tres hermanos. Ricardo Cantero cursaba el cuarto grado de la escuela cuando su madre murió y no supo cómo lo aprobó. Tal vez su interés por aprender más fue lo que lo motivó a no ver los obstáculos en los estudios, ya que su concentración no estaba en las tareas y asignaciones escolares, sino más bien en la economía de la casa y su subsistencia. Sabía que de algún modo tenía que aportar dinero al hogar, ya que la situación económica familiar empeoraba conforme pasaba el tiempo. A pesar de que el país poco a poco avanzaba socioeconómicamente, muchas familias de escasos recursos todavía eran víctimas del cambio macroeconómico que se estaba experimentando en aquella época.

Durante unas vacaciones de verano, Ricardo Cantero decidió ir a acompañar a su hermano mayor a vender periódicos en el centro de la ciudad. Necesitaban urgentemente dinero. La venta de periódicos generaba algunos centavos por cada diario vendido. Después de un corto tiempo, su hermano mayor se volvió un pregonero experto. Él había encontrado dos lugares de venta muy buenos. Uno era la esquina suroeste del parque central y el otro era la esquina diagonal del mercado municipal, frente a una tienda grande y lujosa, cuyos dueños decían ser catalanes.

Allí vendían periódicos desde las seis de la mañana hasta las seis de la tarde, todos los días, durante las vacaciones escolares. La venta de los matutinos era bastante tranquila, ya que existía una clientela casi fija y no había tantos pregoneros como en la tarde. Por el contrario, la venta de los vespertinos era más agitada, ya que había más chicos que también querían ganarse algunos centavos, lo cual creaba una fuerte competencia desorganizada y, en principio, allí regía la ley del más fuerte o, en este caso, del más rápido. El primero en llegar corriendo a uno de esos puntos de venta se convertía en el mejor vendedor de periódicos ese día y, por consecuencia, ese recibía más ganancia.

Raúl y Ricardo Cantero se habían puesto de acuerdo para reservar alguno de esos dos lugares. Por supuesto, ambos tenían que coordinarse y, a veces, hasta pelear para poder retener el sitio que habían elegido con antelación. A la una de la tarde, cuando recibían los vespertinos, Ricardo salía disparado como una bala, corriendo con unos cuantos periódicos debajo del brazo y confiado de que detrás de él venía su hermano mayor. El bulto más grande de periódicos lo cargaba Raúl Cantero y eso obviamente frenaba su velocidad, pero Raúl ya sabía de antemano que su hermano menor había logrado ubicarse en el puesto previamente acordado. Con el apoderamiento del sitio, surgían siempre los conflictos entre los niños pregoneros. Más de una vez intentaron destituir a Ricardo del lugar, pero él siempre hacía resistencia y apelaba a no moverse un centímetro de ese lugar hasta que llegara su hermano mayor. Muchas veces, cuando ya casi estaban a punto de golpearlo, su hermano llegaba a defenderlo. De esa manera lograban obtener el dinero del pan o de la leche de ese día.

Su hermano mayor había empezado a desarrollarse físicamente y estaba entrando rápidamente en la pubertad. Había aprendido a defenderse solo en las calles y muchas veces tuvo que soportar las palizas que le daban los otros muchachos de mayor edad, ya que estos a menudo eran de mayor estatura. Su hermano mayor tenía muchas habilidades que lo destacaban entre los muchachos del barrio. Era fuerte y no le tenía miedo a nada ni a nadie. Además, era muy bueno en los deportes, especialmente en el fútbol y en las artes marciales. A veces lo iban a buscar desde otros barrios aledaños para que respaldara deportivamente al equipo vecino. Raúl Cantero era rápido, audaz y burlaba con el balón como un pequeño Pelé. Además de eso, él entrenaba *karate* todos los martes y los jueves en una academia improvisada por unos cuantos jovenzuelos fanáticos, en un local que había servido anteriormente como almacén de granos y azúcar. El espartano gimnasio estaba ubicado al lado de la estación del tren que iba al Pacífico y frente a la estación había un prostíbulo de mala muerte, «un verdadero antro», solía decir su hermano mayor.

Raúl le había explicado a Ricardo que la acera frente al burdel era posiblemente el mejor lugar de todos para vender periódicos, ya que los clientes que entraban allí siempre compraban un periódico para taparse la cara cuando salían de ese lugar. Pero al mismo tiempo, su hermano le había advertido que él tenía terminantemente prohibido vender vespertinos allí, ya que las mujeres que trabajaban en ese lugar raptaban a los niños y los hacían desaparecer sin rastro alguno. Ricardo Cantero nunca hizo ni siquiera el intento de pasar por la acera del aquel lugar mundano.

Ricardo se sentía protegido y confiaba plenamente en los conocimientos de su hermano mayor. Los dos formaban un buen equipo de trabajo. Lo que ganaban no servía más que para comprar algunos huevos, algo de pan, o un par de litros de leche que adquirían fiado a un lechero montado en un carretón. El carretón era jalado por una yegua vieja y achacosa como el lechero mismo, pero gracias a la colaboración de un nieto ayudante, el viejo lechero podía cargar los tarros de acero sobre el cajón de madera. Montados allí arriba, repartían el líquido blanco con una medida cilíndrica de metal que sumergían dentro de las jarras lecheras. Ricardo Cantero era consciente de que las deudas del lechero y del pulpero debían pagarse al final de la semana. Los abarrotes y demás suministros de urgencia se compraban siempre en la pulpería del barrio.

Cuando la venta de periódicos disminuyó, los dos hermanos se vieron obligados a cambiar de "oficio" y se dedicaron a cargar bolsas llenas de comestibles a las señoras de clase alta que llegaban al mercado y a otros almacenes a hacer sus compras diarias. Iban detrás de ellas como yuntas humanas, cargando a veces hasta dos o tres bolsas de mecate repletas de carne, verduras, frutas y otros abarrotes. Aquellas señoras burguesas iban un día a la semana a hacer las compras del mercado y, por lo tanto, se desplazaban de norte a sur y de este a oeste, tratando de aprovechar los mejores productos al mejor precio posible en los diferentes almacenes que estaban fuera y dentro del mercado municipal. Aún no existían los supermercados. A menudo, Ricardo Cantero se jorobaba por el peso de la carga, a veces alternaba las pesadas bolsas entre hombro y espalda. Cuando ya su hombro se había entumecido, pasaba las bolsas a su espalda y viceversa, dejando así descansar el ardor en la piel y liberando así el flujo sanguíneo en esa parte del cuerpo. Los hermanos Cantero entonces experimentaban en carne propia la situación de contraste socioeconómico que padecía aquella sociedad. A veces, tenían que caminar hasta dos kilómetros cargando las pesadas bolsas para poder llegar a las grandes casas de aquellas señoras de clase. Por cada carga recibían algunos centavos y tenían que conformarse con eso. Lo paradójico y absurdo era que estos dos niños desnutridos se ganaban el sustento del día a día, cargando y llevando a sus espaldas bolsas pesadas llenas de alimentos a aquellos que podían comprar en abundancia.

Ricardo no había entrado a la pubertad y la vida empezaba a mostrarse más dura y más complicada de lo que él se había imaginado. Entonces, necesitaba trabajar antes o después de la escuela. Su horario escolar era semanalmente de tres días por la mañana, de 7 a. m. a 12 del día, y dos días por la tarde, de 12:30 p. m. a 5 p. m. Lloviera o hiciera calor, los dos hermanos tenían que rebuscarse el sustento diario. Ricardo Cantero y su hermano mayor tenían que aportar dinero a la economía familiar, no había más que hacer. La necesidad y el hambre lo requerían. El último trabajo pesado que tuvieron fue en una fábrica de ladrillos. Cargaban y descargaban los grávidos bloques en camiones de carga, los cuales eran usados como base para paredes y muros en las casas de las nuevas urbanizaciones de las emergentes clases pudientes. La cal y el cemento de aquella pequeña fábrica de bloques había hecho que su pelo se tiñera y sus manos se resquebrajaran como barro seco en tiempos de sequía.

## VISITAS ESPORÁDICAS A LA HACIENDA DE SU PADRE

El capital de la familia Caballero estaba distribuido de norte a sur. Poseían negocios de todo tipo, tales como empresas de buses y transportes, tajos y quebradores de piedra, cafetales, criaderos de pollos y ganado vacuno. Como niño que era, Ricardo Cantero nunca pensó en la fortuna de su padre, solo anhelaba su amor y protección. Pero su padre no tenía tiempo para cuidar a un par de niños ilegítimos y mucho menos velar constantemente por ellos. La hacienda de Francisco Caballero estaba situada en una de las provincias más fértiles del país. El trayecto a su jornada diaria consistía en un viaje de aproximadamente cuarenta minutos en carro.

Francisco Caballero se levantaba todos los días a las cuatro de la mañana para estar muy temprano en la hacienda, pero ya para entonces, sus peones habían iniciado las labores granjeras. Su rutina diaria consistía en pasar a desayunar a una cafetería tempranera, situada al frente del parque central de esa ciudad. Allí ordenaba el mismo desayuno de siempre, gallopinto con huevos fritos, natilla fresca, pan blanco y una taza grande de café tinto. Luego sacaba una libreta y anotaba todas las actividades de importancia que iba a realizar durante el día.

Cuando María Cantero estaba en vida, solía desviarse a la casa de su concubina para comer un desayuno más variado. Ella lo hacía olvidarse de la libreta jornalera, la cual muchas veces quedaba olvidada en la mesa de la cocina, y entonces Ricardo Cantero llegaba y dibujaba garabatos en ella, algo parecido a dibujos con familias felices.

Francisco Caballero no confiaba ni en su propia sombra, y por esa razón, ejercía la función de supremo administrador y máximo capataz de la hacienda. Por eso, siempre estuvo obligado a estar físicamente en cada una de las diferentes actividades ligadas a la hacienda. Tenía una ronda como la de los médicos, siempre a la misma hora, viendo y observando cada función ejecutada por cada uno de sus empleados. El ganado era llevado desde los pastizales al establo de ordeño, donde las vacas eran ordeñadas por una fila de hombres flacos, descalzos y con un sombrerillo de lona sobre sus cabezas. Aparte del sombrero, todos ellos tenían algo en común, y era el color café en su piel. Bronceados por el sol, parecían más viejos de lo que realmente eran. Todos estaban siempre sentados sobre unos banquillos que ayudaban a alcanzar fácilmente las ubres de las vacas, algunos eran más tímidos que otros, pero siempre había por allí un par de charlatanes que hacían bromas y ponían a reír a toda la congregación gremial.

Después de la muerte de María Cantero, su padre optó por llevarse a sus dos hijos para que ayudaran de vez en cuando en las tareas de la hacienda durante las vacaciones de verano. Más de una vez, cuando Ricardo Cantero llegaba con su padre en las mañanas, alguno de los peones gritaba «Ahí viene Ricardillo, el que va a heredar todo esto».

Y así, el peón señalaba los grandes potreros, pastizales y todo el edificio de la lechería. Ricardo Cantero sentía que a pesar de no ser hijo legítimo, aquellos hombres lo respetaban y lo hacían sentirse cómodo y no como un hijo máncer. Le guardaban consideración y cariño, quizás por el simple hecho de ser un niño, quizás también porque sabían que aquel muchacho había quedado huérfano de madre y el patrón no era el mejor padre de este mundo. Francisco Caballero había empezado a introducir a Ricardo Cantero en su mundo campesino y agrícola. Cada vez que Ricardo Cantero iba a la hacienda tenía que ayudar en todas las labores de la finca, desde recoger boñiga de ganado hasta recibir el grano de café. Esta era una regla que su padre había implantado en todos sus hijos y, por supuesto, Ricardo Cantero no era la excepción.

Una labor que le fascinaba al muchacho era la de ayudar a los peones a arrear el ganado que ya de madrugada había sido ordeñado. Él llevaba el ganado a unos cuantos kilómetros de la hacienda, donde pastaban el resto del día. De regreso a la hacienda cabalgaba en un caballo pinto con machas blancas y negras. Cuando regresaba, lo hacía siempre a toda velocidad, tanto que le soplaba el cabello y sentía cómo el aire se le metía dentro su camisa y ventilaba sus axilas sudadas por el calor de la mañana. Muchas veces su padre lo regañó por cabalgar rápido y agitar sin necesidad a las pobres bestias. Pero casi siempre, afortunadamente, quien lo recibía en la hacienda era un peón rudo y bonachón que apodaban Chalo.

—Los caballos son para trabajar y no para desbocarlos. Si tu padre te vuelve a ver haciendo eso, te va a tocar duro —le decía el buen hombre, el cual era bajo de estatura y tostado como una pasa por el sol.

Chalo siempre sonreía, se le acercaba y le hacía siempre la misma pregunta:

—¿Te atreves a quitar la albarda del caballo, o necesitas ayuda?

Eso era casi una rutina en esa tarea diaria. Ricardo Cantero asentía y de inmediato ataba el caballo a un palo en medio del corral. Luego empezaba a aflojar las correas que estaban debajo de la panza del animal, las cuales estaban empapadas por el sudor. Después, empujaba la montura hacia él y la cargaba en sus hombros hasta la bodega, donde la colocaba en una tarima, al lado de otras. Ricardo Cantero siempre montaba con la albarda, ya que tenía el mal recuerdo de haberlo hecho sin ella. Aún tenía grabado en su mente el dolor que había sentido entonces. Y si no hubiese sido por su abuela, que roció almidón de yuca para aliviar el ardor, no hubiese podido caminar por varios días. A Ricardo Cantero le gustaba sentir el olor del pasto, del afrecho, de la miel de purga, de la boñiga y de las bestias sudadas, especialmente después de haber cabalgado largo rato sobre ellas. Disfrutaba enormemente de ese ambiente campestre, y allí pasaba especialmente las vacaciones de verano, que empezaban en noviembre y terminaban a finales de febrero.

Cerca de la hacienda había un beneficio de café, donde procesaban, extendían y secaban los granos, para luego ser llevados a la tostadora y finalmente al molino de café. Era un proceso de varias semanas. Colocaban los granos en una piscina de agua para ser lavados y posteriormente descascarados. Luego los desbrozaban, y después los extendían en pilas grandes de cemento para ser secados al sol. A veces, Ricardo Cantero se descalzaba y caminaba sobre los granos húmedos, donde se hundía y sentía la mezcla de frío y calor, y de lo seco y de lo húmedo. Sentía placer al caminar sobre aquellos montículos de granos de café esparcidos por las palas y rastrillos de aquellos labriegos, con las mangas de la camisa arremangadas, los pantalones recogidos hasta la rodilla, y con caras de felicidad. El café era y seguía siendo una de las bases principales de la economía de aquella pequeña nación.

## LA DUDA PATERNAL

En su ensueño, Ricardo recordó un pasaje de su vida donde discutía con su padre. Iban en un Ford Mustang recién comprado, camino a la hacienda de Francisco Caballero. Ricardo Cantero tenía apenas doce años. Él iba sentado al lado de su padre y discutían entonces como dos personas adultas sobre la situación tan precaria que él y sus dos hermanos estaban viviendo. Él pedía más dinero a Francisco Caballero y le explicaba que lo que recibían no era lo suficiente, ya que el costo de la vida estaba aumentando constantemente y necesitaban un poco más para pagar los gastos quincenales de la casa y poder comprar los alimentos básicos.

A principios de los 70 el mundo en general también estaba experimentando transformaciones socioeconómicas y culturales muy fuertes. Una recesión económica había empezado a afectar a muchas familias. Los precios de la canasta básica habían empezado a subir paulatinamente, pero al mismo tiempo una clase media-alta empezaba a surgir, y con esta también las importaciones de productos de Estados Unidos y de algunos países asiáticos. El liberalismo de la economía global empezaba a mostrar las dos caras de la moneda. Gracias a sus negocios, personas como Francisco Caballero empezaban a aumentar sus bienes y riquezas. Francisco Caballero ya para entonces había importado dos nuevos vehículos americanos, un Ford Mustang y un Ford Pinto, los cuales eran mucho más caros que los japoneses.

Conforme se fue agravando la situación económica, Francisco Caballero empezó a escatimar la ayuda que brindaba a sus dos hijos extramatrimoniales. Francisco aportaba lo que él creía era conveniente y cuando a él se le ocurría. Con el aumento de los precios del petróleo en el 73, el costo de vida aumentó drásticamente. Todo subió de precio, desde la gasolina hasta la electricidad y los alimentos. Esto hizo que Francisco Caballero se volviera aún más austero con los gastos de los niños a cargo suyo. Una tarde de verano, camino a la hacienda, Ricardo Cantero se atrevió a reclamarle a su padre sobre el poco dinero que ellos recibían de él. Aparentemente Francisco Caballero no estaba de buen humor ese día. El hombre estacionó el Mustang a la orilla de una calle, frente a un gran cafetal que parecía no tener fin. Miró hacia el frente, a través del parabrisas y luego dijo tajante y contundentemente:

—De mí no obtendrán más dinero. Estoy cansado de despilfarrar dinero en ustedes. Mi obligación se limita a mantenerte a ti y a Antonio y a nadie más. Creo que con los cincuenta colones que reciben semanalmente es más que suficiente —concluyó casi gritando Francisco Caballero.

En su ensueño quimérico, Ricardo Cantero hizo entonces cálculos y tradujo los cincuenta colones al valor actual de mercado, serían quizás unos ocho dólares en el 2011. Esos ocho dólares por semana debían de alcanzar para alimentar a dos niños y pagar mensualmente los gastos de luz y agua, y alguno que otro gasto "innecesario", como medicamentos o útiles de escuela.

—Papá, pero es que el dinero que nos da no nos alcanza ni siquiera para que podamos comer. Usted bien sabe cuánto ha subido el costo de la vida, todo cuesta más, la luz, el agua y los víveres.

Hubo un silencio electrizante en la cabina de aquel vehículo. Casi como cuando algo está a punto de estallar. Y Ricardo Cantero continuó:

—Nosotros solo comemos una vez al día, desde que mami murió —agregó el muchacho.

—Esa no es mi culpa. Con ustedes viven tu abuela y Raúl, del cual yo no tengo ninguna responsabilidad. Y además de ese dinero se aprovechan también tus otras tías que viven casi constantemente ahí con ustedes en esa casa. Todos ellos deberían de ayudar a aportar a los gastos de la casa —enfatizó Francisco Caballero, casi enojado.

—Papá, ellos ayudan en lo que pueden, pero no siempre se consigue trabajo tan fácilmente, usted bien lo sabe —exclamó Ricardo Cantero, y mantuvo silencio un largo rato.

Después de algunos segundos, Ricardo Cantero dijo en un tono ciertamente altanero:

—Nosotros no tenemos la culpa de haber venido a este mundo, ni tampoco de ser hijos fuera del matrimonio, ni mucho menos de tener la mala suerte de que nuestra madre haya muerto tan joven. Si ella estuviera viva no estaríamos pasando estas calamidades. Yo siento que nosotros no le importamos a usted. Yo solo espero crecer lo más rápido posible para obtener un trabajo y no depender nunca, pero nunca más, de usted ni de nadie más —concluyó casi gritando el muchacho.

Esta era la primera vez que Ricardo le hablaba en ese tono soberbio a su padre. De algún modo sintió que estaba retando a aquel hombre de pelo blanco, con sombrero borsalino de fieltro y con gafas a media nariz. Aquellas palabras habían sido proferidas casi sin darse cuenta, porque su reacción había sido impulsiva. Sintió que en esos segundos había crecido emocional y físicamente. Ahora estaba dispuesto a confrontar a su progenitor y a exigirle la responsabilidad que tiene un padre. Pero al mismo tiempo sentía miedo de que las palabras que había expulsado de su boca fueran como flechas lanzadas al aire, las cuales nunca retornarían a su punto de origen, y por eso, temía a las consecuencias que vendrían segundos después. De seguro su padre lo castigaría, aunque nunca antes lo había hecho, pero ahora no le importaba nada, estaba dispuesto a todo con tal de que su padre entendiera lo que ellos estaban sintiendo. Ricardo Cantero observó de repente cómo la cara de su padre cambiaba de tono, del blanco al rojo. Francisco Caballero ardía por dentro al escuchar que aquel mocoso sentado allí a su lado le exigía derechos, como si fuera un pequeño abogado. Ricardo Cantero esperaba una paliza después de este altercado, pero esta nunca llegó. Tal vez porque estaban mal estacionados casi en media calle, o tal vez porque su padre entendía que el niño a su lado tenía la razón y ese era el precio que Francisco ahora debía de pagar por no ser un padre responsable. Escuchó a su padre inhalar fuertemente y luego contestó:

—Dije que no van a recibir más dinero de mi parte. Tendrán que arreglárselas con lo que reciben y punto. Además, hay otra cosa que debo decir: yo no sé si ustedes realmente son hijos míos o no. ¿Quién me lo puede garantizar?

Aquellas frases fueron mil veces peor que una paliza. Estas quedaron grabadas en la mente de Ricardo para siempre, y como una daga clavada en el corazón de un guerrero, que lo desangra poco a poco, así debilitaron aquellas palabras el amor que él tenía hacia su padre. Definitivamente, esta primera puñalada verbal fue la más profunda en la vida de Ricardo Cantero, y fue la que lo hizo flaquear y volverse inseguro en el futuro. Él sintió que el mundo se derrumbaba en ese momento. Bajó entonces la cabeza y empezó a sollozar en silencio inclinando la cara contra el vidrio de la ventana del auto. Y con la mirada perdida en las matas de café, pensaba cómo iba a solucionar su problema económico y el de sus hermanos. Su padre ya no los iba a respaldar más económicamente, y mucho menos emocionalmente. Y lo peor de todo era que su mismo padre no estaba seguro de si él era su progenitor o no. Entonces, ¿quién diablos lo era? En esa mañana todo cambió por completo.

Esta fue la primera vez que Ricardo Cantero entendió que el mundo de los adultos era demasiado cruel, y no podía creer que su padre no estaba seguro de su propio rol como progenitor. Tal vez era como Francisco Caballero lo decía, él quizás no era el padre de esos dos muchachos, y si así fuera, ¿entonces quién lo era? La pregunta que entonces surgía era: ¿por qué Francisco Caballero se había hecho cargo de ellos durante tanto tiempo? Ricardo Cantero no lo entendía. Independientemente del desapego que su padre mostraba,

Ricardo Cantero quería a su padre y lo había respetado tal y como él era hasta entonces. Ahora, sentado en el asiento de aquel vehículo, Ricardo estaba lleno de desilusión y de desamor. Se sentía como un pasajero extraño en un taxi público, viajando con un chofer que no tenía ni la menor idea de cómo se llamaba el viajero a su lado. «¿Cómo pudo Francisco Caballero haber dicho y hecho eso? ¿Cuán bajo había caído su padre? ¡Qué canalla! », pensaba él allí arriba, en su estado quimérico.

Francisco Caballero se había comportado como un mezquino. Trataba de esquivar su responsabilidad paternal intentando hacer a un lado la obligación social y económica que tenía con esos dos hijos fuera del matrimonio. Transcurría el año 1973 y Ricardo Cantero sentía que no solo el mundo estaba en guerra y en crisis, sino que él también había iniciado una guerra contra su padre; una guerra en donde él llevaba todas las de perder, porque no tenía las herramientas para comprobar si Francisco Caballero era o no su padre. Además, Ricardo era apenas un niño, pero había empezado a pensar casi como un adulto y, fuera como fuera, Ricardo sentía amor por el viejo. Eso no lo podía evitar. Después de todo, aquel hombre que entonces lo negaba, era la figura masculina más allegada a él y, aunque Francisco Caballero no era el padre perfecto, había existido una relación más o menos de padre e hijo entre ellos dos hasta ese preciso momento. Pero conforme Ricardo se desarrollaba físicamente, su padre se iba desprendiendo emocional y económicamente de él y de su hermano menor.

# VIAJE AL MAR SIN SU HERMANO MAYOR

A finales del 73, su padre, tal vez conmovido, tal vez avergonzado por la situación paupérrima que aquellos muchachos estaban viviendo, decidió llevarlos a las playas del Pacífico Central. Desde la muerte de María Cantero, Francisco Caballero se había alejado de sus dos hijos y los había dejado a la suerte del destino, pero un día llegó con una muy buena noticia. Su padre los invitaba a un viaje al mar. La sorpresa causó mucha alegría y Ricardo saltaba de felicidad cuando escuchó que irían al puerto del Pacífico por primera vez. Allí se quedarían una noche en un hotel y esta sería la primera vez que Francisco Caballero hacía algo semejante con sus hijos extramatrimoniales.

Pero pronto la buena noticia se nubló de tristeza, cuando Ricardo Cantero escuchó que a la playa irían solamente él y su hermano menor. Raúl Cantero tendría que quedarse en casa. Su hermano mayor no iba a poder ir con ellos. Aquel hombre ricachón tenía los medios económicos para llevar también a Raúl Cantero, pero el problema era que él no tenía la voluntad para hacerlo. Definitivamente Raúl no era su hijo y a este sí se le podía negar cualquier cosa. Ricardo Cantero aún recordaba con gran aflicción el momento en que Raúl Cantero recibió la mala noticia. El desdichado muchacho salió corriendo como una bala y no apareció durante todo un día. Llegó a casa ya avanzada la noche, después de que la abuela y Ricardo salieran a buscarlo por varias horas. Raúl Cantero regresó con la cara rota, sucio y lleno de polvo. Posiblemente se había peleado con algunos otros muchachos tratando de expulsar su rabia y su frustración.

Ya acostados cada uno en su catre, Ricardo Cantero trataba de explicarle a su hermano que él había intentado hacer todo lo posible para convencer a Francisco Caballero para que aceptara llevarlo con ellos a la playa. Pero todo intento de convencimiento había sido inútil. Francisco Caballero se había opuesto desde el principio, había dicho que no quería oír una sola palabra sobre el asunto y que, si Ricardo Cantero seguía insistiendo, anularía el viaje de una vez por todas. Ricardo Cantero estuvo a punto de decirle a su padre que entonces cancelara el viaje, pero las ganas de conocer el puerto y pasar una noche en un hotel fueron más fuertes que el valor que tuvo para seguir insistiendo. Ricardo Cantero aún sentía el dolor de ver a su hermano acostado, viendo hacia la pared y comentando:

—Yo, de por sí, no quiero ir a ningún lugar con ese viejo que no es mi papá. Cuando sea grande iré adonde yo quiera con mi propio dinero. No voy a necesitar de nadie para viajar a cualquier lugar. Haré lo que me plazca y nadie me lo va a impedir. Además, a mí no me llama mucho la atención el mar, prefiero los ríos y las pozas —sostuvo Raúl Cantero con voz algo quebrantada.

Ricardo sabía que aquellas palabras emitidas por su hermano eran inverosímiles, pero qué otra cosa iba a decir aquel pobre muchacho. Ricardo Cantero escuchaba cómo su hermano sollozaba en silencio. Él hubiese deseado haber podido persuadir a su padre para que cambiara de opinión. Pero Ricardo sabía que eso era imposible. Luego, los dos chicos callaron en la oscuridad de la noche. Y bajo el canto de los grillos y un constante meneo del viento que golpeaba neciamente las latas de zinc del techo, los dos se quedaron dormidos hasta el otro día.

El día del viaje al puerto había llegado. Era un fin de semana de febrero. El verano estaba en lo mejor y no soplaba una ráfaga de viento en aquella estación rural del tren, la cual estaba cerca de la hacienda de su padre. Francisco Caballero había decidido ir en tren para no despertar sospechas en su casa. Posiblemente haya dicho a su cónyuge que pasaría el fin de semana en la finca contando y marcando ganado, o tal vez organizando la corta de caña. Independientemente de su mentira, ellos se montaron en un vagón con asientos de frente a frente y de par en par. El tren se meneaba constantemente y el ruido de las pegas de la línea férrea tocaba un tacto monótono, el cual casi no dejaba conversar a los viajeros. El trayecto tardaba quizás tres o cuatro horas. Conforme dejaban la cordillera central y descendían hacia las partes bajas de la costa pacífica, el calor se intensificaba, pero este era aminorado por la brisa que se escabullía por las ventanas abiertas de los vagones.

Allí, más de un chiquillo sacaba la cabeza por la ventana para tragar bocanadas de viento, arriesgándose incluso a perder el sombrerillo o la gorra de sol. Él recordaba que hicieron una parada a mitad del camino. Allí, los turistas podían comer y beber una serie de delicias caseras que vendían a lo largo de una calle larga y ancha a ambos lados del ferrocarril. Allí mismo se podían comprar frutas frescas y secas de todo tipo, agua de coco, platillos culinarios de la zona, cerveza y refrescos y, por supuesto, las famosas semillas de marañón. A Ricardo Cantero le fascinaban las nueces de marañón recién tostadas. Los tres bajaron del tren y se dirigieron directamente a los tramos donde vendían aquellas delicias. La parada tardaba algunos minutos y había que darse prisa para comprar lo que más gustaba. Ese día Francisco Caballero estaba de buenas con sus dos hijos, ya que permitió que compraran lo que se les antojara. Y así, Ricardo Cantero y su hermano menor compraron desde guanábanas hasta bananos pasa, para saborear en el transcurso de lo que quedaba del viaje.

Llegaron al puerto al mediodía, con el sol perpendicular a sus cabezas. Se dirigieron a un hotel donde se hospedarían hasta el día siguiente. Ricardo Cantero no recordaba cómo ni cuándo llegaron a ese lugar, pero cuando se percató, ya estaban en la playa. La sensación de estar allí por primera vez frente al océano Pacífico era indescriptible. Era una mezcla de miedo y temor, con alegría y felicidad. Posiblemente él tuviera miedo a la inmensidad y a la fuerza del mar, ya que este lo succionaba y lo chupaba hacia adentro, pero estaba contento de estar allí con su padre y su hermano menor. Era la primera vez en toda su corta vida que veía a su padre en pantalones cortos y en camiseta de tirantes, descalzo y relajado, caminando por la suave arena de la playa. Y fue allí donde también se dio cuenta de que su padre ya era un hombre mayor. Se le notaba en su piel carente de colágeno, y en su forma lenta de caminar. La edad, la diabetes y sus complicaciones ya le estaban pasando la cuenta al señor.

Los dos hermanos, acostados en la playa húmeda y tibia, recibían las olas que acariciaban sus pies y una sábana acuática los cubría cada vez que llegaba una nueva ola hacia ellos. Los tres pasaron toda la tarde disfrutando del sol, del agua y del viento marítimo que soplaba y hacía volar los sombreros de paja que habían comprado recientemente en un chinamo de la playa. Sentados en unos troncos de palmera, pintados con cal blanca, comían pedazos de sandía que chorreaban un caldo dulce y rojizo entre sus manos y garganta. Allí no había espacio para nadie más, Ricardo Cantero casi soñaba y era feliz.

El sol ya estaba casi en el horizonte cuando Francisco Caballero dijo:

—Muchachos, es hora de regresar al hotel. Vamos a tomar un baño de agua dulce y a buscar un lugar para cenar. Creo que me he quemado la espalda y el médico me ha prohibido hacerme heridas o tener ampollas en el cuerpo —sugirió enfáticamente Francisco Caballero.

—¿Por qué te han prohibido hacerte heridas y tener ampollas, papá? —preguntó curiosamente Ricardo Cantero.

—Porque tengo diabetes y algunas otras enfermedades —respondió mustiamente el hombre. Ricardo Cantero no dio importancia a las palabras de su padre. Pensó que era normal que su padre tuviera enfermedades; después de todo, él era mayor.

Después de haberse duchado, se vistieron y cenaron en el restaurante del hotel. Ricardo Cantero jamás había estado sentado en un restaurante, y mucho menos en el de un hotel. Era la primera vez que un mesero se le acercaba y le brindaba una carta con el menú y podía elegir el refresco que se le antojara. Se sentía importante y miraba con cierta curiosidad a su alrededor. La brisa del mar refrescaba su cuerpo y su cara, que ahora estaba ardida por el sol y el viento. Pronto, la luz del sol desaparecería y rápidamente la oscuridad crearía su espectro. Era una tarde mágica. Ricardo Cantero no quería moverse de allí, quería seguir saboreando el refresco frío de horchata que había elegido. Quería seguir viendo las pequeñas luces de los botes y de los veleros que estaban anclados a unos cientos de metros de allí y los cuales parecían candilejas serpenteando bajo un telón de un gran teatro oscuro. Quería alargar esos momentos mágicos con su padre y su hermano menor.

Habiendo comido y bebido, su padre pagó la cuenta y se fueron a dar un paseo a lo largo del malecón. Regresaron al hotel ya caída la noche y finalmente los tres se fueron a acostar. Esta era la primera vez que Ricardo Cantero sentía una estable presencia por parte de su padre. Ahora estaba durmiendo en la misma habitación con él. Eso nunca lo había hecho antes. La presencia de Francisco Caballero siempre había sido fugaz y momentánea. A la mañana siguiente, Ricardo Cantero aún creía estar soñando, pero cuando se volvió de lado y lastimó su espalda por las quemaduras del sol, se percató de que eso no era un sueño. Estaba en la habitación de un hotel. Se levantó y miró el mar desde la ventana. La playa estaba vacía. Era todavía muy temprano y apenas unos cuantos pescadores echaban sus botes a la mar. Llevaban sus redes listas y se preparaban para recoger la cosecha del día. Para él, estar allí era como estar en otro mundo, sentía emoción y apreciaba enormemente lo que su padre estaba haciendo por ellos en ese preciso instante. No sabía si eso se volvería a repetir, pero independientemente de lo que sucediera, ahora lo estaba disfrutando y no iba a perder un segundo de ese instante lleno de felicidad. Deseaba que siempre hubiese sido así, tener a su padre siempre al lado suyo y no correr tras de él mendigando amor y alimentos para poder alimentar su espíritu y su cuerpo.

La hora de regreso a casa había llegado, y con ello la realidad de la vida cotidiana volvía a su estado normal. Ellos permanecerían en casa con la abuela y Francisco Caballero en su propia casa atendiendo a su familia oficial. No se podía esperar otra cosa. Ricardo Cantero sabía que él y su hermano eran hijos de segunda clase y contra eso no se podía luchar. El tren salió a la una de la tarde y llegó al anochecer al Valle Central. Ricardo Cantero durmió casi todo el viaje. Hubiese deseado quedarse permanentemente en aquella ciudad portuaria con su padre y su hermano, pero él sabía muy bien que eso era imposible. Había dejado de soñar desde hacía mucho tiempo. Él había aprendido que los niños de su condición social no podían soñar, porque nunca había tiempo para hacerlo. La vida había que enfrentarla tal y como era, aun cuando él solo tenía apenas doce años de edad.

# LA LUCHA DE SUPERACIÓN

Ricardo Cantero poseía un deseo innato de superación y estaba feliz porque iniciaba la secundaria, pero había un problema, necesitaba comprar útiles, zapatos y un uniforme que le exigían en el colegio. En su estado quimérico recordaba claramente cómo esperaba ansiosamente a su padre para pedirle el dinero necesario para comprar todas aquellas cosas. Él necesitaba urgentemente el dinero, ya que las clases habían iniciado y había tenido que mentir en varias ocasiones ante la dirección del colegio. Había dicho al director del centro educativo que le permitiera ir unos días sin uniforme y sin útiles, ya que su abuela había caído enferma y no había nadie quien lo pudiera acompañar a hacer las compras escolares. Después de varios días intentando poder hablar con su padre, Francisco apareció. Estaba entrando a la casa con su Ford Mustang cuando Ricardo Cantero le hizo señas para que se detuviera y lo pudiera escuchar. Allí, su padre, de mal gusto, le había dado algo de dinero y le dijo que lo mejor sería que buscara un trabajo, ya que los estudios no dejaban más que pérdidas.

—Papá, a mí me gusta estudiar y tengo buenas notas y me fue muy bien en la primaria. La maestra guía me dijo que yo no iba a tener problemas en la secundaria. Usted tal vez no lo sabe, pero fui el mejor alumno de mi escuela. Por cierto, me hubiera gustado que usted estuviera en la ceremonia de mi graduación, pero posiblemente a usted se le olvidó. Necesito dinero para comprar libros y útiles para el colegio —explicó Ricardo Cantero.

Francisco Caballero, casi no dando importancia a lo que el muchacho le decía, le cortó la conversación y le preguntó:

—A ver, ¿cuánto es lo que necesitas?

Ricardo Cantero llevaba una lista consigo y se la mostró.

—Bueno, con cien colones creo que te debe de alcanzar —exclamó Francisco Caballero.

—Solo el uniforme y los zapatos cuestan esa suma —replicó Ricardo Cantero.

—Bueno, toma ciento veinticinco. Creo que con eso te las arreglas. Y ya no quiero escuchar más quejas de dinero. Ahora márchate, mi mujer puede salir en cualquier momento y, si te ve, se va a encabronar conmigo. Toma y vete —terminó diciendo Francisco Caballero.

El muchacho aceptó, bajó la cabeza y asintió sin más reproche. Él no se atrevía a decirle a su padre que su hermano menor también necesitaba dinero para comprar algunas cosas de la escuela primaria. Prefirió quedarse callado y compartir el dinero con su hermano. No había más remedio que aceptar las condiciones de su padre. Su padre no entendía que la educación era la herramienta para poder salir adelante. El hombre pertenecía a otra generación donde el trabajo era más importante que los estudios, por esa razón, él no podía entender lo que el muchacho le solicitaba entonces. Más de dos años habían pasado desde aquel inolvidable viaje al puerto, y casi un año, después de aquella desagradable conversación frente al garaje de la casa de su padre. Esa fue la última vez que Ricardo Cantero lo vio con vida.

# EL SEPELIO DE FRANCISCO CABALLERO

Francisco Caballero había nacido a principios de siglo. El 5 mayo de 1975 su cuerpo estaba a punto de ser colocado en uno de los nichos de la bóveda de la familia Caballero, en el cementerio central de la provincia. A su alrededor había mucha gente conocida y desconocida. Ricardo Cantero había podido ir al entierro de su padre gracias a su tío político, el cual se había ofrecido a acompañarlo. Observaba cómo la gente lloraba y le daba el último adiós al difunto. Al acercarse a la tumba, Ricardo Cantero sintió las miradas de desprecio y el rechazo de todos los que estaban alrededor de la bóveda. La mayoría de ellos eran sus hijos legítimos, su esposa oficial, sobrinos y demás parientes cercanos a Francisco Caballero. Pero él, ante ellos, no era nada más que un máncer, un ilegítimo y, por lo tanto, no tenía nada que hacer allí. No había espacio para un bastardo en aquella solemne reunión familiar.

Al igual que muchos de los presentes, Ricardo Cantero tenía ganas de llorar y sentía la necesidad de ver a su padre por última vez. El ataúd aún estaba abierto, puesto sobre la grama y listo para ser introducido en la bóveda de cemento que se levantaba como un pequeño templo, y con opulencia opacaba las sencillas tumbas que estaban a su alrededor. Él quiso acercarse al féretro, pero no le fue permitido. Las miradas que salían de los que estaban a su alrededor eran casi mortales y lo detuvieron sin decir una palabra o hacer algún movimiento. Percibió directamente el desprecio y el odio sin que ninguno de los que estaban allí, dijeran una sola frase. Solo bastó ver sus miradas y sus gestos. Decidió retirarse y refugiarse detrás de un gran sarcófago con dos grandes ángeles en una esquina del cementerio. Allí se quedó esperando a que todos se marcharan de aquel lugar. Después de una hora de larga espera, regresó cuando el cemento de la fosa aún estaba crudo. Y entonces, frente a la tumba de su padre y a solas, sus lágrimas no pudieron contenerse. Ahora lloraba y las lágrimas empapaban sus mejillas.

En su quimera, recordaba cómo él contemplaba la franja que el ataúd había dejado en la grama. La caja mortuoria había dejado un rectángulo simétrico y perfecto. De algún modo, Ricardo Cantero se identificaba con la grama marchita de aquel rectángulo marcado perfectamente en el suelo. Esa línea perfecta marcaba la división de la grama apachurrada con la grama que aún estaba en pie. En ese instante, Ricardo Cantero se comparaba con ese césped aplastado y sentía que no iba a tener voluntad de levantarse nunca más de allí. Una vez más el conflicto de sentimientos y sensaciones se habían agolpado en su cabeza. En ese instante no sabía si odiaba o amaba a Francisco Caballero. Se preguntaba si su padre se merecía verdaderamente aquellas lágrimas. Ni siquiera sabía si esas lágrimas eran de tristeza o de ira. Lo único que sabía era que no quería que esa situación fuera realidad. No quería seguir sintiéndose abandonado ni mucho menos rechazado. A pesar de que su padre nunca había expresado muchos sentimientos de amor hacia ellos, ahora extrañaba la voz y el olor de Francisco Caballero. En su ensueño, pensaba en lo extraño y tornadizo que era el pensamiento del ser humano, que anhelaba e idealizaba las cosas que nunca tuvo, pero al mismo tiempo, tampoco valoraba lo que tenía hasta que lo perdía.

De repente, una mano fuerte le apretó el hombro derecho y le dijo que lo mejor era marcharse de aquel lugar. Además, se estaba haciendo tarde. Era la mano de su tío político, que le avisaba que debían de partir antes de que empezara a llover y a oscurecer. El viaje a su nuevo hogar tardaba aproximadamente cuarenta minutos en motocicleta. Ricardo Cantero recordaba el aire de libertad que soplaba en su cara y sin casco de protección en su cabeza, su pelo volaba como un papalote en vientos de principios de verano. Algunas semanas después de la muerte de Francisco Caballero, alguien comentó que el moribundo había tratado de llamarlos en su último suspiro. Francisco Caballero se encontraba aún en una clínica privada, donde agonizaba sus últimos días. Pero aparentemente ninguno de sus hijos legítimos hizo caso al ruego del expirante hombre.

«¿Qué habrá querido decir Francisco Caballero a sus dos hijos bastardos? ¿Por qué no lo hizo cuando estaba en pie y en su sano juicio? ¿Por qué tuvo que esperar hasta caer enfermo, sin poder moverse por sí mismo?», se preguntaba Ricardo Cantero allí en su estado quimérico.

Las riquezas de Francisco Caballero habían sido repartidas entre sus verdaderos herederos y su esposa. Era lógico, así funcionaba el sistema. La hacienda, el beneficio de café, el trapiche, las cabezas de ganado, los cafetales y todo lo demás, fueron distribuidos dentro de la familia Caballero. Ricardo Cantero posiblemente había sido engendrado por aquel hombre rico y de hacienda, pero de ella no recibiría nada más que algunos recuerdos. Algunos de ellos bonitos, otros, tristes. Según las leyes de ese entonces en aquel país, él no tenía derecho a nada. ¿Y por qué iba a tenerlo, si ante la sociedad él era un hijo de nadie? Y tales hijos, en principio, no existían en los registros civiles, por lo menos no con los apellidos que les correspondían, por lo tanto, la ley no los cubría. Quizás por eso Ricardo Cantero nunca esperó nada de nadie. Trataba de ser siempre autosuficiente. Sabía muy bien cuáles eran sus limitaciones, pero también conocía muy bien sus cualidades y habilidades.

Muchos años después, en el 2010, Ricardo Cantero leía por la internet una noticia de un periódico de aquel país, donde decía que el gobierno había emitido una nueva ley que obligaba a todo hombre a reconocer a sus hijos ilegítimos y, por lo tanto, todos los hijos eran iguales ante la ley, por eso, ellos tenían los mismos derechos hereditarios en las sucesiones intestadas. Además, la constitución de ese país declaraba que los padres tenían los mismos deberes frente a los hijos intra y extramatrimoniales. Él se preguntaba qué hubiera pasado si esa ley hubiese existido en el tiempo de su infancia y de su adolescencia. Definitivamente, ahora ya no importaba. En su ensueño, seguía pensando que este mundo era injusto y cruel, pero la pobreza y la calamidad no debían servir como argumento para no llevar a cabo lo que uno se propone. Su plan de seguir adelante con los estudios no se había esfumado. Entonces, miraba hacia el futuro y trataba de salir adelante por sí solo o con la ayuda de alguien. Dichosamente para Ricardo Cantero, la generosidad y la buena voluntad de la familia Prado vino a cambiar radicalmente su vida.

Sus otros dos hermanos recibieron también la misma propuesta, pero ellos no la aceptaron. Prefirieron quedarse viviendo con la abuela en la provincia. Este momento fue crucial en su vida. Tuvo que elegir entre quedarse en la provincia y tratar de ayudar económicamente a su abuela, o mudarse a la capital y seguir estudiando allí. Sentía que defraudaba a su abuela y a sus hermanos si elegía irse a la capital. Realmente fueron momentos de estrés al tomar esa decisión. La preocupación le generó una gastritis que padeció durante casi toda su juventud. Esos tremendos dolores de estómago a veces no lo dejaban dormir. Pero fue resiliente y, como un gato audaz e intrépido, sabía entonces que debía seguir saltando y corriendo por los tejados de la vida. No quería seguir sobreviviendo. Quería vivir y no dejarse doblegar por las derrotas. Necesitaba aprender y saber más de la vida. En su quimera recordaba todos estos momentos y pensaba que así era la vida. Él era el que era porque había vivido su vida como la había vivido y no conocía otra.

## CAPÍTULO IV:

# EL AÑO DEL GATO DE 1963

*Una flor en la mano de una joven criatura siempre será*
*más bella que un buqué encima de su sepultura.*

## NACE VERÓNICA GALDÓN

El 28 de febrero de 1963 nace en un barrio de la capital de aquel pequeño país una niña saludable y feliz de pertenecer a una familia que la amaba desde antes de su creación. Apenas unos meses atrás, el mundo había estado a un pelo de iniciar una tercera guerra mundial, cuando las dos potencias, los Estados Unidos y la Unión Soviética, habían medido sus fuerzas en la llamada «crisis de los misiles» en Cuba. Esto se había generado a raíz del conocimiento por parte de Estados Unidos de la existencia de bases de misiles nucleares de alcance medio del ejército soviético en Cuba. Algunos días después del nacimiento de esta niña, uno de los mayores volcanes del pequeño país había hecho una gran erupción, vomitando lava, piedras candentes y ceniza por todo el territorio. Ese mismo año también habían asesinado al presidente número 35 de los Estados Unidos, John Fitzgerald Kennedy.

Para entonces, Ricardo Cantero ya contaba con dos años de vida y no se imaginaba que una década y media después, se encontraría con esta chica llamada Verónica Galdón. El encuentro sería en sus años de juventud, cuando el amor y la política nacional harían incursión en su vida. Ambos habían crecido en distintos ambientes sociales y culturales, pero eso no iba a impedir que sus vidas llegaran a converger y luego convertirse en algo más que una amistad.

# MOCEDAD EN EL BARRIO DE LA CAPITAL

A mediados de los años 70, la vida de Ricardo Cantero empezaba a cambiar positiva y paulatinamente. Aún no había cumplido los catorce, pero ya había un aire de cambios en todo su entorno, tanto a nivel fisiológico como sociocultural. Poco a poco, se adentraba en la adolescencia y empezaba a experimentar todos los cambios físico-biológicos que ocurren en el cuerpo humano a esa edad. Ya se había trasladado a vivir con sus tíos a la capital y, allí, había logrado integrarse rápidamente a la vida social de aquel nuevo lugar. Atrás, quedaban solamente las reminiscencias de su infancia, las cuales no habían sido muy agradables. De hecho, eso todavía le producía amargos recuerdos e incontables noches de insomnio, a causa de los terribles dolores de estómago que todavía padecía. Por el momento, la meta principal era la de salir adelante con los estudios secundarios y la de lograr obtener buenas calificaciones para poder elegir una buena carrera universitaria en el futuro. Así que, sin preámbulos ni pérdida de tiempo, tuvo que ingresar al nuevo colegio en plena época de exámenes trimestrales. Allí no conocía a nadie y casi no tuvo tiempo para prepararse con los estudios. Pero con su manera pragmática y algo extrovertida pudo conseguir apuntes y el material de estudio que necesitaba. Esto también contribuyó a que pronto pudiera integrarse a sus nuevos compañeros. Obviamente su nueva familia había colaborado en este proceso de integración. Se podría decir que su mundo había dado un giro de 180 grados.

# EL NUEVO HOGAR

El apoyo económico y moral por parte de su nueva familia realmente vinieron a mejorar la situación emocional del muchacho. Su tía Angelina y su marido Pablo Prado, en principio lo habían adoptado. Le habían ofrecido el respaldo necesario para continuar con sus estudios de secundaria, ahora en la capital. Ellos conocían muy bien la desdicha del muchacho, y por eso lo estimulaban a creer y a confiar en sí mismo. Sus primas, un poco mayores que él, también habían contribuido al bienestar y a la satisfacción emocional de Ricardo. Ellas se esmeraban siempre en integrarlo en las actividades sociales que había tanto en casa como fuera de ella. Lo habían acogido como a un hijo y como a un hermano. Quizás el hecho de que en esa familia no había habido un hijo antes, había ayudado a Ricardo Cantero a integrarse rápidamente en el núcleo de aquel hogar. Obviamente él tenía responsabilidades y obligaciones como cualquier otro muchacho de su edad, pero también contaba con mucha libertad y había aprendido a administrar ese derecho de una manera correcta.

Ricardo Cantero agradecía profundamente el gesto generoso y fraternal de la familia Prado y entendía que, aunque no eran personas adineradas, contaban siempre con los medios necesarios para salir adelante y surgir en esta vida. En aquel hogar siempre había alimentos en abundancia, y algo que él apreciaba mucho eran las rutinas cotidianas que sus tíos habían implementado desde hacía muchos años. Las horas fijas del desayuno, del almuerzo y de la cena eran casi inquebrantables. El baño y el aseo eran de igual manera indiscutibles. La lectura del periódico cada mañana a la hora del desayuno, escuchar las noticias por la radio a la hora del almuerzo y ver el telenoticiero por las tardes a la hora de la cena, creaban una atmósfera de convivencia y discusión muy intensa sobre los asuntos de carácter sociopolítico y cultural en aquel hogar.

Él se deleitaba escuchando las conversaciones sociopolíticas de los dos adultos mayores, cuando en la mesa y después de la cena se quedaban conversando sobre la situación económica, social y política que atravesaba el país en ese entonces. Una de las cosas que más le atraía era escuchar las historias sobre la Guerra Civil del 48 y sus repercusiones en aquella sociedad. Fue a través de ellos que él tomó conciencia de que su país había sufrido una corta pero muy sangrienta guerra civil hacía más de 25 años. Ricardo Cantero a menudo recordaba aquellas tardes en casa de sus tíos cuando, tumbado en el sofá largo de cuerina, veía las noticias o algún otro programa de televisión y, al mismo tiempo, escuchaba a los dos mayores contar la casi inverosímil historia de la revolución y sus efectos posteriores. Aquella efímera insurrección que había sido hasta entonces desconocida por él, había sido un hito en la historia de la nación y había marcado para siempre la crónica de aquel pequeño país.

En esos tiempos de guerra civil, sus tíos apenas eran adolescentes. Ellos habían decidido irse del pueblo donde vivían y se habían establecido en la capital y, por lo tanto, habían vivido en carne propia todos los acontecimientos desagradables de una revolución. Ellos habían sido testigos directos de cómo la corrupción y las malas prácticas de los políticos habían llevado al país a un caos sociopolítico y económico. Por tal razón, ellos siempre alababan la democracia y dignificaban la paz y la libertad. Ricardo Cantero no podía imaginarse aquel ahora sosegado país, envuelto en una guerra civil que duró 44 días y donde habían muerto casi tres mil personas en el término de tres meses.

Desgraciadamente, el involucionismo del dictador del país vecino del norte en ese entonces, también había contribuido a empeorar más la gravedad de la situación política en su país. En esos tiempos, las naciones de la región se manejaban como haciendas o granjas, donde los políticos se creían dueños de las fincas. Afortunadamente, el raciocinio y la lógica de los políticos nacionales a finales de los años 40 habían logrado, de algún modo, llegar a un consenso para establecer la paz, desarrollar la democracia y sembrar los cimientos necesarios para un mejor desarrollo social en aquella emergente nación. Ahora, el país era ejemplo de democracia y bienestar en esa región del mundo.

# EL NUEVO BARRIO Y SU PRIMER DISCO DE 45 R. P. M.

Ricardo Cantero se había mudado entonces a un lugar cercano al centro de la capital. El barrio era una urbanización en crecimiento que agrupaba las casas en cuadrantes y disponía ya de todos los servicios públicos necesarios para enfrentar la modernidad a mediados de los años 70. Las casas tenían aceras con zonas verdes, acueductos subterráneos, calles asfaltadas, electricidad, alumbrado público y, por supuesto, cableado telefónico. A Ricardo Cantero le asignaron un cuarto propio con su respectivo clóset y un pequeño escritorio con una lámpara. En el aposento había también una cama con un somier y una mesa de noche con un radio tocadiscos portátil que funcionaba con electricidad, pero que también se cargaba con cuatro pilas grandes cuando se usaba fuera de casa. Para Ricardo Cantero todo aquello era una novedad y hasta cierto punto un lujo. Nunca antes había tenido un dormitorio propio ni mucho menos aparatos personales.

En las noches escuchaba discos de 33 y 45 revoluciones por minuto. La mayoría de las veces los pedía prestados a sus primas o los cogía de la librera, cuando ellas los abandonaban después de haberlos escuchado una y mil veces. El primer disco que Ricardo pudo comprar con su propio dinero fue el sencillo de 45 r. p. m. de Al Stewart. En la cara principal del disco tenía la canción «El año del gato» y, en la otra cara, tenía una canción llamada «On the border» ("En la frontera"). La letra de la canción del año del gato lo fascinaba y lo hacía soñar despierto cada vez que la escuchaba. Por alguna razón extraña y sin sentido lógico, esta canción lo transportaba mentalmente a otros lugares inimaginables. Tal vez los que él anhelaba visitar algún día. Quizás pensaba en Australia, ya que su sueño había sido ir allí, o tal vez simplemente lo relacionaba a Marruecos, ya que la canción narraba la historia de una joven pareja atrapada en un lugar parecido a Casablanca. Allí, la chica conducía al chico a una dimensión desconocida, la del año del gato.

En aquel barrio todavía había lotes vacíos dispersos por todos los cuadrantes. Algunos de estos servían muchas veces como lugar de juegos improvisados y ocasionalmente se llenaban de niños y jóvenes, particularmente, en las tardes de verano. En uno de esos lotes baldíos, la municipalidad había construido, a regañadientes, una cancha de deportes, ya que sus habitantes habían presionado al regidor para que hiciera de aquella pequeña extensión de tierra, un lugar de deportes. La cancha se había construido para practicar baloncesto y voleibol, además tenía un columpio y un tobogán para los niños más pequeños. En poco tiempo, el lugar se convirtió en un imán para la juventud de la urbanización. Allí solían llegar jóvenes de toda clase social, tanto pudientes como aquellos de menos recursos económicos, pero a la hora de los partidos no existían esas diferencias sociales.

Los acomodados económicamente siempre calzaban tenis de marcas extranjeras, mientras que la mayoría llevaba zapatillas de lona de producción nacional. Ricardo Cantero pertenecía al segundo grupo. Con la llegada al nuevo barrio, Ricardo Cantero había descubierto esos dos nuevos deportes, pero también había empezado a tomar consciencia de que existían las clases sociales. Eso no lo había pensado anteriormente. En el barrio de su infancia, todos los muchachos pertenecían más o menos a la misma clase social, pero aquí, en su nuevo hogar, la diferencia era más notable.

La primera vez que Ricardo Cantero llegó a jugar al polideportivo no conocía a nadie. Llevaba una bola de baloncesto que rebotaba y zigzagueaba entre sus manos y sus piernas. La bola pertenecía a una de sus primas. Él le había implorado a su prima para que se la prestara y, obviamente, le había prometido ante todos los santos que la devolvería intacta antes de que anocheciera. Cuando llegó a la cancha, esta ya estaba ocupada por un grupo de muchachos divididos en dos equipos que corrían y sudaban como caballos en estampida. Permaneció un rato solo, rebotando el balón por algunos minutos. Al mismo tiempo, observaba al grupo de jovenzuelos que no paraban de correr. Un rato después, los chicos hicieron una pausa, y fue entonces que uno de ellos se acercó a él y le preguntó si quería participar en el juego. Ni lerdo ni perezoso, Ricardo aceptó la invitación. Dejó su bola prestada a un lado en la orilla de la cancha. Con esa invitación, él se autointrodujo y fue aprobado por la pequeña congregación deportiva que jugaba allí. A partir de ahí, Ricardo Cantero empezaría a relacionarse con todos los muchachos que vivían en aquella urbe. Pero por la euforia y alegría de haber podido ingresar a ese nuevo grupo, desgraciadamente, olvidó la bola de su prima en la cancha de baloncesto, y cuando iba de regreso a casa, se percató de que la había olvidado. Corrió veloz a buscarla, pero cuando llegó ya era muy tarde. Esta había desaparecido. Esta fue la primera vez que tuvo que responder por sus actos de irresponsabilidad ante su nueva familia.

El cantón capitalino también tenía una majestuosa iglesia, y frente a esta existía una plaza de fútbol que abarcaba todo un cuadrante. Allí no había un parque con flores y árboles como otros cantones de la capital, sino más bien una plaza de fútbol, la cual no tenía buena reputación, ya que allí, por las tardes, solían juntarse los muchachos que empezaban a descarrilarse con algunos vicios y algo más. Muchos de ellos se sentían como gallitos de patio, matoneando y fumando marihuana. Si bien era cierto, la delincuencia y la violencia ya existían en el centro de la capital, pero esto estaba limitado a algunos sectores poco propicios en el mero centro de la ciudad. Fuera de ahí, la vida en los cantones capitalinos era más tranquila. Sin embargo, como cantón cercano a la capital, el movimiento comercial empezaba a sentirse desde las primeras horas de la mañana: primero, cuando pasaba el repartidor de periódicos lanzando los matutinos contra las puertas y avisando que ya pronto iba a salir el sol; luego, cuando el panadero pasaba depositando el pan que ensartaba en una bolsa de manta y los amarraba a los aleros de las entradas de las casas; y por último, la visita del lechero repartidor, que recogía los botellones de vidrio vacíos y dejaba a cambio nuevos botellones llenos de leche fresca, cargados con una cúpula de nata que se observaba a través del vidrio grueso.

# BUENOS AMIGOS Y MALAS COSTUMBRES

A mediados de los años 70, al igual que en muchos países del mundo, la juventud estaba influenciada por las tendencias sociopolíticas y culturales que impactaban en ese entonces. La vida de los jóvenes giraba en función a los deberes escolares, las tareas caseras y los trabajos temporales fuera de casa. El resto del tiempo estaba destinado a cosas más divertidas como los deportes, la fiesta y el ocio en general. La música, los amigos y la atracción al sexo opuesto también habían empezado a germinar en la vida de estos muchachos. Ricardo Cantero no era la excepción. Ya para entonces, la música *rock*, que había sido el género musical más popular durante la primera mitad de los años 70, empezaba a ser desplazada por la música disco. Y, como hongos en el bosque, las discotecas empezaron a aparecer en el centro de la capital, pero no en los lugares fuera de ella.

En esa transición físico-emocional y de ambiente que Ricardo Cantero empezaba a experimentar, la música y las fiestas obviamente empezaban a ser parte importante de su nueva vida. Todos estos cambios creaban un arcoíris de emociones y una gama de ilusiones, no solo en él mismo, sino también en la vida de la mayoría de los jóvenes de aquella nación. Muchos de ellos añoraban los fines de semana para ir a las discotecas, a los salones de patines y a los encierros improvisados que se hacían en los colegios y en los festejos populares de las ciudades. Eran los tiempos de los pantalones campana, de las camisas ajustadas al cuerpo, de los pesados zapatos de plataforma, del pelo largo, de los primeros amores y también del debut en las drogas.

Pronto, empezaron a surgir los discomóviles en los lugares donde no había discotecas. Estas eran, en principio, pequeñas empresas de jóvenes emprendedores, los cuales llevaban consigo un arsenal de discos de vinil y todos los artefactos y equipos necesarios para montar una discoteca en cualquier lugar que se les solicitara. Los sets de música se daban tanto en las discotecas como en los discomóviles y, por lo tanto, allí se ofrecía música de todo tipo, desde *disco* y *rock*, hasta baladas en español de cantantes nacionales y extranjeros. Ricardo Cantero estuvo a punto de asociarse con un amigo suyo para empezar su propia discomóvil, pero por regaño de la tía y cuestiones de dinero, no pudo iniciar tal empresa, así que rápidamente tuvo que desistir de la idea. El enfoque estaba entonces dirigido a los estudios de secundaria. Esa había sido la razón primordial por la cual se había mudado adonde sus tíos.

Ricardo Cantero rápido comprendió que algunos de los muchachos del cantón ya habían caído en las garras del vicio del alcohol y de las drogas, y por eso debía estar siempre alerta para no caer en la desgracia del consumo de la marihuana, que era lo más común en ese entonces. Él era consciente de que esa droga era el boleto directo a una vida de infierno y de desgracia y, por lo tanto, él no tenía la más mínima apetencia de entrar a ese tártaro, cuando recientemente había salido de otro tipo de averno. Ricardo Cantero siempre fue muy consciente de ese mal y, por eso, actuaba con cautela y ni siquiera intentó probarla. Sabía que eso no era apropiado ni para él ni para sus amigos. Quería mantenerse bien parado con la familia Prado y, por lo tanto, no quería echar a perder la confianza que le habían depositado desde el principio.

Había aprendido a luchar para obtener lo que él quería y la suerte lo había premiado con una nueva familia y un nuevo hogar. Posiblemente eso no se iba a repetir. Él sabía que no había margen para cometer errores. Quería algo mejor para su futuro, ya se lo había propuesto a sí mismo el día del entierro de Francisco Caballero, su padre. Su niñez había sido dura y complicada y esos recuerdos estaban aún muy frescos en su mente. Necesitaba hacer bien las cosas para lograr su objetivo, el cual era salir adelante y mostrarle a su difunto padre que él en realidad no necesitaba su dinero ni su presencia. Por esa razón, siempre que salía a divertirse a una discoteca o a cualquier otro lugar de diversión, trataba de mantenerse a la distancia de esos vicios que pudren la carne, distorsionan la mente y envenenan el alma.

# EL NUEVO COLEGIO

Ricardo Cantero inició la secundaria en el nuevo liceo, y rápidamente se integró a la sociedad estudiantil de esa institución. Allí empezó a conocer a sus nuevos compañeros y, en poco tiempo, logró entablar buenas relaciones con la mayoría de ellos. Ricardo tenía la facilidad de aprender nuevas cosas y, al cabo de algunos meses, era uno de los mejores alumnos de su clase. Esto le dio cierta autoestima y popularidad. En cuestión de un año ya había hecho amistad profunda con muchos de ellos y, en principio, se había integrado completamente al grupo de la urbe.

Recién llegado a su nuevo hogar había conocido a un chico llamado Esteban. Este era el mismo joven que lo había invitado a jugar en la cancha de baloncesto la vez que perdió la bola. Aún recordaba cómo fue ese segundo encuentro con este muchacho delgado y bonachón. El encuentro sucedió en la parroquia del cantón. Allí impartían la misa de seis de la tarde todos los domingos, la cual era muy popular entre los jóvenes del vecindario. Ricardo Cantero había perdido la fe desde hacía mucho tiempo, pero como muchacho obediente, no quería llevar la contraria a su nueva familia, la cual era fervorosamente creyente en la Santa Iglesia Católica. Así que ese domingo decidió ir a misa.

Su tía sabía que ese acto eclesiástico era muy popular entre los muchachos del cantón y, por eso, ella creía que la misa era una muy buena oportunidad para conocer a otros jóvenes dentro y fuera del barrio. Las visitas al templo se dieron inicialmente con cierta resistencia. Honestamente, él no sentía sinceridad en las palabras de los curas, ya que los sermones que salían de ellos se escuchaban vacíos, y de algún modo, llenos de hipocresía y falsedad. Asimismo, él percibía que muchos de los feligreses que visitaban la iglesia estaban llenos de fariseísmo y muchos de los que llegaban al templo lo hacían para tratar de pagar sus pecados semanalmente con avemarías y padrenuestros.

Cuando llegó a la iglesia aquel primer domingo, Ricardo Cantero sintió incomodidad. No tenía la más mínima intención de cruzar la gran puerta de aquel templo. Aquella iglesia era un gran edificio pintado de blanco por fuera y con bellos murales por dentro. La iglesia tenía dos torres que se elevaban a varios metros de altura hacia el cielo. Las torres estaban resguardadas por dos enormes ángeles parados sobre sus bases de cemento. Las puertas de madera de cedro sumaban quizás tres o cuatro metros de altura. Cuando pasó el límite de la gran puerta sintió un olor a libro viejo mezclado con incienso, y vio la columna de humo que salía del turífero, el cual estaba sostenido por un muchacho que lo mecía de un lado al otro casi mecánicamente.

El muchacho era uno de los chicos encopetados que solía estar en la cancha de fútbol al final de las tardes, y el cual, al igual que los otros que solían pararse allí, presumía de ser ostentoso, solo por el hecho de consumir drogas. El joven mecía con gran devoción y orgullo el artefacto dentro del santuario. Aquel olor era casi asfixiante para Ricardo Cantero, pero se contuvo y no le dio tanta importancia a la sofocante fragancia. Pensó entonces que después de todo no perdería nada entrando al culto. Así que ingresó a la gran sala del templo y quiso sentarse en la última fila, pero, ya adentro, se percató de que había cometido un grave error. Ahora era demasiado tarde para arrepentirse y salir de la iglesia. Todo el templo estaba rebosante de devotos y los cantos de preámbulo salían casi por inercia de la boca de aquellos fieles que repetían una y otra vez los mismos versos. Posiblemente, ellos hacían eso sin pensar en el verdadero significado de lo que recitaban, pero eso allí no importaba. Los parroquianos mayores ocupaban casi todas las filas de las bancas centrodelanteras y, en las bancas laterales, estaban sentados los padres de familia con los niños. Los jóvenes estaban más atrás, de pie en las últimas filas, divididos en grupos de hombres y mujeres.

Cuando Ricardo Cantero se paró allí, no vio cara conocida a primera vista, y entonces se encontró en un gran aprieto. Lo más lógico era irse al lado donde estaban los varones, aunque no distinguía claramente a ninguno de ellos. Medio confundido, Ricardo Cantero se dirigió al grupo de los muchachos, los cuales estaban mirando fijamente hacia adelante. Casi sin darse cuenta, se colocó de pie al lado del primer muchacho que observó. Este era el que lo había invitado a jugar baloncesto en la cancha el día de la pérdida del balón. Esteban era un chico de pelo ondulado, de ropa de marca y de buenas costumbres. Él, muy amablemente, le extendió la mano y le dio la bienvenida. Y casi susurrando le dijo:

—Soy Esteban, ¿te acuerdas de mí? —recalcó el muchacho.

La liturgia aún no había empezado, todavía estaban con los ritos iniciales.

—Sí, el de la cancha de baloncesto —respondió Ricardo Cantero, algo dudoso y casi tartamudeando en silencio.

Alguien hizo «shhh» pidiendo sigilo. Así que bajó aún más la voz. Ricardo Cantero no había reconocido a Esteban a primera vista. Esteban, susurrando, respondió:

—Sí, vivo al otro lado de la calle de tu casa. Sé que vives en la casa de los Prado. Después de aquel día en la cancha te he visto pasar por la calle varias veces. Mi madre me contó que eres el sobrino de doña Angelina y Don Pablo.

—Perdón, entre tanta gente no te reconocí —dijo medio apenado Ricardo Cantero.

—Tranquilo —respondió Esteban.

Ricardo tuvo la sensación de que todos los muchachos que estaban allí parados como estatuillas ya sabían quién era él. Eso de algún modo aceleró el paso para conocer y relacionarse con todos esos muchachos esa misma tarde de domingo. A partir de ese momento en la iglesia, los dos muchachos se hicieron amigos inseparables por el resto de sus vidas. Cuando llegaron las vacaciones de verano, Ricardo Cantero y Esteban decidieron con otros muchachos de la urbe ir a coger café a una finca cercana a un cerro llamado La carpintera. El cerro estaba a unos kilómetros de donde ellos vivían. La loma estaba cubierta de una exuberante vegetación y servía incluso como lugar de campamento y de refugio a los *scouts*. Pero, lamentablemente, también se utilizaba para otros fines menos provechosos. Los drogadictos y los chicos malos la utilizaban como guarida para sus vicios. Muchos de ellos eran los mismos que solían pararse frente a la cancha de fútbol en las noches de ocio.

Una tarde, cuando estaban a punto de finalizar la cogida de café, alguien vino corriendo y dio aviso de que habían encontrado el cuerpo de un joven asesinado. Todos los muchachos que estaban recolectando café salieron disparados para enterarse de lo que había sucedido. Cuando llegaron al pie del cerro, fueron detenidos por unos guardias civiles que les prohibieron el paso. Al parecer, la policía judicial ya estaba arriba investigando el crimen y, por lo tanto, era imposible subir a la loma. Cuando bajaron el cuerpo, Ricardo Cantero se dio cuenta de que la víctima era el monaguillo que había estado meciendo el turífero con incienso en la iglesia aquel primer domingo de misa en su nuevo barrio. Tanto Esteban como Ricardo Cantero se quedaron pasmados y sin habla. Ambos conocían a la víctima. Sin lugar a dudas, esto sirvió de lección a todos los muchachos que estaban ahí presentes. Esto definitivamente confirmaba que la drogadicción empezaba a ser un problema social en aquella nación, y eso también empezaba a hacer estragos en la juventud de aquel pequeño país.

## LAS VACACIONES DE VERANO EN EL PACÍFICO NORTE

Cuando finalizó el curso lectivo en noviembre de 1976, Ricardo Cantero y su amigo Esteban planificaron un viaje a las playas del Pacífico Norte. Para esto necesitaban un poco más de dinero y, entonces, Ricardo Cantero consiguió un trabajo de temporada como botones de ascensor en una de las tiendas de mayor renombre en la avenida central de la capital. El almacén contaba con seis plantas llenas de ropa de moda, telas, utensilios y electrodomésticos. Su trabajo consistía en guiar a los clientes que iban a los diferentes pisos. Además, ayudaba a empacar regalos de Navidad y almacenaba cartones vacíos en la bodega del sótano.

Esteban, por su parte, empezó a trabajar con su propio padre, el cual tenía un taller de utensilios de acero inoxidable cerca de donde ellos vivían. Con el dinero recolectado, él y su amigo hicieron el anhelado viaje a las playas en febrero del 77. Allí estaban las mejores playas del país. El clima era seco y la belleza era exorbitante. Los turistas nacionales y extranjeros empezaban entonces a adueñarse de aquellas bellas tierras, que hasta entonces habían sido vírgenes, exentas de complejos turísticos y centros urbanos. Sin embargo, algunos lugares de esa región empezaban a cubrirse de enormes hoteles y de magníficas infraestructuras. A principios de febrero los dos muchachos partieron, cada uno con su mochila llena de víveres y algo de ropa. Llevaban también una pequeña tienda de campaña de lona dura que apenas daba espacio para dos personas. El viaje en bus tardó más de ocho horas y no era por la larga distancia, sino por la condición del camino y las múltiples paradas que hacía el autobús durante el trayecto. Llegaron ya avanzado el día a la ciudad de Santa Cruz, punto de origen de donde se desplazarían a todas las rutas que los llevarían a las diferentes playas que habían planeado visitar durante esos días.

Cuando arribaron allí, tomaron una ruta en la que debían caminar unos treinta kilómetros para poder llegar hasta la primera playa, que ellos ya anticipadamente habían elegido en un mapa escolar. El polvo de la calle se levantaba en pequeños torbellinos que hacían bailar la tierra suelta y seca, y que, a su vez, les impedía ver todo el paisaje con claridad. El sol pegaba todavía fuertemente y el calor empezaba a dar sed. La primera pausa fue después de casi diez kilómetros de camino a pie. Se sentaron debajo de un gran árbol de Guanacaste que se elevaba hacia lo alto y sostenía una copa verde y frondosa. Este servía como cerca de un extenso potrero lleno de toros pastando. Allí sentados y descansando, los dos muchachos saludaban a los campesinos que pasaban después de una jornada de trabajo en la llanura. Mientras bebía agua, Ricardo Cantero pudo observar un objeto blanco y negro a lo largo del camino.

Este objeto venía a toda velocidad hacia ellos y definitivamente no era un vehículo.

—Esteban, ¿no es eso un toro lo que viene allá? —exclamó Ricardo Cantero.

Esteban, sin pensarlo dos veces, se levantó, saltó la cerca de alambre de púa y se lanzó al otro lado de la cerca sin percatarse que allí también había otros toros pastando, y estos eran igualmente furiosos como el animal que venía hacia ellos.

—Sal de ahí que ya te vieron los otros toros del potrero —le gritaba Ricardo Cantero a su amigo desesperadamente.

Esteban daba vueltas como un loco y luego se tumbó debajo de la cerca, dejando casi la mitad de la camisa pegada en la alambrada de púa que hacía de seto. Ahora, los dos daban vuelta como trompos y no sabían qué hacer. De manera súbita y sin saber cómo, se subieron a una de las ramas de aquel gran árbol de Guanacaste. Segundos después, vieron pasar aquel animal furioso a toda velocidad, el cual echaba espuma blanca por el hocico, bufando y bramando como una bestia endemoniada.

—¡Tremendo susto! —dijo Esteban.

Los dos muchachos estaban pálidos y el corazón les latía a toda velocidad.

—¿Seguimos caminando o esperamos a que alguien pase y nos dé un empujón? —recató Ricardo Cantero.

—Sigamos caminando y, si alguien aparece, pedimos que nos lleven —sostuvo Esteban.

Ambos empezaron a caminar de nuevo y minutos después no podían contenerse de la risa. Las carcajadas se oían en eco y se expandían como olas en la mar en aquellas llanuras de pastos secos y suelos empolvados.

—Dichosamente no te heriste —dijo Ricardo Cantero.

—No, pero mi mamá me va a preguntar qué fue lo que pasó con la camisa —añadió Esteban, aún pálido del susto.

Riendo, hablando y planeando el cuento que Esteban le iba a echar a su madre por la camisa rota, los dos caminaban con paso firme hacia la playa. De pronto, vieron un tractor con un remolque lleno de rastrojos que venía en camino. El chofer vio a los muchachos y casi automáticamente se detuvo.

—¿Pa' dónde van muchachos?

—Para Playa Tamarindo —dijeron los dos casi en coro.

—Encarámense y acomódense como puedan ahí atrás —dijo el chofer.

El chofer era un sonriente hombre con un sombrerillo de paja y un pañuelo rojiazul arrollado a su garganta, mascando un trozo de caña de azúcar. Los dos, ni lerdos ni perezosos, subieron rápidamente y se sentaron en las pacas de paja que cubrían por completo el suelo de la carreta. Y luego levantaron la mano para avisarle al llanero que ya estaban listos para arrancar. El viaje no tardó cuarenta minutos. El tractor se detuvo en un cruce y el chofer gritó que debían bajarse allí, ya que él giraría hacia la izquierda y ellos debían seguir hacia la derecha.

—Playa Tamarindo está a solo cuatro kilómetros de aquí. ¡Que tengan buen viaje! —gritó el hombre.

Los dos muchachos tomaron sus pertenencias, bajaron inmediatamente y empezaron a andar el resto del camino.

La tarde estaba por caer y aún se veía el astro rey en la línea del horizonte. El olor a mar y a pescado eran notables. Lo mismo el ruido de las olas que golpeaban la orilla de aquella hermosa playa cubierta de tenderetes y chinamos, llenos de comida y música al aire libre, la cual se escuchaba a la distancia. Esteban y Ricardo caminaron por la arena húmeda de la playa y se alejaron un poco del bullicio, hacia la parte más oscura de aquel bello lugar, donde solo se veían algunas luces provenientes de un pequeño hotel y de unas cabinas de alquiler.

Al cabo de un rato decidieron acampar debajo de un árbol de jacaranda, que estaba a unos cincuenta metros de la playa, en un terreno baldío. Se apresuraron a armar la pequeña tienda de campaña antes de que anocheciera. Metieron todas sus pertenencias dentro de la carpa, se quitaron la ropa y desnudos salieron corriendo en dirección hacia el agua. El chapuzón no duro mucho tiempo, ya que la oscuridad y el hambre los hizo salir casi de inmediato de la temperada playa. El agua estaba tibia, pero lo suficientemente fresca como para quitar el sudor y lo pegajoso del cuerpo. Ambos gritaban como dos niños en un parque infantil llenos de felicidad. Habían logrado la hazaña de haber llegado a la playa, después de casi once horas de viaje y del susto que aquel toro endiablado les había ocasionado. Eso era la existencia en su esencia, lo que ellos llamaban «la pura vida».

Esa primera noche en la playa, los muchachos se fueron a cenar al pueblito. Saborearon un delicioso pescado con limón y yuca frita y bebieron una cerveza fría. Ambos se sentían como hombres adultos y hablaban de todo un poco. El presupuesto de esa noche no dio más que para la comida y una cerveza para cada uno. Necesitaban ahorrar el poco dinero que llevaban, si querían estar allí por dos semanas más. Volvieron a la tienda de campaña y allí seguían conversando sobre los estudios, sobre los amigos en común y, obviamente, sobre las relaciones frustradas con las chicas del barrio. Hacía apenas un par de años que se habían conocido y ahora estaban disfrutando de una experiencia en común, la cual iba a marcar sus destinos. Para Ricardo Cantero esa noche fue la que terminó de amarrar su amistad con Esteban. Él consideraba que Esteban era un amigo en el cual se podía confiar y compartir secretos. Ellos habían estado compartiendo juntos una serie de actividades sociales y deportivas en el barrio, pero fue en ese viaje que Ricardo Cantero comprobó que Esteban sería su amigo del alma.

Los siguientes días en Playa Tamarindo se convirtieron de algún modo en una rutina desprovista de comodidades pero placentera. Se levantaban cuando el sofocante calor no los dejaba dormir más, desayunaban un bollo de pan blanco que compraban en una pulpería y bebían café instantáneo que hervían con agua de un pozo, que obtenían de una sencilla familia campesina que habitaba cerca del lugar donde habían colocado la tienda de campaña. Allí mismo, alquilaban algo similar a una ducha para quitarse la sal del cuerpo. Sacaban el agua de un barril con la ayuda de un balde plástico y lo vertían sobre sus cuerpos. El agua se sentía como una cascada fría en aquel clima cálido. La suma que pagaban era simbólica, como simbólico era el baño que usaban para ducharse y hacer sus necesidades. Con una pequeña cocina de querosén y los víveres que habían llevado desde la capital, preparaban algo de comer a la hora de la cena. Ricardo Cantero se había autodesignado cocinero, aunque en realidad lo único que cocinaba era un poco de arroz o fideos, que siempre acompañaban con un atún enlatado, mortadela o un pedazo de salchichón. Pero fuera como fuera, esos alimentos siempre sabían a gloria, después de estar en el mar por tantas horas. A Esteban siempre le tocaba lavar los pocos trastos sucios después de la comida. Lo hacía con agua de mar porque el agua dulce era solo para beber. De alguna manera, esta experiencia los estaba entrenando para el futuro.

Los dos muchachos pasaban las tardes metidos en el agua o jugando voleibol con gente que encontraban en la playa. Fue en uno de esos encuentros que conocieron a una pareja de norteamericanos. La pareja de recién casados estaba de luna de miel visitando las playas del aquel país tropical. Inicialmente, la comunicación entre los cuatro era bastante limitada, ya que ni los extranjeros sabían hablar muy bien español ni los muchachos dominaban el inglés. Quizás las ganas de aprender otro idioma empujaban a Ricardo Cantero a lanzarse a decir algunas frases en inglés, a sabiendas de que lo que decía estaba muchas veces mal dicho. Esteban era más recatado y se frenaba a la hora de decir algo. Graciosamente, los dos muchachos asentían a casi todo lo que la pareja foránea decía en el otro idioma, pero muchas veces sin entender la semántica ni el contexto de la conversación. Al final de la tarde, después de haber jugado y sudado, se iban los cuatro corriendo a zambullirse al agua. Cuando ya casi estaba oscuro, los cuatro se volvían a encontrar en algún bar de la playa para comer pescado o tomar algo allí.

En una de esas tardes y después de haber tomado confianza con los extranjeros, Ricardo Cantero decidió seguirlos en una improvisada competencia de natación a mar abierto. La idea era nadar hasta tocar un velero anclado a unos cien metros de la playa. Esteban había optado por no seguirlos y prefirió quedarse cerca de la orilla cuidando las cosas. Definitivamente, la ignorancia siempre ha sido más atrevida que la experiencia, ya que Ricardo Cantero no había calculado que el velero estaba más lejos de lo que él se había imaginado. Después de haber nadado casi dos terceras partes la distancia acordada con los extranjeros, se dio cuenta de que sus fuerzas no alcanzaban para llegar hasta la embarcación. La mar estaba en ese momento con corriente de resaca y tragaba fuertemente después de hacer grandes olas. Estas lo obligaban a retroceder hacia la playa. Cuando Ricardo Cantero vio que la pareja de norteamericanos ya había tocado el bote anclado y estaban retrocediendo, decidió darse por vencido y optó por regresar con ellos de nuevo a la playa. Pero fue entonces que se vino una gran ola y lo tomó desprevenido, dándole mil vueltas y sumergiéndolo al fondo del mar. Él sintió cómo el agua lo arrollaba y, como si fuera un muñeco dentro de una máquina centrifugadora, daba vueltas y vueltas como una hélice en el agua, y al final de la ronda sintió cómo su cabeza rozó contra el suelo arenoso. Estuvo a punto de perder el conocimiento. Fue entonces que reaccionó y empezó a luchar para no ahogarse. Atolondrado, Ricardo Cantero empezó a nadar hacia la superficie. Cuando sacó la cabeza, vio que aún estaba a muchos metros de la playa donde Esteban estaba sentado. Luego volvió a mirar hacia atrás para ver si veía a los extranjeros y, entonces, lo único que vio fue otra gran ola que se le venía encima. Esta vez la ola lo lanzó con más fuerza al fondo y allí no supo nada más. Pero, milagrosamente, la muchacha extranjera lo había observado a la distancia y así logró rescatarlo de las garras de la muerte. Con la ayuda de la pareja pudo salir de la parte profunda y, después de unos segundos, extenuado y tendido en la arena, le contaba a Esteban que había visto a su difunta madre sonreírle debajo del agua. Esteban reía, pero no sabía si lo hacía por nerviosismo o por agradecimiento al cielo.

Toda la corta vida de Ricardo Cantero había corrido como en un carrete de película en término de segundos. Se había observado a sí mismo y a su madre fallecida, pero había decidido volver a su cuerpo. Ella le decía que aún no era la hora de encontrarse allí con ella. Esta era la primera vez que Ricardo Cantero enfrentaba la muerte cara a cara, y su cerebro había proyectado la película de su corta existencia. Había estado a punto de reunirse con sus difuntos padres, cosa que él aún no estaba listo para hacer. A partir de ahí, Ricardo Cantero guardó mucho respeto y siempre tomaba mucha precaución cada vez que se bañaba en el mar. Esa noche le confesó a Esteban que echaba de menos a su madre. Esa era la primera vez que confesaba eso a alguien.

Un día antes de abandonar aquella playa, los cuatro amigos se reunieron para comer algo juntos por última vez. Después de la cena se fueron a encender una hoguera en la arena. La noche era clara como un amanecer, porque la luz de la luna alumbraba con todo su resplandor. Frente a la fogata, los cuatro se comunicaban con señas y con algunas palabras combinadas en español o en inglés y la tertulia era una mezcla de gestos, ademanes y palabras mal dichas. Era casi divertido ver cómo la genialidad del ser humano se hacía presente ahí para transmitir el mensaje que los cuatro querían comunicar de alguna u otra manera. Después de un rato, el norteamericano sacó un cigarrillo y preguntó si estaba bien si fumaba delante de ellos, ya que él no los había visto fumar y, además, este no era un cigarrillo común y corriente.

—*Would you like to try?* —le preguntó el foráneo a los dos muchachos—. *It's grass*, marihuana —agregó el estadounidense.

Los dos muchachos se quedaron viéndose el uno al otro, un poco asombrados, ya que la pareja no tenía la pinta de ser drogadictos. Y entonces, los dos casi en coro contestaron.

—No, *thank you.*

—*We prefer beer* —confirmó Ricardo Cantero posteriormente.

Los dos muchachos sonrieron, casi avergonzándose de decir no a la propuesta hecha por el foráneo.

—*Alright… It's OK!* —agregó la chica levantando el dedo pulgar, afirmando que era bueno que no lo hicieran, y se excusó en su lengua materna. Luego tomó el pitillo de su marido y le dio una bocanada.

La pregunta hecha por el extranjero enfrió de alguna manera la entrecortada y amena tertulia que tenían los cuatro. De pronto Ricardo Cantero se levantó y sostuvo que estaba un poco cansado, y que se iría a dormir ya que al día siguiente se marcharían muy temprano en la mañana hacia otra playa. Se intercambiaron direcciones y con un abrazo los muchachos se despidieron. Luego se marcharon a la tienda de campaña bajo la noche estrellada. La luna iluminaba el camino como un farol ambulante.

—¿Te hubieras arriesgado a probar marihuana? —preguntó Ricardo Cantero a Esteban.

—¡Estás loco! Jamás me hubiera atrevido a hacerlo —contestó Esteban tajantemente.

—Que bien, porque yo tampoco —dijo Ricardo Cantero.

Los dos sintieron como si una fuerza hubiera logrado llevarlos a una puerta de algo prohibido y desconocido, pero una fuerza aún mayor los había detenido en el umbral de ese portal, y les había mostrado la desgracia al otro lado de ese infierno. Pocas semanas después de ese viaje, cuando ambos ya habían iniciado el colegio y estaban cenando en casa de Ricardo Cantero, anunciaban por el noticiero de mayor difusión televisiva que habían encontrado a dos personas extranjeras asesinadas. Se creía que era una pareja de estadounidenses que estaban de visita en el país. Habían estado en el Pacífico Norte y luego habían ido a visitar la zona del Caribe. Según los relatos del noticiero, la pareja de aproximadamente 27 y 28 años de edad, y los cuales correspondían a los nombres de Alice y Steven Murray habían sido acuchillados camino al hotel donde habitaban temporalmente, y tanto la Embajada americana como los familiares de la pareja habían sido notificados.

De acuerdo con la información del departamento de la policía provincial de la zona, los maleantes habían seguido a la pareja después de haber comprado droga en un lugar de mala muerte. El lugar era conocido por las autoridades y se sabía que ocasionalmente era visitado por extranjeros de diferentes nacionalidades. Las declaraciones de la policía daban a entender que los perpetradores solo habrían querido tomar el dinero de la pareja, ya que no habían encontrado indicios de violación sexual ni de otra índole. Habían sido apuñalados en el vientre y los habían lanzado entre los matorrales. Existía la posibilidad de que los extranjeros hayan rehusado entregar el dinero que llevaban consigo y eso habría sido la causa del asesinato. Cuando Ricardo Cantero y Esteban vieron las fotos de las víctimas, casi se atragantan con el espagueti que comían. Inmediatamente dejaron de comer, pusieron los platos en el fregadero y Ricardo Cantero le dijo a su tía Angelina que iban a salir un momento. Afuera, en la acera de la casa, los dos lloraban en silencio como niños pequeños.

Ellos sabían quiénes eran las víctimas, pero en realidad no las conocían. El destino se había encargado de separarlos antes de profundizar una amistad con los extranjeros. Los muchachos no creían en lo que escuchaban y entonces gritaban a todo galillo: «Hijuepuetas drogas, son una mierda». Posiblemente a Ricardo Cantero se le daba más que a Esteban, ya que independientemente de si la pareja era foránea o no, ellos habían sido las personas que lo habían salvado de las garras de la muerte en aquel turbulento océano Pacífico. Ricardo Cantero aún guardaba en una libreta la dirección de aquella joven pareja que nunca más volvió a ver. Este relato nunca llegó a oídos de nadie. Ambos guardaron el secreto, que quedó grabado como un recuerdo más en sus vidas.

La experiencia de haber acampado solos en las playas del Pacífico Norte, definitivamente había marcado una pauta importante en la vida futura de esos dos muchachos. Fue allí donde ellos empezaron a aprender que en la vida se tienen derechos y responsabilidades, y que es muy importante saber administrarlos, por el bien de uno mismo y de los demás. La confianza no se obtiene: se gana con acciones y hechos. Las palabras a veces no tienen significado, si no hay obra.

## TIEMPOS DE AMOR Y DE POLÍTICA

Durante ese mismo verano y antes de iniciar las clases, Ricardo Cantero empezó a interesarse activamente en la política y, junto con su amigo Esteban, se integraron a un partido de oposición al partido gobernante. El partido gobernante era el mismo que había estado en oposición antes de que estallara la Guerra Civil del 48. Ese partido detentó el poder en diferentes lapsos de tiempo durante los últimos treinta años y gobernó con defectos y artimañas similares a los de los gobernantes antes de la guerra. Daba la impresión de que la corrupción también había alcanzado al partido gobernante. Las causas en aquellos tiempos eran las mismas de ese entonces, o sea, el nepotismo y el clientelismo. El pueblo, ahora, exigía un cambio de política y de administración pública limpia de favoritismos y privilegios.

Durante el tiempo después de la guerra, en principio, se podría decir que dos partidos mayoritarios se habían dividido el poder político y económico del país. Había una percepción colectiva de que todo el sistema político y demás sectores públicos patinaban en un estancamiento que no permitía un avance socioeconómico y político en la nación. Después de los años 40 se habían creado diferentes partidos políticos con diferentes matices ideológicos, pero parecía que en esos dos partidos existía un mismo objetivo, y era el de enriquecerse a través del Estado, en donde los políticos participaban directamente en las adjudicaciones públicas a través de sus empresas privadas y, así, ellos mantenían el control económico y político del país.

Esa élite se había atrincherado democráticamente dentro de los poderes públicos y se estaba beneficiando económicamente a costilla de los contribuyentes. El candidato del nuevo partido había unificado a tres pequeñas agrupaciones políticas y entonces esta nueva coalición prometía eliminar a la élite antigua y hegemónica que se había asentado en la democracia de aquel país. Por esa razón era un partido que atraía el interés y la atención de la juventud.

Aparte de los problemas internos del país, existían otros problemas de mayor gravedad, y eran las guerras civiles de los países vecinos. Estos conflictos externos afectaban enormemente la situación socioeconómica y política de aquella pequeña nación. La inmigración había aumentado conforme se intensificaban los enfrentamientos entre los guerrilleros y los militares de esos países. Muchos de los guerrilleros izquierdistas de los países vecinos del norte usaban el territorio nacional para planificar sus incursiones y esconderse de las fuerzas armadas de sus naciones. Estas rebeliones causaban gran dolor y enormes daños personales y materiales a la ciudadanía en toda esa región y, por ende, generaban una emigración masiva, tanto hacia el norte como hacia el sur.

Toda la región, excepto aquel pequeño país del sur, estaba envuelta en una sábana de luchas internas, guerras civiles y asesinatos, motivados por un conflicto ideológico entre el capitalismo y el comunismo. Los dos polos opuestos, representados por Estados Unidos y la Unión Soviética, invertían dinero y armas para mantener su hegemonía en esa zona y en todo el continente. El comercio y el turismo se habían paralizado y nada funcionaba adecuadamente.

La pequeña nación del sur era la única de los cinco países que intentaba alzar vuelo económico y trataba de imitar a otras naciones orientales como Japón y Corea del Sur. Para lograr ese desarrollo económico y social se necesitaba hacer ajustes en la economía pública, ya que esas eran las reglas de crédito que el Fondo Monetario Internacional y el Club de París habían estado exigiendo a estos gobiernos. Definitivamente, para un país tan pequeño en una región tan conflictiva, no iba a ser nada fácil lograr hacer un despegue económico con todos esos problemas internos y externos.

A su edad, Ricardo Cantero ya entendía perfectamente que el país todavía se deslizaba en el mismo charco de problemas que había existido desde antes de que él naciera, por esa razón, se necesitaba un cambio perspicaz, y tal vez solo con la ayuda de la juventud esto se podría lograr. Para llevar a cabo ese cambio político se necesitaba un cambio de pensamiento y de ideas, y para ello se requería el voto de la juventud. Si la juventud no actuaba en ese momento, el problema sociopolítico iba a persistir por muchos años más en el país. Las dos fuerzas ideológicas se enfrentaban en el cuadrilátero de esa zona geográfica. Ricardo Cantero y sus amigos empezaban a entender que había que disminuir el poder de la élite establecida que carcomía y erosionaba las bases democráticas de aquella nación, pero, además, había que mantener al país fuera del conflicto regional, tratando de preservar una imparcialidad ideológica.

Era necesario entonces trabajar arduamente para limpiar la jerarquía política en todo el sector público y estatal, y había que ser atrevido para lidiar con los conflictos de los países vecinos sin necesidad de desafiar al capitalismo ni al comunismo. Pero eso definitivamente no iba a ser fácil. El político con mayor probabilidad de lograr este propósito era sin duda el candidato del partido de la coalición. Este personaje tenía la habilidad de ser un buen orador, estratega y diplomático, y esto se necesitaba para no enfadar los ánimos de la superpotencia del norte, ni tampoco echarse de enemiga a la Unión Soviética. El aceptar abiertamente la presencia armada de cualquiera de los dos bandos en el país, significaba una implicación directa en los conflictos de los países vecinos. Por eso, había entonces que mantener una neutralidad solapada. Por esta razón, Ricardo Cantero y Esteban decidieron meterse de lleno a ayudar al nuevo partido político. Tanto los padres de Esteban como los tíos de Ricardo estuvieron de acuerdo.

# ENCUENTRO CON VERÓNICA GALDÓN, SU PRIMER AMOR

Un año antes de las elecciones del 78, la coalición opositora había empezado a organizarse en todo el país. El candidato presidencial había pedido a toda la juventud que se organizara a nivel provincial y cantonal para poder así elaborar un plan de trabajo proselitista que incluyera a todos los distritos y cantones de las provincias. La idea era lograr una cobertura plena de afiliación al partido a nivel nacional. Esta se llevaría a cabo en su mayoría por jóvenes partidarios. La juventud ayudaría a concientizar al pueblo y así obtener un mejor entendimiento de la nueva política que se estaba lanzando en esa contienda. El país estaba en crisis económica y había que sacarlo de ahí sin afectar a las clases más bajas de la sociedad. Los vientos de las ideologías socialistas y comunistas soplaban con mayor o menor fuerza en todos los países del continente. Y este pequeño país no era la excepción.

Lo único excepcional era que la pequeña nación no tenía una fuerza armada, un ejército que arremetiera en contra de la población. Durante los últimos treinta años, el país había alcanzado un nivel de educación lo suficientemente alto como para entender que las ideologías marxistas no eran la solución a todos los problemas sociales, pero tampoco el capitalismo era la solución alternativa. Todos sabían que sin la ayuda comprometedora de los Estados Unidos y sin la intervención directa del Fondo Monetario Internacional el país entraría en caída libre. Por lo tanto, dependían económicamente de ellos.

La primera reunión de jóvenes se dio en un local alquilado cerca de la iglesia católica, en el cantón donde Ricardo Cantero vivía. Esteban y Ricardo Cantero habían llegado tarde al encuentro y, por lo tanto, habían tratado de buscar asiento adelante, pero el local ya estaba atestado de gente, y por eso tuvieron que buscar asiento en las filas de atrás. Allí habían acudido muchos adolescentes que él ya conocía desde antes, pero también había algunas caras nuevas que él nunca antes había visto. Entre las personas reunidas allí esa tarde, Ricardo pudo observar a una joven de tez clara y de finos rasgos. Ella se veía diferente a las demás, como un armiño entre gatos. La chica tenía el pelo semiondulado y medianamente cortado. Medía quizás un metro sesenta de estatura, pero no podía apreciar su rostro con exactitud, ya que ella ya estaba sentada en las filas de adelante.

Cuando Ricardo y su amigo trataron de sentarse causaron algo de ruido, y entonces la muchacha giró su cabeza para ver quiénes habían llegado. Fue allí que Ricardo Cantero logró captar su rostro y su mirada. Desde ese primer momento en que la vio, Ricardo Cantero quedó fascinado con sus ojos y su sonrisa. Durante toda la reunión, Ricardo Cantero no pudo concentrarse en las palabras que salían de la boca del candidato a diputado por el cantón, el cual, frenéticamente, emitía un mensaje de motivación para tratar de convencer al grupo de jóvenes allí reunidos.

La atención de Ricardo Cantero estaba entonces enfocada en aquella muchacha que permanecía sentada allí casi inmóvil, escuchando al político que estaba parado en una pequeña tarima de madera frente a ellos. Ricardo Cantero codeó a Esteban, indicándole que viera hacia adelante. Luego le habló al oído y le dijo:

—¿La conoces? —refiriéndose a la joven.

—No, es la primera vez que la veo. Está muy bien —respondió Esteban, tratando de decir que estaba muy guapa.

—Parece un poco fresa, pero es bonita —agregó Esteban, casi con un murmullo.

—¿Serán sus padres? Los señores sentados al lado de ella —preguntó Ricardo Cantero a Esteban.

—No sé. Parece que te impresionó la muchacha —dijo Esteban con picardía y algo asombrado de ver el interés que Ricardo Cantero había mostrado hacia ella.

—Voy a intentar saludarla cuando termine la reunión —susurró Ricardo Cantero a Esteban.

—¿Te vas a atrever a hablarle? ¡¿En serio?! Pero ni siquiera la conoces —dijo Esteban sorprendido.

—Sí, justamente por eso —sostuvo Ricardo engreídamente. Esteban sabía que Ricardo Cantero estaba interesado en otra muchacha del barrio, pero él apenas la saludaba. Nunca se había atrevido a hablarle a la vecina. Por lo tanto, Esteban no creía entonces que su amigo se atrevería a conversar con una muchacha totalmente desconocida. Lo que Esteban no sabía era que la recién llegada había encantado a Ricardo Cantero con su presencia y con sus finos gestos.

Finalizada la reunión, se rompió el orden y el silencio, y todos los jovenzuelos que estaban sentados se levantaron y empezaron a intercambiar palabras entre sí. Ricardo Cantero estaba atento y esperaba a que la muchacha saliera hacia la puerta principal del local. Él quería presentarse ante ella e indagar más sobre su persona. Pero lamentablemente no hubo esa oportunidad, ya que ella salió caminando rápidamente, acompañada del político principal y de los dos adultos que estaban sentados a su lado en la reunión. Decepcionado, Ricardo Cantero vio cómo ella pasaba frente a él sin darle la mirada. Ella parecía estar profundamente concentrada en la conversación de los adultos. Luego, los cuatro salieron a la acera del edificio y se subieron en una camioneta Volkswagen blanca, que desapareció tan pronto dobló en la esquina de la cuadra. Ricardo Cantero pensó que no iba a perder la oportunidad la próxima vez que la viera, y ya desde entonces estaba preparando el diálogo para poder abordar a aquella muchacha mística e inédita, la cual había atrapado profundamente su atención aquella tarde de verano de 1977.

Durante un par de semanas consecutivas, Ricardo Cantero fue todas las noches a la Casa de la Unidad, porque así llamaban al local donde se reunían. A menudo, llamaba a Esteban por teléfono para que lo acompañara. Ricardo Cantero le comentaba a Esteban que deseaba enormemente encontrar de nuevo a aquella encantadora y atípica muchacha, pero la joven no había vuelto a aparecer en las reuniones informales que se hacían todas las noches en aquel lugar.

Ricardo Cantero había quedado hechizado por la presencia fugaz de una muchacha que nadie sabía quién era, ni cómo se llamaba, ni adónde vivía. Esta era la primera vez que Ricardo Cantero experimentaba ese huracán de sentimientos folletinescos en su cerebro. Solo el hecho de pensar en ella zarandeaba sus emociones, que lo elevaban al cielo y lo bajaban a la tierra en un abrir y cerrar de ojos. Durante esas dos semanas de angustiosa felicidad, temió que nunca más la volviera a ver. La muchacha había aparecido tan súbitamente en la vida de Ricardo Cantero, pero de la misma manera había desaparecido, y esto lo frustraba. Los días de vacaciones de ese verano se estaban acabando y pronto iniciarían las clases a principios de marzo.

Un sábado antes de que iniciara el período escolar, apareció de nuevo la joven mística en una reunión nocturna. Esta vez, Ricardo Cantero había llegado antes que ella al local. La Casa de la Unidad, el lugar de encuentro político, estaba que se desbordaba de jóvenes esa misma tarde. Los adultos habían organizado una improvisada velada y habían colocado unos altoparlantes con música de todo tipo. Algunos jóvenes bailaban en un vaivén una balada del grupo estadounidense Bread, cuando de repente Ricardo Cantero la vio bajarse del vehículo. Era la misma camioneta blanca, no había duda de que era ella. Ricardo Cantero se apresuró a recibirla en la puerta principal del local e inmediatamente pensó en presentarse. Su corazón latía y palpitaba como un trombón de orquesta, pero sin mucho pensar, se lanzó y sus labios y mandíbulas empezaron a gesticular automáticamente, casi sin que él se diera cuenta.

—Hola, me llamo Ricardo Cantero —dijo él súbitamente.

El diálogo que Ricardo Cantero había practicado consigo mismo algunos días atrás, se le había olvidado por completo. Y ahora que estaba frente a ella, no recordaba ni una sola palabra de lo que había entrenado.

—Ah, hola… Me llamo Verónica Galdón —respondió ella con cierta discreción y continuó como si supiera perfectamente la razón por la cual Ricardo Cantero estaba parado allí.

—¿Estás trabajando también para el movimiento juvenil del partido? —agregó la muchacha.

—Bueno… sí, estoy en la unidad de censos —respondió Ricardo Cantero, rápidamente y algo inseguro.

—¿Y qué hacen en la unidad de censos? —replicó Verónica Galdón, un poco asombrada y con una sonrisa a media mueca.

—Bueno… eh… —Ricardo Cantero no sabía por dónde empezar. Estaba estupefacto porque la muchacha le había contestado y, además, había dado seguimiento a la conversación.

—Han designado un grupo de jóvenes de la zona metropolitana para ir a las zonas rurales a registrar personas que tienen derecho al voto, y así ellos puedan empadronarse y votar correctamente por la coalición. Mi amigo Esteban y yo fuimos elegidos por nuestro cantón —explicó Ricardo Cantero, entrecortando las palabras y hablando casi en forma torpe.

—¿Han ido ya a algún lugar a censar o a empadronar? —preguntó ella con una mirada interrogante.

—Bueno… No todavía —dijo Ricardo, casi avergonzado. Y agregó:—. Estamos esperando a ser enviados a la zona norte del país, pero todavía no hay presupuesto aprobado. Así que vamos a ver qué pasa —agregó él. Ella se quedó pensando algunos segundos y luego dijo:

—Ya entiendo…

—¿Y vos? ¿Estás trabajando también con el movimiento juvenil del partido? —preguntó Ricardo Cantero, como tratando de arreglar el «pastel destrozado» por su manera torpe de hablar.

—Bueno… Es una historia un poco difícil de explicar. En realidad, no trabajo activamente para el partido, pero ayudo cuando se puede. Mi tío se está lanzando como diputado por el cantón y por eso mis padres y toda mi familia lo están apoyando a él y al partido —recalcó la muchacha.

—¡Ah… Ya entiendo! Carlos Castillo es tu tío. El señor y la señora que hablaban con él en la reunión anterior… ¿Son tus padres? —preguntó Ricardo Cantero asombrado.

—Sí, Carlos es mi tío político, está casado con mi tía, la hermana de mi mamá —agregó Verónica Galdón.

—¡No sabía eso, pero me lo imaginé! —exclamó Ricardo Cantero.

—Supongo que hay muchas cosas que aún no sabes —Sonrió ella y dio una mirada pícara, poniendo más en desequilibrio la ya desmoronada autoconfianza de Ricardo Cantero.

Aunque Ricardo se sentía como un imbécil por la fatal actuación en ese primer encuentro, explotaba entonces de felicidad y alegría por dentro. Sus ojos se habían clavado en los ojos de Verónica Galdón y al mismo tiempo él analizaba sus gestos y su mirada casi púdica. Ricardo Cantero trataba de mantener en rienda su emoción. Pero una risa delatora ponía de manifiesto su alegría y su atracción hacia ella. Posiblemente Verónica Galdón sentía lo mismo, pero ella era más segura de sí misma y respondía a todo lo que él preguntaba con seriedad y cordura. Era como si ella mantuviera una distancia socialmente invisible y, de algún modo, esta salía de ella en forma natural.

Ricardo Cantero la invitó a entrar al local, el cual estaba repleto de jóvenes que disfrutaban del último fin de semana de vacaciones. Él trataba de mantener un hilo de conversación que lo tuviera unido a ella durante toda esa reunión. Era su oportunidad y no la iba a desaprovechar. El problema era que el bullicio de la gente y el sonido de la música no dejaban escuchar muy bien lo que se decía. Así que Ricardo Cantero se arrepintió y le preguntó si no tenía inconveniente en salir de nuevo y hablar un rato afuera en la acera. Ella aceptó sin reproche.

Ya afuera, Verónica Galdón tomó las riendas de aquella improvisada conversación y empezó a hablar sobre la base ideológica que soportaba al partido que Ricardo Cantero y todos aquellos muchachos estaban representando. Las palabras que Verónica Galdón emitía en su retórica sobre la ideología social cristiana eran como si fueran textos extraídos de un libro de ciencias políticas. Sin duda, lo que ella explicaba requería de estudios académicos en la universidad. Ricardo Cantero estaba atónito escuchando cómo esa chica tan encantadora se expresaba con tanta fluidez sobre un tema tan avanzado. El cerebro de Ricardo Cantero tenía entonces dificultad para asociar la figura física y el rostro de esa muchacha con lo que él escuchaba de ella. No parecían concordar. Detrás de aquel bello ser había un cerebro dotado de información tan grande como una biblioteca.

Durante esos pocos minutos de conversación improvisada, ella alcanzó a dar una pequeña cátedra sobre las ideologías políticas que regían en el mundo, y esas doctrinas eran casi desconocidas por él en ese momento. Ricardo Cantero estaba realmente impresionado del conocimiento político e ideológico y de la habilidad verbal de la muchacha. Así que luego no supo qué contestar a la pregunta que ella hizo al final de la corta lección de ideologías.

—¿Y vos estás cien por ciento de acuerdo con esta ideología socialcristiana? Me refiero a la ideología que representa a este partido político —enfatizó Verónica Galdón, como tratando de explicar en forma didáctica a lo que se refería.

Pero Ricardo Cantero sin saber qué contestar, porque en realidad no sabía qué contestar, contrarrestó con otra pregunta que estaba totalmente fuera de contexto.

—¿Cuántos años tienes? ¿En qué año naciste? —preguntó él.

Después de un pequeño lapso de tiempo de unos segundos, Verónica Galdón se quedó viéndolo a los ojos como diciendo «¿Y qué rayos estás preguntando?», pero luego ella respondió:

—En 1963. ¿Por qué? ¿Y a qué se debe la pregunta? No te entiendo —enfatizó ella un poco aturdida e incluso algo irritada.

# LA CANCIÓN QUE LO SALVA DEL APURO

En su empeño por llamar la atención de la muchacha, Ricardo Cantero se sentía como un elefante en una habitación llena de cristales. En ese preciso instante, él empezó a escuchar a través de la ventana del edificio la música de piano, guitarra y violín de la canción que a él más le agradaba en ese tiempo: «El año del gato», de Al Stewart, y de la cual él ya poseía el disco de 45 r. p. m. Ricardo Cantero había metido la pata y no había previsto que la muchacha que tenía al frente suyo tuviera tanto intelecto y talento. De algún modo, esa reacción de enfado por parte de ella lo fascinaba y le despertaba el interés de conocerla aún más en detalle. La destreza verbal e inteligencia que ella emanaba, lo envolvían en una fascinante emoción y lo desafiaban a seguir luchando para seguir obteniendo su atención. Ricardo Cantero no sabía qué decir. Su inoportuno comentario había hecho reaccionar en forma negativa a aquella muchacha a la que por varios días él había estado pensando. Súbitamente, él recordó un artículo que había leído en una de las revistas de música *pop* de la época. El artículo trataba sobre la historia del lanzamiento de esa canción que estaba sonando en ese preciso momento. Verónica Galdón estaba enfadada y a punto de entrar al local cuando entonces Ricardo Cantero empezó a explicarle que la fecha de su nacimiento estaba relacionada con la de la canción.

El artículo que Ricardo había leído hacía unas semanas, exponía que la letra de la canción del año del gato había sido escrita en 1975, justo hacía apenas dos años. El año de 1975 correspondía a uno de esos años del gato, de acuerdo con el calendario oriental vietnamita, y por eso, el autor de la canción había bautizado así esa balada. La canción narraba la historia de un muchacho que era testigo de un crimen en un país donde el tiempo se había estancado, y justo allí aparecía una chica que, de repente, lo tomaba del brazo y lo llevaba a un mundo diferente a través de un portal que estaba en un bazar, posiblemente en Casablanca, Marruecos. Allí, él perdía el sentido común de la realidad y desaparecía por completo, pero contento porque se iba con ella. La letra de la canción también explicaba que el muchacho iba a ser tentado de abandonarla en cualquier momento, pero hasta entonces, él iba a tener que quedarse allí con ella, en esa extraña dimensión que ocasionaban los años del gato.

Y entonces, casi sin pensar Ricardo Cantero preguntó:

—¿Escuchas la canción que está sonando?

—Sí, ¿qué pasa con ella? —respondió Verónica Galdón.

—Vos y mi mamá nacieron en un año del gato. Ella, en 1939, y vos, en 1963. ¡Qué coincidencia! ¿No? Ambos son años del gato, al igual que el año cuando se escribió esta canción, o sea 1975 —agregó Ricardo Cantero, poniendo una cara de bruto y mostrándose confundido. En ese momento, él no sabía dónde meterse. Hubo un corto silencio, luego, los dos se miraron a los ojos. Ella observó rápidamente las facciones del rostro de Ricardo Cantero y notó cómo en su cara se reflejaban las ganas de salir corriendo y desaparecer inmediatamente de aquel lugar. Pero Verónica Galdón fue más inteligente y, en forma muy juvenil y provocativa, respondió:

—¿Nací en un año del gato? ¡Pero qué interesante! No lo sabía… Con razón mi gatito de peluche y yo nos llevamos tan bien, porque lo tengo desde que era bebé —Y echó una carcajada.

Después, ambos se destaparon en carcajadas que fueron escuchadas incluso dentro del salón donde estaban los demás jóvenes. Y fue tanto el alborozo que todos los allí presentes volvieron sus miradas hacia ellos. Ricardo Cantero, al ver que Verónica Galdón no se podía contener de la risa y que incluso se sostenía su abdomen, también echó a reír en forma escandalosa. A partir de ese momento se rompió el hielo y hubo como una fuerza invisible que los atrajo entre sí. Ambos empezaron a hablar de todo lo habido y por haber. La conversación finalmente se equilibró con un comentario que Ricardo Cantero hizo:

—Bueno, no sé mucho de cosas importantes, pero esto definitivamente me salvó la tanda —refiriéndose a que la historia de la canción lo había sacado del apuro. Y otra vez los dos se retorcían de la risa.

La conversación y las carcajadas de aquellos dos jóvenes inició una atmósfera de envidia en el grupo varonil allí reunido. Él sentía las miradas de los muchachos clavadas detrás de su espalda, como si ellos trataran de encontrar la mirada de la nueva integrante femenina en aquel club político. Ella definitivamente estaba emocionada y deleitándose de ver cómo Ricardo Cantero escuchaba sus palabras, que salían sin impedimento de su boca. Después de varios minutos de conversación a solas, Esteban se acercó y preguntó con cierta educación si podía integrarse a la tertulia y al buen ambiente que de allí emanaba. De inmediato, Ricardo Cantero introdujo a ambos y los presentó entre sí.

—Ella es Verónica Galdón, sobrina de don Carlos Castillo, el candidato a diputado —agregó Ricardo Cantero. Y luego dijo:—. Él es Esteban Francisco, alias Panchito.

—¡Ah! ¿Así que eres la sobrina de don Carlos Castillo? —preguntó Esteban.

—Es una persona muy íntegra y capaz —agregó Esteban, como si conociera de años al futuro diputado de la Asamblea Legislativa.

La reunión de esa noche finalizó. La madre de Verónica Galdón llegó a recogerla en el mismo carro blanco. Cuando ella se estaba preparando para subir a la camioneta, hizo un gesto de espera con la mano izquierda levantada. Luego se devolvió y se acercó a Ricardo Cantero. Y entonces preguntó:

—¿Vas a ir a la reunión pública del sábado en el parque de la Sabana? Nosotros vamos a ir, ya que mi tío va a exponer su programa de desarrollo rural. ¿Quieres venir con nosotros? Como ves, hay espacio en la camioneta —agregó ella.

—Me encantaría. ¿Dónde nos vemos? —respondió Ricardo Cantero.

—Dame tu número de teléfono y yo te llamo para ponernos de acuerdo durante la semana —dijo rápidamente Verónica Galdón.

Ricardo Cantero le dictó el número de teléfono de su casa y ella lo anotó en la palma de la mano. Los dos se despidieron con un beso en la mejilla. Ricardo Cantero sentía que levitaba. La chica que apenas había conocido algunas horas atrás, le había dado un beso en la mejilla y lo había invitado a ir a una reunión pública con ella y con su familia. Luego ella se marchó. Esteban había quedado impresionado por la velocidad con la que Ricardo Cantero había logrado entablar una conversación con aquella joven. Su amigo Esteban estaba atónito del acercamiento tan rápido a la muchacha, la cual incluso había pedido a su amigo el número de teléfono y le había dado un beso en la mejilla. Él no lo terminaba de creer. Esteban estaba realmente impresionado y quería saber quién era esa muchacha con la que su amigo había estado conversando gran parte de la velada. Esteban no se pudo contener y empezó a interrogar a Ricardo Cantero.

—Se ve burguesita la chiquita —señaló Esteban y continuó:— ¡Apostaría a que estudia en un colegio privado y es medio soda! ¿Tal vez en el Humboldt o en el Metodista? —cuestionó Esteban.

—No, estudia en el Franco —recalcó Ricardo Cantero.

—¡Ah! Así que ella *te parle français* —comentó Esteban en forma casi burlona.

—*Oui, garçon* —asintió Ricardo Cantero, siguiéndole la broma a su amigo.

—Parece que ella verdaderamente atrapó tu atención —comentó Esteban.

—En realidad es una muchacha muy especial y a pesar de que yo soy dos años mayor que ella, pareciera lo contrario —dijo Ricardo Cantero en forma contemplativa, mirando hacia la nada.

# HAMBRE DE CONOCIMIENTOS POR LAS IDEOLOGÍAS POLÍTICAS

Definitivamente, el encuentro con Verónica Galdón le había abierto una puerta más a Ricardo Cantero. La puerta del interés al conocimiento, más allá del aprendizaje general que se daba en el colegio público. Ricardo Cantero empezó a interesarse y a buscar más información sobre política e ideologías. Empezó a visitar la Biblioteca Nacional y se encerraba allí, leyendo y aprendiendo sobre ideologías políticas y temas asociados a ellas. Fue allí donde tuvo el primer contacto con el libro: *Las Venas Abiertas de Latinoamérica*, del escritor uruguayo Eduardo Galeano, y así empezó a entender muchas de las cosas que Verónica Galdón le comentaba y le explicaba.

Ricardo Cantero había logrado entrar a un colegio vocacional gracias a sus buenas notas en la escuela intermedia, pero allí le exigían mucho más de lo que le exigían en un colegio académico público. Las clases en el colegio técnico habían empezado y él iniciaba el quinto año. Durante esa semana fue a clases casi por inercia, esperando la llamada de Verónica Galdón, la cual nunca llegaba. Ricardo Cantero preguntaba diariamente a su tía si lo habían llamado por teléfono durante el día, pero la respuesta siempre era negativa. Había ido todas las noches a la Casa de la Unidad para ver si Verónica Galdón se encontraba allí, pero ella no aparecía por ningún lado. Ricardo se arrepentía enormemente de no haberle pedido el número de teléfono en aquella noche de velada. Pero en aquella despedida todo había sido tan precipitado, tan irreal, tan hermoso, que él no había tenido tiempo para reaccionar. Ella había sido más lista y más audaz y había reaccionado en el último segundo para pedirle su número telefónico. El viernes de esa semana, Ricardo Cantero decidió quedarse en casa por la noche. Solo, escuchaba música en su cuarto y trataba de hacer algunas tareas que debía presentar el lunes siguiente. Luchaba para concentrarse, pero le era difícil no pensar en ella. Después de unas horas, decidió salir a dar un paseo por la cuadra y tomar un poco de aire puro. Estaba cerrando la puerta principal de su casa cuando escuchó el timbre proveniente del teléfono. Corrió y se lanzó hacia el aparato para responder.

—¡Buenas noches! ¡Familia Prado! —exclamó Ricardo Cantero.

—Hola, Ricardo, soy Verónica Galdón. Quedé en llamarte para ir mañana a la reunión pública. ¿Todavía quieres ir con nosotros?

—Sí, claro que sí —contestó Ricardo determinantemente.

—Es a las dos de la tarde. ¿Quieres que pasemos por vos? ¿O vienes a casa? —preguntó ella con cierto frenesí.

El corazón de Ricardo Cantero volvía a palpitar de emoción y de alegría. Ella no había olvidado la cita.

—Yo voy a tu casa —respondió él inmediatamente esta vez—. Dame la dirección y yo llego mañana un poco después de la una —agregó él.

Cuando Ricardo Cantero recibió la dirección, notó inmediatamente que ella vivía en una zona residencial de un estrato social más elevado que el de él. Aunque esa urbanización también pertenecía al cantón capitalino, las casas allí se diferenciaban bastante del resto de las viviendas del sector donde él vivía. Eran casas más grandes, con enormes patios, rodeados de bonitos jardines, de altos muros y verjas, muchos cubiertos de buganvilias de todos los colores y de otras plantas ornamentales. Todas ellas tenían por lo menos un carro y la mayoría de las familias en ese sector contaban con una planilla doméstica para la limpieza, la cocina y el jardín. Era una zona de clase media alta, la cual estaba proliferando en algunos cantones de la capital. Ahora Ricardo Cantero entendía por qué razón nunca antes la había visto en su área de movilidad. Los que vivían allí no necesitaban desplazarse al centro del cantón, lo hacían a lugares más cercanos al centro de la capital. Los padres de Verónica Galdón eran personas académicas y cultas. Ambos tenían muy buenos puestos de trabajo. Por razones laborales, su padre no siempre estaba en casa, y su madre trabajaba como funcionaria pública en el centro de la capital, alternando con estudios superiores en la universidad. Verónica

Galdón era la hija mayor, y desde pequeña había iniciado sus estudios en un colegio privado, donde se impartía toda la educación en francés. Desde muy niña había sido entrenada para leer y escribir en por lo menos tres idiomas y, naturalmente, eso le daba una ventaja sobre el conocimiento general de las cosas. Ella podía observar el mundo desde al menos tres puntos de vista diferentes. Por lo contrario, Ricardo Cantero, al igual que todos sus amigos, estudiaba en colegios públicos donde la educación posiblemente era de menor calidad y todo estaba más o menos limitado. En estos colegios todo estaba sujeto al esfuerzo propio y al interés de cada estudiante en el aprendizaje.

Verónica Galdón era dos años menor que Ricardo Cantero, pero se comportaba y hablaba como si fuera cinco años mayor que él. No había cumplido aún los quince años cuando se conocieron, pero ya para entonces hablaba de las diferentes ideologías políticas y de las corrientes filosóficas que regían en el mundo polarizado, dividido entre los países capitalistas y comunistas. Ella ya hablaba de los efectos positivos de la reforma agraria en China, implementada por Mao Tse Tung durante los años 50, de la revolución cubana liderada por Fidel Castro y de su examigo el Che Guevara. A su corta edad, ella ya había leído una gran cantidad de literatura con fundamentos políticos muy avanzados, particularmente de carácter marxista-leninista, pero también había devorado literatura tanto clásica como moderna.

Sabía toda la historia de la revolución francesa, de las revoluciones populares comunistas de Rusia, de China y de otras naciones europeas. Además, conocía la vida y milagros de autores como Kafka, Sartre y James Joyce. Sabía también de música clásica y de teatro, pero su enfoque estaba en la revolución proletaria del continente americano, la cual estaba inspirada en la literatura comunista y socialista. Lo que Ricardo no entendía era cómo ella podía consumir y digerir tanta literatura con tan poca edad. La mayoría de sus contemporáneos, e incluso él mismo, vivían como en una nube de ensueños y fantasías donde la historia se conocía solo a través del cine o de la televisión. Pero quizás de eso se trataba la vida, de vivir ilusiones y fantasías a esa corta edad. Esto tal vez ayudaba a soportar la existencia real cuando se fuera adulto. Pero eso él entonces no lo sabía.

Verónica Galdón era baja de estatura, pero su aura era grande e inspiraba respeto. Su torneada figura y su forma de vestir la hacían verse distinguida y de buen porte, a pesar de usar ropa casual como las demás chicas. Su cabello relativamente corto y brillante, de tipo francés, le daba un toque de chica con estilo europeo. Verónica Galdón había nacido en un hogar de bienestar y tranquilidad, en el seno de una familia de clase media, y eso definitivamente había contribuido a sus buenos modales y a su forma de ser tan espontánea y abierta. La manera con la que sin ninguna dificultad se expresaba, sus gestos y sus conocimientos de política, cultura y arte, realmente la destacaban. Era como una enciclopedia humana ambulante. Sabía de todo un poco y lo expresaba con mucha facilidad y fluidez verbal. Ella había venido a este mundo para aprender y para enseñar, y esto último lo hacía muy bien, indiscutiblemente.

Desde muy temprana edad, sus padres habían logrado desarrollar en ella una gran capacidad de discernimiento y juicio propio en todas las decisiones y acciones que ella tomaba, a pesar de que tal vez ellos no siempre estaban de acuerdo con lo que ella pensaba. Ella siempre enfocaba y criticaba todas las injusticias sociales que florecían en el mundo capitalista, un mundo «lleno de miseria y de desigualdad», según su opinión. Y no era que sus padres estuvieran de acuerdo con la ideología que ella proclamaba, sino más bien que, adelantados en su tiempo, ellos le permitían desarrollar su intelecto y su capacidad cognitiva con la ayuda de la literatura y el arte. Su espíritu socialista era algo innato, algo muy propio de ella y eso la hacía parecer muchas veces una persona algo controversial y arrogante. Lo interesante de todo era que ella se movía en un mundo capitalista, de consumo, donde el dinero también lo gobernaba todo, pero sus ideales eran otros. Ella anhelaba un mundo lleno de equidad y solidaridad. Ricardo Cantero no siempre estaba de acuerdo con sus opiniones. Fueron muchas las tardes de discusión política e ideologías entre ambos. A menudo, sentados en la terraza de la casa de Verónica Galdón, ambos entraban en acaloradas polémicas cuando no coincidían en sus formas de ver las cosas.

Aunque Ricardo Cantero no había estudiado suficientemente literatura marxista-leninista, entendía que en la Unión Soviética y en la mayoría de los países de la cortina de hierro no todo era color de rosa, como ella lo pintaba. A veces, él le refutaba que mucho de lo escrito en esas ideologías era simplemente utopía, ideas difíciles de llevar a cabo en un mundo como en el que vivían. Verónica Galdón a veces se enfadaba con él cuando Ricardo le argumentaba que no todo era perfecto en esas naciones comunistas, pero al mismo tiempo él estaba de acuerdo con que el capitalismo tampoco era el camino idóneo para una sociedad perfecta. Él entendía claramente que el capitalismo tampoco funcionaba como único y supremo orden económico mundial. Era interesante ver cómo estos dos jóvenes se sentaban a discutir temas políticos y sociales. Era como si estuvieran hablando de películas fantasiosas hechas en Hollywood. En esas amenas charlas juveniles era siempre ella la que iniciaba las conversaciones políticas que poco a poco estallaban en un «salgamos a tomar un poco de aire a la cuadra», para luego seguir discutiendo y seguir siendo amigos.

Contradictoriamente, en esa relación era ella la que abogaba por una sociedad socialista, solidaria e igualitaria. Ella, que desde el principio lo había tenido todo, defendía y respaldaba aquella ideología marxista-leninista que para muchos era la representación pura de lo diabólico y lo malvado en esta tierra. Y él, que algunos años atrás había sido arañado en carne propia por las garras del hambre y la pobreza, él estaba allí arguyéndole su forma de pensar y contradiciéndole algunos puntos de vista que para ella eran muy claros y precisos. Pero al final casi siempre él accedía y sucumbía a sus argumentos, puesto que él no tenía el suficiente conocimiento como para refutarle teóricamente a la joven precoz. Esas conversaciones agitadas pero amenas, eran como un juego de ajedrez en donde Ricardo Cantero casi siempre perdía la ronda, pero ella, en forma pícara y cortés, al final sonreía y, de manera benevolente, terminaba diciendo:

—Yo sé que el socialismo y el comunismo no son perfectos, pero es lo más cercano a la perfección y, para mí, eso es suficiente.

Y luego se echaba a reír. Y así pasaban las semanas y los meses. La relación entre ambos se fue entrelazando y creando una atmósfera de profunda amistad combinada con admiración, amor y confusión.

Aunque las cosas, socialmente, habían mejorado en la vida de Ricardo Cantero, él dudaba a veces de su autoestima y de su autoconfianza. No entendía cómo hacía algunos años su vida había estado llena de problemas y calamidades. Su madre había muerto cuando él tenía nueve años de edad y su padre cuando él tenía catorce. Ese infortunio familiar le había causado desgracia y pobreza y lo había hecho tocar fondo. Pero entonces, después de la pubertad, su vida había empezado a cambiar en forma positiva y radical. Sin embargo, de algún modo, él sentía que todavía se encontraba en un rango intelectual y socioemocional más bajo que el de ella. Los problemas en su niñez le habían creado un recelo hacia los sentimientos amorosos. Era un pensamiento ambivalente que constantemente lo atacaba, porque él sabía que las personas que amaba podían desparecer de su entorno en cualquier momento, como la luz que se enciende y se apaga, y deja todo en oscuridad. Y entonces, él tenía miedo a quedarse solo otra vez. Quizás había sido ese maldito miedo el que provocaba ese conflicto en su mente, el que lo invadía cuando quería hacer las cosas que él sabía que podía hacer. Pero Ricardo Cantero lo tenía muy claro, su pasado no lo iba a vencer.

El encuentro con Verónica Galdón había sido definitivamente como una chispa que enciende el motor de un vehículo apagado. Él necesitaba más combustible para continuar avanzando en un mundo que apenas estaba empezando a descubrir, y ese combustible era el conocimiento de las cosas que ella transmitía tan naturalmente.

Ricardo necesitaba aprender más de política, de economía, de problemas sociales y ambientales. Él sentía que ella llevaba una gran ventaja sobre él y que jamás él iba a poder alcanzar el nivel de conocimiento que ella tenía. Y no era que él quería competir con ella, sino que más bien él quería entender mejor su pensamiento y su ideología.

La capacidad intelectual y de discernimiento de Verónica Galdón eran como un imán que lo atraía constantemente, pero al mismo tiempo lo repelía. Muchas de las cosas que Verónica Galdón explicaba tenían lógica y sentido. Ella decía que en el mundo siempre hubo, hay y habrá injusticias sociales que deben ser eliminadas de raíz. El problema era que no había voluntad política para eliminarlas. Según ella, las sociedades estaban formadas básicamente con un propósito individual, no colectivo, como se hacía ver. Cuando los políticos llegaban al poder, estos se tornaban megalómanos y se olvidaban de que las pirámides sociales estaban sostenidas por una vasta mayoría, el pueblo trabajador y la clase media. Esas dos clases eran las que generaban la riqueza de los capitalistas. Los capitalistas, por su lado, se encargaban de instalar en el poder a aquellos políticos que atendían y multiplicaban sus intereses. Pero lo absurdo de todo esto era que, tanto los capitalistas como los políticos, siempre iban a necesitar a las masas para poder alcanzar el poder, ya fuera este financiero o político. Lamentablemente, esto siempre se iba a dar en nombre de la democracia.

Entonces, esto significaba que para Ricardo Cantero no había ninguna ideología que pudiera solucionar el problema de la sociedad, ya que él había aprendido que la democracia era la forma de gobierno inclusiva que representaba la voz del pueblo, mientras que las otras formas de gobierno eran totalitarias y autócratas. Tal vez el problema no estaba en las teorías, sino en la naturaleza humana, en la codicia, en la avaricia, en el hambre de poder y en la corrupción que invade el cerebro del ser humano. Cuando el hombre adquiere poder es cuando este se torna casi omnipotente. Para los marxistas-leninistas, la única manera de acabar con el problema de la desigualdad era a través de la fuerza o, más bien, a través de las armas. Para Verónica Galdón, en principio, no había muchas otras opciones. Para bien y para mal, la pequeña nación no tenía ejército. Pero tomar el poder a través de las vías democráticas iba a tomar demasiado tiempo e iba a ser casi imposible, decía ella.

—Los izquierdistas no tienen tiempo para esperar. Por eso ellos se preparan para una solución más rápida y eficaz —concluía ella a veces.

Ricardo Cantero no entendía entonces mucho de ideologías y corrientes políticas, pero era obvio que quería saber más. Fue después de algunos meses de amistad con Verónica Galdón que empezó a abrir los ojos hacia estos temas. A menudo, ella le explicaba en forma casi romántica las narraciones y las crónicas de la literatura izquierdista. El primer encuentro con Verónica Galdón fue como haber abierto una caja de Pandora, pero en lugar de mitos arcaicos, esta caja estaba llena de acontecimientos políticos contemporáneos. De algún modo, esas explicaciones generaban esperanza en la mente de Ricardo. El interés en aprender y conocer más de lo desconocido, aparte de la atracción física que él sentía por ella, fue lo que produjo que se multiplicaran los encuentros entre él y ella. A ella le gustaba explicar lo que sabía y a él le agradaba oírla y verla. A veces se reunían en las noches en la Casa de la Unidad, a veces en la casa de Verónica Galdón. Durante los sábados por las tardes, salían juntos al cine, al teatro o simplemente a caminar o a filosofar.

El partido de la coalición por el cual ellos habían estado trabajando había ganado las elecciones. El nuevo presidente sería puesto en su cargo en mayo de 1978, al igual que el tío político de Verónica, el cual estaría como representante en la Asamblea Legislativa.

Ricardo Cantero sintió una gran acogida y respeto por parte de la familia Galdón desde el primer momento en que los conoció. Cada vez que Ricardo Cantero llegaba a visitarla a su casa, la madre de Verónica Galdón mostraba un aprecio y un cariño muy genuino. Lo mismo sucedía con los demás miembros de la familia. Los dos jóvenes solían sentarse a conversar afuera en el porche de la casa. Allí, bebían un refresco o una limonada y de vez en cuando jugaban partidas de ping-pong, damas chinas o ajedrez. A menudo hablaban de los problemas políticos de su país y del mundo en general. Ninguno de los dos había cumplido los dieciocho años y, por lo tanto, ninguno de los dos había podido votar, pero ya para entonces, discutían profundamente los problemas que estaban causando las guerras civiles en los países de la región.

Por ejemplo, el país vecino del norte enfrentaba una sangrienta y cruel guerra civil, la cual estaba ocasionando sufrimiento y muerte a su gente. Ricardo Cantero, a menudo sentado en una mecedora, escuchaba a aquella joven que se expresaba tan fluida y correctamente sobre los asuntos políticos y económicos que habían llevado al país vecino al caos y a la desgracia. Él permanecía callado. Solo escuchaba y analizaba lo que ella decía. Ella hablaba como en un monólogo. Él la veía con gran admiración y, hasta cierto punto, con envidia por su inteligencia y su capacidad de retener tanta información, pero al mismo al tiempo, en el fondo, le preocupaba su monótono enfoque.

Ricardo Cantero pensaba que no era solo el atractivo físico lo que lo había hecho acercarse a ella, sino también su raciocinio y su manera de decir las cosas. Ricardo Cantero casi podía proyectar el futuro político-académico de esta joven precoz. Posiblemente, sea una súperabogada o, quizás, una diputada de la Asamblea Legislativa, y por qué no, hasta presidenta de la república. Pero a la vez, él pensaba que sus ideales debían moderarse si ella quería llegar allí, ya que el impulso y el afán por lograr un cambio rápido y eficaz la podrían desviar de su norte.

El tiempo transcurrió y las discusiones políticas se tornaron menos agresivas y más románticas. Conforme pasaban los meses, la amistad y la atracción entre ambos se fue compenetrando gradualmente y la situación se fue volviendo más confusa para los dos. Ricardo Cantero se sentía desconcertado y no quería mostrar sus sentimientos amorosos hacia ella, quizás temía no ser correspondido. Prefería mantenerse como amigo, y por eso no daba señales claras de amor, aunque por dentro se quemaba por declararle lo que él verdaderamente sentía por ella. Valoraba mucho la relación de amistad que había nacido entre él y Verónica Galdón. No quería echar a perder todo en un segundo, solo por el hecho de que él creía que se estaba enamorando. Quizás, en el fondo él lo hacía también para mantener la distancia de su posición social. Después de todo, cuando ellos no estaban juntos, ella se movía en otro ambiente social que no era el de él, y esto, inconscientemente, reprimía sus sentimientos hacia ella.

## FIESTA DE QUINCE AÑOS. FLORECE EL AMOR

Verónica Galdón cumplió sus quince años en el verano del 78. Su madre y una tía habían planeado una fiesta sorpresa para celebrar su cumpleaños. Desde el principio, Verónica se había opuesto a celebrar ese acontecimiento. Verónica consideraba que ese tipo de celebraciones eran ceremonias sociales puramente burguesas, y por lo tanto, ella no quería ser parte de esa farsa. Además, ese festejo era la manera de marcar la transición de niña a mujer, y ella, psicológica y cognitivamente, había dejado de ser niña hacía mucho tiempo. Algunos días antes, una tía de Verónica se había puesto de acuerdo con Ricardo y le había explicado todo el plan de la fiesta sorpresa. Para poder llevar a cabo tal agasajo, era necesaria la ayuda de un desorientador confiable. Así que él iba a ser la pieza fundamental en ese complot festivo. Ellos querían distraerla durante todo un día e intentar despistarla hasta que fueran las 8 de la noche, hora cuando todos los invitados estarían presentes en el jardín trasero de la casa, los cuales iban a estar entretenidos con música y disfrutando de comida y bebida.

Ricardo Cantero preparó un pequeño plan de distracción para ese día. Para lograrlo necesitaba algo de dinero, ya que tenía que solventar algunos gastos que se presentarían durante la aventura. Obviamente, Ricardo Cantero casi nunca disponía de dinero, y mucho menos como para invitarla a los lugares que él inicialmente había pensado llevarla. Así que recurrió a su tío político y le explicó la situación del caso. Su tío Pablo Prado, muy compresivamente, entendió la situación, y de forma inmediata solventó el problema del muchacho. Era la primera vez que Ricardo en forma activa le solicitaba dinero para tener una cita oficial con una muchacha. Posiblemente, Pablo se sintió identificado como hombre, y muy paternalmente le preguntó:

—¿Cuánto dinero crees que vas a necesitar, muchacho?

—Présteme trescientos colones, no creo que gaste todo —dijo Ricardo Cantero.

A pesar de que la inflación iba en aumento y la moneda nacional empezaba a devaluarse, la cantidad de dinero que estaba pidiendo no era tan insignificante. Ricardo Cantero pensó rápidamente que trescientos colones era bastante dinero, pero vio la actitud positiva de su tío y creyó que era conveniente llevar más de la cuenta. En todo caso, si no lo usaba, le devolvería el resto al generoso hombre.

—No hay problema muchacho, usa lo que necesites, confía en mí. Ve y disfruta —dijo el tío con una sonrisa medio perspicaz.

Días atrás, Ricardo Cantero ya había convencido a Verónica Galdón de dar un paseo el día de su cumpleaños. Se habían puesto de acuerdo para ir visitar un apaciguado lugar llamado El bosque de la hoja. Era un bello lugar situado a unos dos mil metros de altura en las faldas de la Cordillera Central. Allí se apreciaba un panorama de toda la capital y del Valle Central. A este lugar fresco y pintoresco se iba en bus hasta los mil quinientos metros de altura. Después de allí, debían caminar los restantes metros a pie por un sendero lleno de pinos y potreros cubiertos de pastos, de vacas y nubes. Cuando estaban en camino a la cima, Ricardo Cantero observó una casa vieja de madera a su mano derecha, estaba completamente seguro de que esa era la casa del homeópata que su madre solía visitar tiempos antes morir.

La casa del curandero parecía más pequeña de lo que él se había imaginado, o posiblemente él había crecido y veía las cosas más pequeñas entonces. Afuera, en el corredor de la casa, había un señor bastante mayor, sentado en un banco de madera de color azul, el cual gritó al ver pasar al par de adolescentes:

—Buenos días, muchachos... ¡Qué bonita pareja hacen!

Ricardo Cantero sintió un escalofrío al escuchar la voz del señor, no estaba seguro de si realmente era el curandero, pero reconoció la voz y entonces respondió amablemente:

—Buenos días tenga usted, gracias.

Verónica Galdón le preguntó si conocía al señor, pero Ricardo Cantero lo negó. Llegaron a la cima del monte a mediodía. Allí, permanecieron y saborearon unos sándwiches y refrescos que cargaban en una mochila de tela de mezclilla. Allí, en la cumbre de la montaña, tumbados en la grama, miraban hacia el cielo y hablaban de todo un poco. Los dos adolescentes sentían que la tierra y el universo ahora les pertenecían. Juntos podrían solucionar todas las desgracias e injusticias del mundo. Por la mente de Ricardo Cantero también pasaba la idea de confesarle sus sentimientos amorosos, pero primero tenía que tantear la situación para saber si ella sentía lo mismo por él, pero al final se abstuvo. Pensó que eso todavía no era conveniente hacerlo. Él quería estar en la fiesta de cumpleaños y si su declaración de amor no resultaba como él lo había pensado, de seguro que no iba a poder estar allí. Verónica Galdón lo percibió algo inquieto, así que ella quebró el silencio diciendo:

—Imagínate, el señor que vimos creyó que éramos una pareja de novios —sostuvo ella en forma traviesa, e inmediatamente preguntó:—. ¿En qué piensas?

Él no supo qué contestarle en ese preciso instante. Permaneció callado, como tratando de darle la oportunidad a que ella misma contestara su propia pregunta. Pero ella volvió a hacer otra pregunta más directa y comprometedora.

—¿Extrañas a tus padres? Nunca me has hablado de ellos.

Esta vez, Verónica Galdón había hecho una pregunta como si ella supiera que el hombre que habían visto estuviera relacionado con su madre. Ricardo Cantero nunca antes había hablado con ella sobre la muerte de sus padres y no esperaba que ella quisiera saber de ellos. Pero entonces, esa pregunta casi indebida estaba ahí, en la boca de la persona que anhelaba besar y abrazar en ese momento. Esta era la primera vez que él sentía un abatimiento por tener que contar la historia de su incómodo pasado. Ricardo Cantero no quería hacer eso, porque no quería compasión, quería su amor. Por eso, respondió a la pregunta en un tono melancólico, pero al mismo tiempo cortante.

—Sí, a mi mamá la echo mucho de menos.

—¿Y a tu papá? Nunca me has hablado de él —volvió ella a preguntar.

Él mantuvo silencio un rato.

—En realidad, no hay mucho que hablar de él. En principio nunca lo conocí, porque él nunca vivió con nosotros —recalcó Ricardo Cantero.

—Entiendo —dijo ella, como avergonzándose de haber preguntado.

Hubo unos segundos más de silencio, y mientras estaban tumbados en el suelo, se miraban de vez en cuando, pero sin decirse nada. Ricardo Cantero no quería que ella sintiera compasión de él en aquel preciso momento. Por esa razón decidió no dar más alas al tema de sus padres. Así que mantuvo para sí mismo la información de que su padre había muerto en 1975 y de que el hombre que habían visto cuando subían la cuesta hacia la montaña, era el homeópata que había tratado a su madre meses antes de que ella muriera.

—¿Y vos en que pensás? —replicó él, tratando de enderezar el tono triste de su voz.

Ella hizo una mueca algo burlesca pero pícara a la vez y respondió:

—Estaba pensando en el día que nos conocimos y me preguntaste en qué año yo había nacido. Luego me saliste con esa historia rara de que tu madre había nacido en un año del gato, como yo... ¡Jajaja!

Sinceramente, me pareció muy divertida tu forma de responder a mi pregunta, pero debo admitir que me gustó mucho tu sencillez y torpeza. Fue una muy buena manera de hacerme reír y romper el hielo en aquella velada tan superficial del partido socialcristiano. Creo que, si no hubiera sido por tu ternura para presentarte y hablarme con cierto titubeo, no te hubiera prestado atención. Me repugnan los tipos que se creen más que otros. Yo sé que en el grupo juvenil del partido hay varios muchachos plásticos que juegan de vivos. Lo mismo pasa en mi colegio. También debo admitir que me gusta mucho tu sentido del humor y me alegra mucho que seas así como eres. Realmente te aprecio muchísimo…, ¿sabes? —terminó diciendo ella con los ojos clavados en los de Ricardo Cantero.

Posiblemente ella quería ver la reacción de Ricardo, pero él, en ese momento, no supo qué decir. Se quedó en silencio. Las palabras de Verónica Galdón confirmaban de algún modo lo que ella sentía por Ricardo Cantero. Él era un verdadero amigo y nada más. Pero al mismo tiempo, Ricardo interpretaba lo que ella decía con una semántica más masculina. O sea, para él, el hecho de que ella había dicho «prestado atención»" significaba que ella activamente se había fijado en él desde el primer momento, cuando ella lo vio por primera vez en el local del partido. Él se imaginaba que posiblemente ese interés en él había ido en aumento. Además, ella había mostrado una placentera emoción en cada una de las citas después de aquel primer encuentro. Así lo percibía él y eso le despertaba un gran afán por declararle sus sentimientos amorosos y un gran deseo de abrazarla y besarla. Pero su recelo a una respuesta negativa lo lanzaba siempre hacia atrás, y entonces se quedaba callado, como esperando a que el silencio hablara por él. Él ya entendía que el amor no era solo sentimiento, sino también palabras y hechos. Ricardo Cantero sentía que no podía esperar más. Simplemente se había enamorado de ella.

# OTRA DESVIACIÓN DE TEMA: LAS SONDAS ESPACIALES

Ricardo Cantero estaba a punto de declarársele de una vez por todas, pero su inseguridad lo hizo retroceder. No sabía cómo empezar, cómo decirle que la amaba, que se moría por ella. Para desviar sus pensamientos y despistar sus sentimientos hacia ella, sacó otra vez a relucir un tema totalmente ajeno a lo que estaban hablando. Pensó entonces que Verónica Galdón no sabía que a él le apasionaba la astronomía y la física, y optó entonces por hablarle sobre la sonda espacial que la NASA había enviado al universo hacía algunos meses. Él había leído la noticia en el diario.

—Supongo que has escuchado en las noticias sobre las sondas espaciales Voyager 1 y 2, que fueron lanzadas en septiembre del año pasado —afirmó él.

—Sí, escuché algo… y… ¿Qué ha pasado con ellas? —respondió ella algo confundida.

—Dicen que esas sondas llevan un disco de oro en el cual está grabada la información básica de nuestro planeta, del sistema solar y de todos nosotros los humanos. Además, llevan la imagen de un hombre y una mujer. Hubiera sido genial que hubieran enviado nuestras fotos. ¿No crees? —sonrió él y continuó:—. Es muy posible que ellas puedan viajar a más de 40,000 años en el espacio sideral, hasta alcanzar la estrella que está más cerca de nuestro sol. ¿Te puedes imaginar dónde podrán estar esas sondas cuando tengamos 50 años, o sea en mi caso en el 2011 y en el tuyo en el 2013? —aseveró él de manera soñadora y contemplativa, mirando hacia el cielo y reafirmando su perfil de extravagante en asuntos de astronomía.

—¿Y por qué cuando tengamos 50 años? —preguntó ella.

—No sé, tal vez para entonces estaremos a mitad de nuestras vidas, con hijos y quizás hasta con nietos —dijo él, casi sonriendo.

—Bueno, por lo visto tienes pensado casarte, pero si el mundo sigue así como va, no creo que lleguemos ahí —dijo ella en un tono desesperanzador.

—Bueno, yo pienso casarme alguna vez. ¿Y vos no? —dijo Ricardo Cantero algo asombrado.

—Claro, posiblemente me vaya a casar con alguien, pero todavía no he llegado allí —dijo ella sonriendo con su manera pícara.

En ese momento Ricardo quería aprovechar y preguntarle si tenía algún pretendiente en el colegio o fuera de él, pero no se atrevió. Él tenía miedo a una respuesta afirmativa. Él quería seguir viviendo de la esperanza de ser él el único amigo especial en ese preciso momento. Así que se abstuvo de preguntarle y continuó con el tema de la astronomía.

—¿Sabes cómo se llama el disco de oro grabado que llevan las sondas? —volvió él a preguntar.

—No, no lo sé —dijo ella algo pensativa.

—«Los sonidos de la Tierra» —subrayó Ricardo Cantero.

—Imagino que también habrán grabado los sonidos de la guerra, de la pobreza y de la miseria que vive nuestro planeta —dijo ella, resignadamente.

La actitud madura y realista de Verónica Galdón la hacía parecer algo procaz y tosca en ciertos momentos, especialmente cuando ella no dominaba el tema. O tal vez ella dominaba el tema, pero ella también esperaba la declaración de Ricardo Cantero, pero esta nunca llegaba y eso la irritaba. Ricardo se sintió como un tonto por segunda vez, y optó por no escudriñar más sobre sus sentimientos amorosos.

Después de algunas horas de estar allí arriba, caminando y explorando el bosque y la vegetación, bajaron al pueblo donde cogerían el bus de regreso a la capital. El autobús salía a las 4:30 de la tarde. Después de un rato llegaron al centro de la ciudad y Verónica Galdón, algo agotada o tal vez decepcionada, dijo:

—¿Sabes? Quisiera irme ya a casa.

Ricardo Cantero, desprevenido por la aseveración de la muchacha, casi gritó:

—No, no todavía, no puedes irte. Yo tenía pensado invitarte a ver una película: *Encuentros cercanos del tercer tipo*. Pronto la quitarán de la cartelera, por favor acompáñame a verla.

Él insistió en forma necia, pero ella se negó determinante y dijo:

—No, no hoy, por favor. Además me siento un poco sudada y quisiera ir a casa a ducharme.

Casi frente al cine, Ricardo Cantero le suplicaba, pero ella se oponía. El plan se le iba a derrumbar si ella regresaba a casa a tan temprana hora. Entonces, en forma elocuente y persuasiva pero definitiva, él exclamó:

—Está bien, pero antes de regresar a casa comamos algo en esta pizzería. Me muero de hambre y no creo que pueda aguantar hasta entonces. Con la caminata que hemos dado allá arriba en el bosque, estoy que me como un elefante —exclamó Ricardo Cantero, exagerando un poco la situación.

Él señaló una distinguida pizzería que estaba cerca del cine. Ella aceptó maliciosamente y se metieron allí. Ricardo Cantero comió muy pausadamente para hacer tiempo y luego salieron de aquel lugar casi a las 7 de la noche. Caminaron despacio por todo el Paseo Colón y luego subieron por la Avenida Central hasta llegar a una popular heladería cerca del Teatro Nacional. Allí, Ricardo Cantero se detuvo a comprar un par de helados. Luego cogieron el bus hacia la casa. Cuando llegaron a la morada de Verónica Galdón, la multitud ya estaba reunida en el patio trasero. Hasta ese momento, ella no se había percatado de la fiesta sorpresa, o por lo menos así lo demostraba. Pero de repente, ella escuchó una melodía de los Bee Gees y fue ahí donde se dio cuenta de que Ricardo Cantero la había despistado. Ella sonrió y lo señaló con el dedo índice. Él la dejó en la puerta principal de la casa, le dio un beso en la mejilla y se marchó corriendo como si nada estuviera pasando.

Ricardo Cantero regresó a la fiesta después de un rato, ya bañado y bien vestido. Anhelaba verla de nuevo para ver su reacción. La familia de Verónica Galdón había invitado a algunos compañeros del Colegio Francés y a algunos otros jóvenes amigos que colaboraban en el partido. La casa de los Galdón se desbordaba de gente y la fiesta ya estaba en pleno apogeo cuando Ricardo Cantero entró al jardín. El parterre estaba agradablemente decorado con luces de colores, manteles blancos que cubrían las mesas y arreglos florales. La noche de ese febrero estaba despejada y se lograba ver algunas de las estrellas del firmamento. Había una discomóvil encargada de la música y un par de sirvientes responsables de repartir la comida y la bebida. Cuando Ricardo Cantero se asomó al patio, ella corrió hacia él, se lanzó a sus brazos y lo abrazó. Esta reacción causó comentarios discretos y curiosos en los allí presentes, pero a ninguno de los dos les importó. Luego ella le susurró al oído:

—Supiste engañarme, bandido, realmente fue toda una sorpresa. Ya veo que eres un experto en mentir. Ya entiendo por qué querías convencerme de comer pizza y helado. Ahora no voy a poder comer en la fiesta.

—No importa, yo te haré compañía —dijo él con una traviesa sonrisa.

La velada se desenvolvió satisfactoriamente, a pesar de que los invitados se mantenían separados en diferentes grupos. Por un lado estaban sus compañeros de colegio privado, muchachos y muchachas con una base académica muy sólida y de alto nivel educativo. Por otro lado estaban los jóvenes y los amigos miembros del partido político, muchachos educados en colegios públicos. Luego, había un tercer grupo, constituido por familiares y amigos adultos de la familia Galdón. A pesar de que ella había estado en desacuerdo con la fiesta de quince años, ahora disfrutaba de ella. Ella se esmeraba por ser una buena anfitriona y trataba de brindar atención a todos por igual, pero a pesar de ello, se notaba que sus sentimientos hacia Ricardo Cantero no los podía disimular. Ella pasó gran parte de la verbena al lado de él. Esa noche bailaron juntos varias canciones románticas y esa fue la primera vez que él sintió el cuerpo y el perfume de su pelo tan cerca suyo. Durante la fiesta ella no bailó pegado con nadie más que con él. Esto, naturalmente, elevó el ego de Ricardo Cantero y muchos de los que estaban allí pensaron que ambos ya eran una pareja de novios "oficiales".

Aquella fiesta de celebración de los quince años intensificó aún más la relación sentimental y emocional de los dos adolescentes. Conforme pasaban los meses, ambos se sentían más atraídos entre sí. Se veían por lo menos dos veces por semana y salían al cine o al teatro casi todos los sábados o los domingos. Ella era una apasionada del teatro y del cine cultural independiente. Prefería el cine europeo ante el estadounidense, pero las películas francesas eran sus favoritas. Con ella, Ricardo Cantero había empezado a apreciar las obras de teatro y las películas que vinculaban las facultades del ser humano y cultivaban el espíritu del hombre. Pero lo curioso era que, mientras ella se enfocaba en ese tipo de actividades más cultas, él a veces lograba convencerla para ir al cine a ver películas de menor grado cultural o al salón de patines, o a jugar boliche. Ella era sincera a la hora de criticar las películas de Hollywood. Su dura crítica estaba siempre enfatizada en la falta de contexto social y cultural de la mayoría de las películas norteamericanas. Siempre decía que ver ese tipo de arte cultural era como comer algodón de azúcar: dulce y pegajoso.

## DECLARACIÓN DE AMOR

A finales de noviembre del 78 era casi verano. Los vientos alisios volvían a soplar por aquellas tierras húmedas, después de un largo invierno tropical. El curso lectivo estaba casi finalizando. Hacía tres días que Ricardo Cantero no se levantaba de la cama, estaba enfermo con fiebre de 40° C. Se quejaba de un gran dolor de cabeza y tenía escalofríos que hacían temblar todo su cuerpo. Había cogido una gripe que lo habría mandado al hospital si no hubiera sido por una enfermera vecina que llegó a verlo a su casa para inyectarle penicilina intravenosa. Tumbado en la cama, pensaba todo el tiempo en Verónica Galdón. No se había comunicado con ella desde hacía más de una semana. Curiosamente, ella también había caído enferma, casi al mismo tiempo y con los mismos síntomas que él. De igual manera, ella se preguntaba por qué Ricardo Cantero ni siquiera se había dignado a llamarla un solo día. Ella sabía que días atrás él había empezado con los exámenes finales y, por lo tanto, de seguro él estaba entonces enfrascado estudiando para aprobar el año lectivo. Tal vez esa era la razón por la cual él no la había llamado.

Durante ese tiempo de epidemia, él tuvo el tiempo suficiente como para convencerse a sí mismo y armarse de valor. Necesitaba declararle sus sentimientos. Ya no podía seguir fingiendo más esa amistad. Ricardo no podía más seguir reprimiendo sus sentimientos. Después de varios días de indisposición y malestar, se decidió. Se levantó, aún medio endeble, tomó el teléfono y optó por llamarla para expresarle lo que realmente sentía por ella. Había estado dándole vueltas a la idea de cómo se lo iba a decir. Había creado en su mente diferentes escenarios, tanto negativos como positivos, y se había imaginado las diferentes y posibles respuestas que ella le daría. Pero también había estado preparándose mentalmente para recibir una respuesta de desestimación. Pensó que eso no importaba, se atendría a las consecuencias. Se había enamorado por primera vez y debía declararle de inmediato sus sentimientos. Tomó el auricular, lo pensó tres o cuatro veces antes de marcar el número y se preparó para hablarle.

—Hola, soy yo, Ricardo. ¿Cómo estás? No te he llamado porque he estado con un resfriado que aún me está matando —dijo él con una voz afónica.

Transcurrieron algunos segundos en silencio y una voz enronquecida, similar a la de él, respondió:

—¿Vos también te enfermaste? Yo he estado en cama con fiebre y tos durante cuatro días, y he anhelado escuchar tu voz —replicó ella, con una leve risa entrecortada por la tos. A pesar de que su voz se oía afónica, se escuchaba feliz y eso reanimó mucho a Ricardo.

—Imagínate que hasta nuestros virus están sincronizados que nos hacen enfermar al mismo tiempo —agregó él en forma tunante.

Ella se echó a reír y expulsó una risa áspera mezclada con tos. Hubo un pequeño silencio en la conversación, como si los dos telepática y simultáneamente estuvieran declarándose su amor, pero en ese espacio de tiempo no hubo palabras ni sonidos, todo era un vacío sónico que provenía del auricular. Fue entonces que él sintió que no podía decírselo por teléfono y optó por cambiar la estrategia casi de forma inmediata.

—¡He pensado mucho en ti, ¿sabes? —dijo él, mientras escuchaba el silencio al otro lado de la línea telefónica.

—Yo también, y te he extrañado mucho. Pensé que te habías enojado conmigo por alguna razón, pero no podía entender el porqué. He extrañado tus llamadas, escuchar tu voz y tus tonterías —dijo ella en voz baja. Hubo otro corto silencio, como si ambos estaban esperando algo más.

—¿Qué vas a hacer este fin de semana que viene? —preguntó él rápidamente, como para quebrantar el ruido producido en la línea de cobre, que se dejaba escuchar a causa del silencio de ambos.

—¿Quieres ir al cine el sábado? —agregó Ricardo Cantero. Apenas era miércoles, él debía esperar y ver cómo se sentiría entonces.

—No sé, me gustaría ir al teatro más bien. Hay una muy buena obra, basada en la novela *Madame Bovary*, en el teatro Arlequín —sostuvo ella.

Él ya había empezado a tomarle sabor al teatro y ahora realmente apreciaba la comedia en vivo.

—¿Sabes de qué trata la obra? —cuestionó ella.

—No, pero confío en tu gusto y me parece bien ir al teatro —dijo él sin avergonzarse.

—*Madame Bovary* se llama la obra. Es una de las selecciones literarias por excelencia en el género del romanticismo tardío y es una crítica a la sociedad burguesa del siglo XIX. En realidad, es una historia de amor algo trágica —sostuvo ella en forma casi académica.

—Una historia de amor algo trágica... dices. ¿A qué hora empieza la función? —preguntó él algo ido, como presagiando el futuro.

—Creo que a las 7 de la noche —respondió ella.

—Si te parece, puedes venir antes y cenamos algo antes de irnos —agregó ella.

—¡Perfecto! Llego como a las 4 pm y así tenemos tiempo para hablar un rato. Tengo algo que decirte —dijo él.

—Cuéntamelo ya por favor. No puedo esperar hasta el sábado por la tarde —exclamó ella.

—No, no puedo contártelo ahora, porque mi voz no da para más —dijo él tratando de esquivar lo que sentía.

El sábado llegó. Ese día el mundo parecía estar encantado por una sensación de felicidad incontrolable que corría por todo el cuerpo de Ricardo. Todo parecía más claro de lo normal. El cielo se veía más azul y en la gloria no había una sola nube. Hacía algo de frío, o quizás él aún sentía frío por lo débil que había quedado después del fuerte resfriado que había cogido. Salió de su cuarto hacia al patio. Su tía estaba aún en la cocina. Ella preguntó si él iba a desayunar y Ricardo, observando el cielo, le contestó:

—Sí, tía, por favor, un cafecito con leche y unas tortillitas con huevo no caerían nada mal. Tengo un hambre que me comería este animal —refiriéndose al pastor alemán que estaba tumbado en el suelo del patio y el cual lo miraba con ojos de indagador.

El perro disfrutaba allí de las caricias que él le hacía en el pelaje. Aquel fiel acompañante se limitaba a cuidar la casa día y noche. El animal estaba allí siempre en un espacio encerrado de unos cuantos metros cuadrados, el cual estaba cubierto por un muro a los cuatro vientos. El animal también parecía estar encantado por las caricias y la felicidad que Ricardo Cantero irradiaba.

—Me imagino que debes estar hambriento, muchacho, si no has comido casi nada en una semana. Más tarde voy a cocer una olla de carne. Te va a revitalizar, te lo aseguro —sostuvo la tía Angelina.

—Tía, no se preocupe por mí, hoy voy a salir en la tarde —dijo Ricardo.

—¡Pero muchacho! ¿Cómo vas a salir esta noche? Después de haber estado tantos días en cama. No deberías salir este fin de semana —sostuvo la tía Angelina.

—Estoy bien, tía. Es más, con este desayuno voy a reponer todas mis fuerzas perdidas, se lo aseguro —agregó él.

—¡Ay, muchacho, vos estás loco de amor, eso es! Ven y siéntate, ya está el desayuno —dijo ella girando la cabeza de un lado a otro como mostrando que no había caso con la juventud de entonces.

La tía Angelina había preparado dos huevos fritos con tortillas de maíz y gallopinto con natilla, además del café con leche y un jugo de naranja recién exprimido.

—Bebe el jugo de naranja, que eso sí te va a hacer bien, por la vitamina C —añadió la tía.

Esa mañana, Ricardo Cantero casi levitaba. Todo tenía un color más puro, más intenso, más profundo. Las hojas de los árboles se veían más verdes, las flores expedían un olor más fuerte de lo normal y hasta el pelaje del perro, que entonces estaba echado en el suelo recibiendo el sol, era más negro de lo que siempre había sido. Para él no existían los problemas en ese instante, todo era armonía en ese momento. Era simplemente feliz pensando que iba a verse con Verónica Galdón. Esa tarde Ricardo le iba a declarar sus sentimientos, lo que realmente sentía por ella desde hacía mucho. No se dio cuenta en qué momento se comió el desayuno. Se levantó de la mesa, puso los trastos en el fregadero y le dio un beso a su tía en la mejilla. Eso era algo que casi nunca antes había hecho.

—Estaba delicioso, tía —sonrió Ricardo Cantero. Él se dirigió a la sala de estar donde estaba su tío. El hombre leía el periódico y escuchaba melancólicamente unos tangos de Carlos Gardel. Se acercó a él y le dijo:

—Tío, ¿lo puedo molestar un segundo?

—Dime. ¿Qué pasa, muchacho? —dijo el tío levantando la mirada sobre los anteojos que colgaban a media nariz.

—Esta noche voy a salir y necesitaría otros trescientos colones. ¿Cree que me los puede prestar? Yo se los devolveré la semana que viene, cuando empiece a trabajar en la fábrica de mantas —sostuvo Ricardo Cantero, erguido y sin moverse.

Ricardo Cantero había conseguido un trabajo durante esas vacaciones de verano como ayudante de oficinista en una fábrica de mantas de algodón. Empezaría a trabajar allí el lunes siguiente por un término de dos meses.

—¿Estás seguro de que te alcanza con los trescientos colones? No necesitas devolverlos, son tuyos, te los mereces —dijo su tío metiendo la mano en el bolsillo de su pantalón. Luego, sacó la billetera y le dio tres billetes de cien.

—Toma, ve y diviértete —sostuvo el tío sonriendo—. Ah, Ricky, por favor, no olvides ir a la licorera a comprarme la botella de ron antes de irte —agregó el tío.

Ricardo Cantero recibió el dinero sin cuestionamientos por parte de su tío. El viejo bonachón intuía que la cita era con la muchacha de apellido Galdón. El tema ya había salido a relucir en una conversación que habían tenido días atrás, a la hora de la cena. Su tío político era un hombre tranquilo, discreto y de sentimientos muy nobles. El único problema que tenía era que al tío le gustaba embriagarse en sus días libres. Era un hombre de rutinas. Todo tenía que estar en un orden dado. La tía Angelina le ponía sobre la cama la ropa que iba a usar en la oficina cada mañana. La camisa planchada, los pantalones doblados con quiebre en el medio, el calzoncillo, la camiseta de tirantes de punto blanco y los calcetines. Todo debía estar siempre bien tendido sobre el lecho de su cama, listo para ser puesto después de la ducha.

Lustraba bien sus zapatos la noche anterior y los ponía siempre al pie de la cama. El tío se rasuraba todos los días su barba y su bigote con una brocha de afeitar que hacía espumear sobre un jabón de barra. Luego se frotaba su rostro con Old Spice, y se peinaba su pelo negro hacia atrás con un aceite brillantina de un olor muy particular que lo distinguía a metros de distancia. Sus anteojos estaban siempre limpios y su pañuelo dentro del bolsillo del pantalón.

El desayuno del tío era siempre café tinto, el cual tenía que estar siempre hirviendo, con dos cucharadas de azúcar que la tía personalmente tenía que endulzar. El café siempre era acompañado de pan blanco con natilla o mermelada. El periódico debía estar siempre doblado y puesto sobre la mesa. Los fines de semana cambiaba un poco esa rutina. Leía el periódico y tomaba su café en la sala de estar, escuchando tangos argentinos, y de rato en rato y de sorbo en sorbo, secaba sus ojos por las lágrimas que producían los recuerdos melancólicos al escuchar aquellos tangos argentinos. Este gran hombre había hecho algo que el padre de Ricardo Cantero nunca hizo. Y fue tomar la responsabilidad de un niño necesitado de cariño y comprensión. El viejo Pablo Prado nunca expresó con palabras el afecto que él tenía hacia el muchacho, pero sí lo expresaba con hechos y acciones, y esto era suficiente para Ricardo Cantero. En ambos había un respeto mutuo y un cariño recíproco, el cual iba creciendo conforme Ricardo Cantero entraba en la plenitud de la adolescencia. De hecho, Ricardo Cantero era el único en aquella familia que lo podía persuadir para que se fuera a la cama a descansar, después de las borracheras del fin de semana. Muchas veces, cuando el tío todavía estaba inconsciente por el efecto del licor, se sujetaba al hombro del muchacho y se iba tambaleante del comedor al dormitorio, como un venado recién nacido cuando está aprendiendo a caminar. Allí, el efecto del licor lo hacía dormir por más de un día. Al lunes siguiente, su tía lo levantaba con un caldo que resucitaba a cualquier muerto. Para Ricardo Cantero, esa situación era un dilema, el tener que ir todos los sábados al depósito de licores a comprar la botella de ron que su tío consumía durante los fines de semana. Él no estaba de acuerdo con que su tío se emborrachara durante los días libres, ya que su tía y toda la familia sufrían las consecuencias de esa decadente enfermedad, el alcoholismo. Pero eso era parte del vicio y algo que él no podía cambiar ni tampoco evitar.

Llegó la tarde del sábado, y con ella, la hora de encontrarse de nuevo con Verónica Galdón. Ricardo se encontró de pronto en la puerta de la casa de la muchacha. Estaba a punto de tocar el timbre y su corazón palpitaba a gran velocidad. No se atrevía a tocarlo porque estaba nervioso por lo que iba a suceder. Se preguntaba a sí mismo si tal vez lo mejor sería quedarse callado y no decirle nada. Así mantendría la relación de amistad con ella para siempre. Pero Ricardo sentía que ya no podía guardarse más ese deseo de decirle lo que realmente sentía por ella. De repente, la puerta se abrió de par en par sin necesidad de ninguna acción por parte de él. Verónica Galdón asomó su cabeza y luego salió y le extendió los brazos. Ambos se abrazaron como si hubieran tenido años de no verse. Hubo un silencio largo durante ese abrazo. Él sintió unas ganas enormes de seguirla abrazando y hasta de besarla en la boca, pero su cobardía fue más fuerte que sus sentimientos y se abstuvo. Ricardo Cantero optó por soltarla y entregarle una flor que llevaba en su mano derecha, la cual había cortado del jardín de su casa.

Luego, Ricardo Cantero le propuso salir a caminar un rato antes de la cena.

—Me parece una muy buena idea —dijo ella, y continuó:—. Hace muchos días que no salgo a caminar. Además, la cena va a tomar tiempo, ya que mi madre salió al súper a comprar algunas cosas que faltaban.

—¿Te parece si salimos y damos un corto paseo por la cuadra? —sostuvo él algo nervioso.

—Me parece excelente. Además, está pegando un sol riquísimo —exclamó ella.

—Sí, ya casi estamos en verano y dentro de algunos días finalizamos el cole —agregó Ricardo.

Los dos salieron y empezaron a caminar cuesta arriba. Era el mismo camino hacia el colegio donde ella estudiaba. La acera iba paralelamente a la calle principal, en medio de casas recién construidas y cafetales llenos de granos rojos. Esa zona estaba todavía en proceso urbanístico y, por lo tanto, muchos terrenos estaban en plena construcción. Ese sábado por la tarde no había un alma en ese lugar. Todo parecía estar en silencio. Una brisa de inicio de verano corría y hacía bailar las hojas de los árboles suavemente de un lado a otro. Parecía como si el suelo, la vegetación y el cielo estuvieran esperando la declaración de amor por parte de Ricardo Cantero. Durante esa caminata, él sentía que el espacio y el tiempo eran como una extraña dimensión en cámara lenta. Allí, el tiempo no corría y el espacio se estiraba como cuando se infla un balón. Después de caminar algunos minutos en silencio, él se detuvo un segundo y exclamó:

—Ya no puedo más con esto. Necesito decirte algo.

Ricardo Cantero mantuvo silencio durante unos segundos más, y mirándola a los ojos, estalló con un explosivo «Te amo», el cual incontrolablemente salió de su boca.

—Ya no soporto seguir siendo solo tu amigo. He querido decirte esto desde hace mucho. Desde que nos conocimos aquella noche en la reunión del partido, pero por miedo a perderte no me he atrevido a decírtelo.

La mirada de él estaba ahora clavada en los ojos de ella y mientras las palabras salían de su boca, él analizaba el semblante de Verónica Galdón y contemplaba la tierna belleza de su rostro. De pronto, y casi sin percatarse, él acercó su boca y la besó suave y profundamente. Ella estaba casi inmóvil y sus ojos permanecían cerrados. Ricardo Cantero sentía su aliento fresco y puro. Y por un momento creyó estar soñando. Mientras la besaba, sentía un gran placer y su rostro expresaba una felicidad incontrolable y sentía que su cuerpo irradiaba luces, como las que salen de un espectáculo de juegos pirotécnicos. Ella no decía nada, solo se dejaba llevar por los movimientos que generaba aquel beso que tardó un largo rato. Ambos disfrutaban de aquel mágico momento, y ahora el universo explotaba como en un *Big bang*. Se besaron varias veces con locura plena y durante largos instantes, casi como recuperando todas las veces que no lo habían hecho desde que se conocieron. Con una alegría melancólica, Verónica Galdón rompió el silencio y dijo:

—No sabes cuánto he esperado este momento. ¿Por qué esperaste tanto para decírmelo? —agregó ella, casi como reprochándole.

—Sinceramente, no sabía cómo ibas a reaccionar —dijo él disculpándose.

—¡Pero qué bruto eres! ¿Cómo ibas a creer que te iba a despreciar, solo por el hecho de que querías decirme que me amabas? Veo que aún no me conoces —replicó ella.

—No me malinterpretes, por favor —dijo él y continuó:—. Solo sé que muchos han querido pretenderte e incluso te han cortejado y vos misma me lo has contado, que no querías tener una relación de novio con nadie y mucho menos con un amigo. Por esa razón no quería echar a perder nuestra amistad, declarándote mi amor —explicó él con cierta torpeza.

—Realmente eres superlindo y respetuoso. Te lo decía para despertar tus celos y hasta cierto punto para que te fijaras en mí, pero veo que eso no funciona en vos. Me equivoqué. Debí haberte dado señales más claras. Ahora ya lo sé —agregó ella.

Esta era la primera vez que Ricardo Cantero se le declaraba a una muchacha, pero al mismo tiempo era la primera vez que alguien, aparte de su madre, le decía que lo amaba. Entonces él entendía que Verónica Galdón también era un ser muy sensible y tierno, a pesar de que ella todo el tiempo proyectaba una imagen de disciplina, de orden y de rigor. Él, en sus adentros, había dudado de que ella tuviera esa sensibilidad para amar y querer. Él sabía que su vida giraba alrededor de los estudios, de la literatura, del arte y de las ideologías izquierdistas. ¿Cómo iba a ser posible que ella también pudiera enamorarse de él? Y era que él, por su lado, luchaba contra los demonios de su inseguridad, y por eso él no se había atrevido a expresarle sus sentimientos. Él pensaba que un amor no correspondido era equivalente a lo que él ya había sentido con la muerte de su madre y, hasta cierto punto, también con la muerte de su padre.

Ricardo tenía miedo de sufrir y ser lastimado, por eso siempre trataba de protegerse. A su edad, comprendía que el amor podía ser un arma de doble filo. Podía generar felicidad y hacer a cualquier ser humano explotar de regocijo, pero también podía llenarlo de tristeza y de soledad si este no era correspondido. El amor que ambos sentían entonces era un amor puro e inocente, un amor basado en el deseo de verse y hablarse el uno al otro, sin malicia, ni deseo carnal más que el de besarse. Solo el hecho de tener la compañía del uno al otro era en ese entonces suficiente para ambos. A partir del momento de la declaración amorosa, las visitas de Ricardo Cantero a la familia Galdón cambiaron significativamente. Él ya no iría a visitarla como un amigo solamente, sino que más bien llegaría a su casa como un novio oficial, y por lo tanto, se vio obligado a hablar con los padres de la muchacha. Era necesario que los padres de Verónica dieran su aprobación y su consentimiento. Así que días después, él se armó de valentía y decidió hablar con ellos. Y como todo un caballero, una tarde llegó y se presentó como el novio oficial de Verónica.

Aunque los padres de Verónica Galdón habían aceptado las visitas de Ricardo Cantero como amigo, no era seguro que aceptaran entonces la visita de él como el novio oficial de la muchacha. Ricardo Cantero había preparado su diálogo para hablar con ellos. Verónica, por su lado, había preparado el terreno y había comunicado a su madre que Ricardo vendría a hablar con ellos. Unos días después, Ricardo llegó a pedir la mano de Verónica ante sus padres. Afortunadamente, todo se desató en un ambiente de armonía y compresión para bien del muchacho. Tanto él como Verónica Galdón estaban que se desbordaban de felicidad al ver y escuchar que los adultos no habían puesto impedimento alguno a esa nueva relación. Más bien, daba la impresión de que los Galdón estaban de acuerdo con que había sido Ricardo Cantero y no otra persona la que estaba pidiendo la mano de su hija.

Durante ese mes de diciembre, la pareja de adolescentes salía casi diariamente al centro de la capital. Allí, la ciudad se vestía de fiesta y carnaval cada noche. La alegría juvenil en la Avenida Central era una costumbre ya muy arraigada en aquel país feliz. Las parejas de adolescentes se tomaban de la mano, se tiraban confeti, sonreían y exhibían sus mejores atuendos. Luego se estacionaban por ahí a escuchar música de los diferentes grupos musicales que se presentaban en los diferentes puntos de la ciudad. Las luces, la muchedumbre y los vientos fríos que soplaban, creaban un inolvidable ambiente de alegría en la vida de aquella pareja de jóvenes. Los días festivos de Navidad y de fin de año a menudo culminaban con una visita a una hamburguesería, a una pizzería o simplemente ir a ver la primicia de la temporada en los cines de la capital. Eso era la vida, pero entonces Ricardo Cantero no lo entendía.

## AMOR EFÍMERO

Ahora, en su estado etéreo, Ricardo Cantero comprendía que esa vida juvenil y carente de problemas había quedado en su memoria como un bello recuerdo y fue uno de los episodios más gratos de toda su existencia. Sin embargo, para Ricardo Cantero aquel genuino y verdadero amor había durado muy poco. Aquella bella relación de amor sobreviviría tan solo ese verano. El año de 1979 llegó con algunos cambios desfavorables para la joven pareja, especialmente para él. El enamoramiento con Verónica Galdón y su compromiso con el partido político habían desenfocado su propósito principal, el de salir adelante con los estudios. Él, sencillamente, había desatendido su obligación estudiantil. No había logrado mantener un equilibrio entre sus sentimientos, la política y las responsabilidades estudiantiles. Se sentía un fracasado por haber perdido materias importantes, necesarias para poder avanzar al último año de secundaria.

Ella, por el contrario, había logrado pasar al siguiente año sin problemas. Dentro de un año ella empezaría la universidad. Algo había empezado a cambiar en los dos, pero ninguno de ellos sabía exactamente qué era. Antes de que ambos iniciaran las clases del colegio de ese mismo año, la relación se fue apagando poco a poco. Fue como si el fuego de la mecha del amor empezara a debilitarse, dejando al final solo las cenizas. Él le preguntaba si había otra persona de por medio o si tal vez se habían equivocado, o quizás todo había sido una emoción, una ilusión pasajera, pero la respuesta por parte de Verónica era siempre negativa, «no había nadie», sostenía ella. Ella llegó incluso a enfadarse con esa pueril actitud que Ricardo a veces tomaba. Él había empezado a sentirse inseguro, a desconfiar de lo que ella sentía por él. Tal vez las memorias de su niñez lo acechaban, tal vez su bajo rendimiento en el colegio lo había hecho tambalearse emocionalmente, o quizás las dos cosas juntas. Él solo sentía que los momentos de emoción y alegría se desvanecían día a día, y que el encanto de esa relación se derretía como hielo en el sol de verano. Las agradables tertulias en el patio y en la terraza de la casa de Verónica se habían reducido a pequeños encuentros con pocas palabras y mucho silencio durante esas últimas semanas.

Un sábado por la tarde, Ricardo Cantero la invitó salir al cine. Él estaba realmente acongojado de ver que las cosas no iban como él se las había imaginado desde el principio. Esa tarde no fueron al cine, se metieron a un café en una de las avenidas de la capital. Allí dentro empezaron a hablar.

—Dime realmente lo que pasa. Necesito que me digas lo que realmente sientes —sugirió él.

Ella guardaba silencio y miraba a su alrededor, como si alguien la estuviera observando. Y entonces dijo:

—Ricky, no me pasa nada, entiéndelo. Absolutamente nada.

—Bueno, tal vez sí. Posiblemente, mis padres me manden a estudiar al extranjero después de que termine el colegio y, por lo tanto, debo ser más aplicada en los estudios.

Ella calló por unos segundos y esperó la reacción de él. Ricardo Cantero se quedó perplejo y mirándola a los ojos le dijo:

—Pero todavía falta mucho tiempo para eso, ¿quieres que tomemos una pausa, entonces? ¿Crees que nos apresuramos demasiado?

¿Crees? —preguntó él de nuevo, y agregó:—. Yo te amo y entiendo que por la política he descuidado mis estudios. Tendré que repetir dos materias este año, pero eso no importa, me voy a enfocar y saldremos adelante —dijo él, como tratando de arreglar el problema ya hecho.

En cierto modo, Ricardo Cantero se sentía un perdedor. Él había fallado a sus tíos, quienes con gran esfuerzo habían apostado por él en los estudios, pero a causa de su interés en la política y, mayormente, por su relación amorosa con Verónica Galdón, él había perdido un año de estudios. Y entonces, posiblemente Verónica Galdón se sentía también cómplice del error. Él no sabía lo que pasaba por su mente. Su pretexto de irse a estudiar a otro lugar posiblemente era una manera muy diplomática de alejarse de él, para que él se concentrara en los estudios y lograra así su objetivo final: ir a la universidad. Pero entonces, ella, que siempre argumentaba, ahora mantenía un silencio pulcro. No decía una sola palabra y lo miraba directamente a los ojos, como rogándole para que no le hiciera más preguntas.

—Está bien —recalcó él—, tu silencio dice mucho y tal vez lo entienda en el futuro, pero, por ahora, no nos queda más que tomar distancia y alejarnos uno del otro. No nos seguiremos viendo más —reiteró él.

Ella seguía en silencio, pero ahora se le notaba una gran melancolía. Ricardo Cantero pagó la cuenta. Se alejaron del café y caminaron hacia la parada del autobús. Ambos permanecieron callados todo el trayecto hasta la casa de Verónica Galdón. Ya frente a la casa, él le dio un pequeño beso en la boca y se alejó de ella. Ricardo Cantero había tomado la decisión de terminar la relación con la persona que más amaba en ese momento de su vida.

Esa misma noche, Ricardo había tratado de llamar a Esteban desde una casetilla telefónica para contarle lo sucedido, pero su amigo no estaba en casa. Ricardo estaba destrozado por dentro, se sentía como un verdadero canalla. Camino a casa compró una botella de ron en el depósito de licores, y esta vez no era para su tío.

Entró a su casa y quiso hablar con alguien, pero allí no había nadie. Todos habían salido esa noche. Se dirigió directamente al patio y, allí, solo, bajo las estrellas, abrió la botella y empezó a beber hasta caer. Esta era la primera vez que él hacía algo semejante, embriagarse por alguien. Nunca supo en realidad lo que ella guardaba en sus adentros. El viaje al extranjero fue posiblemente solo una excusa, una justificación, una mentira piadosa. Indirectamente, Verónica lo había obligado a enfocarse en lo que él se había propuesto desde el inicio, sus estudios.

Dos años después del rompimiento, los dos jóvenes se encontraron por casualidad en un par ocasiones, pero ahora solo como amigos, sin ningún sentimiento amoroso. Hablaban de temas generales o más bien de temas neutrales, sin profundizar mucho en lo personal. En ese par de encuentros ocasionales, él notó que Verónica Galdón estaba ausente, no tenía el mismo brillo en sus ojos, y su pueril picardía había desaparecido por completo. La percibía angustiada, casi atormentada, como si alguien estuviera detrás de ella persiguiéndola. Todo su físico y su forma de vestir también habían cambiado de algún modo. Gracias a su juventud fresca, todavía se mantenía guapa y atractiva, pero en lo más hondo se le notaba una belleza casi decadente. Durante esos dos años Ricardo Cantero logró terminar la secundaria y había empezado a trabajar de día y a estudiar en la universidad de noche. Verónica Galdón también había empezado a estudiar en la universidad diurna. Allí ella hizo nuevos amigos, mientras que Ricardo Cantero empezaba a disfrutar de otros ambientes, tanto en la universidad como en su trabajo.

La última vez que se vieron fue a principios del 81, unas semanas antes de que ella cumpliera los 18 años. Era una noche cálida de verano. Él caminaba por un centro comercial llamado El pueblo, ubicado en la periferia de la capital. Se encontraron allí por casualidad, no lo habían planeado. Ricardo Cantero había empezado a trabajar como auxiliar de contabilidad en una empresa de publicidad cercana a ese centro comercial. Con el dinero que ganaba en su trabajo, financiaba sus estudios universitarios, ahorraba una parte para un viaje en el futuro, cuya meta ya estaba decidida, y el resto lo usaba para irse de juerga los fines de semana. Había empezado a dar un poco de desenfreno a su vida y, hasta cierto punto, a disfrutar de eso. Siempre estuvo limitado económicamente, pero ahora el ingreso le permitía visitar otros ambientes sociales que antes no podía. Esa noche él había recibido el pago de la última quincena y había decidido ir a bailar a una discoteca juvenil situada dentro de ese mismo centro comercial. Camino a la discoteca se encontró con ella. Verónica Galdón estaba viendo las vitrinas de una tienda de modas. Ricardo Cantero casi se sorprendió al verla allí sola en ese lugar y a esa hora. El reloj no marcaba aún las 8 p. m. Ella se sorprendió más aún al verlo.

Él sabía muy bien que ella no solía visitar esos lugares, por lo menos así lo había expresado ella misma en diferentes ocasiones. Los centros comerciales eran las catedrales del capitalismo y allí llegaban única y exclusivamente los burgueses que alababan al dios del consumo. Y, obviamente, ella estaba en contra de eso.

—¿Qué hacés aquí? —preguntó él muy sorprendido— ¡No me digas que me estabas esperando! —Sonrió él en forma graciosa, como bromeando.

—Estoy esperando a una amiga, pero no sé si olvidó la cita —recalcó ella en un tono serio y algo ansioso.

—Debió haber llegado hace 15 minutos, pero no la veo por ningún lado. Incluso llamé a su casa desde la casetilla telefónica que está cerca del parqueo, pero nadie contesta —agregó ella.

—¿Quieres que te acompañe al teléfono público para que intentes otra vez? —preguntó él amablemente, pero todavía atónito de tenerla a solas frente a él.

—En realidad, no sé si llamarla de nuevo. ¿Y vos que estás haciendo por acá? —preguntó ella, cambiando de tema y al mismo tiempo de semblante, como si estuviera tratando de esquivar más preguntas por parte de él— No me digas que estás en camino a ver a tu novia —sonrió ella sagazmente.

—No, ella no existe, por el momento. Es que hoy no tengo clases en la universidad. Iba a ir a comer algo y luego pensaba ir a bailar a Infinito —sostuvo él, casi como excusándose y agregó:— Bueno, si no viene tu amiga nos vamos a bailar y así podemos hablar un rato. Ya hace algunos meses que no te veía, e imagino que tienes mucho que contarme —replicó él algo emocionado.

—No he ido a una discoteca desde hace mucho tiempo y no llevo ropa adecuada —sostuvo ella, un poco incómoda y negándose a la propuesta de él.

—Te ves bien así, no exageres. Y si no has ido a una discoteca es hora de que lo hagas conmigo. Vamos a comer algo primero. La sonrisa de Ricardo Cantero persuadió indirectamente a Verónica Galdón. Luego se metieron a una pequeña pizzería del centro comercial.

Ricardo Cantero estaba alegre y muy emocionado de haberla encontrado allí a solas. La sorpresa de esa noche fue como un pequeño regalo, ya que él había pensado salir a divertirse, aunque fuera solo. Durante esa noche había intentado convencer a Esteban y a otra pareja de amigos para que lo acompañaran, pero la tarea había sido difícil, ya que nadie había podido, por diferentes circunstancias. Allí, él sentía que, aunque estaba cerca de ella, ella estaba más lejos de él que nunca. Su tono de voz era entre melancólico y tosco, casi impetuoso. Parecía como si ella estuviera enfadada con el mundo, y Ricardo Cantero era parte de ese mundo. Ese mundo era un mundo hipócrita, que se dejaba llevar y enajenar por las corrientes, las tendencias y los estereotipos que venían del mundo capitalista. Al mismo tiempo, se notaba que ella trataba de luchar contra su manera de pensar, pero sus ideales y principios eran más fuertes que la amistad que tenía ahora con Ricardo Cantero. Durante toda esa noche, Ricardo trató de alivianar un poco la atmósfera, haciendo bromas y tomando las cosas no tan en serio.

Él, muy sutilmente, empezó a preguntarle de todo un poco, para tratar de entender si el enfado era personalmente contra él o contra la sociedad en general. Después de todo, Ricardo Cantero imaginaba que ella tenía todas las razones del mundo para estar molesta con él, ya que había sido él quien había tomado la decisión de romper la corta relación de amor que habían tenido tiempo atrás.

—Cuéntame, ¿cómo van tus estudios en la universidad? —preguntó él.

—Mis estudios... no van tan bien como deberían —enfatizó ella—. He tenido problemas de carácter socioideológico con algunos profesores y compañeros de mi clase, y eso me fastidia y me quita mucha energía. Algunos hasta me han tratado de comunista extremista y de anarquista empedernida. La gente en este país no sabe escuchar ni tampoco sabe discutir, ni mucho menos argumentar. Nadie analiza la situación del país como debería de ser. No hay ideas lógicas ni razonamiento para poder llevar a cabo una conversación inteligente y de forma civilizada. La falta de respeto hacia la pluralidad de pensamiento en nuestro país es un problema que muy pronto lo va a hacer estallar, si no cambiamos los métodos educativos y de aprendizaje. La gente lo aprende todo de memoria y no analiza lo que lee ni lo que estudia. Esto es una tragedia en movimiento ascendente, y cuando llegue a la cumbre va a reventar como una bomba. Y entonces, todos nos vamos a agarrar de las mechas y nos vamos a preguntar «¿Pero qué fue lo que pasó y qué fue lo que hicimos mal?» —declaró ella.

Hubo un corto silencio y, mientras ella masticaba el pedazo de pizza, bebía y miraba hacia la calle, se dirigió a él concluyentemente:

—Vos has sido uno de los pocos que ha sabido escucharme y entenderme. Sé que mis ideales no siempre son catalogados como los más correctos, pero tampoco son siempre los más descabellados —dijo, mientras limpiaba su boca con una servilleta y recogía el queso de la pizza que aún comía.

—Vero, Vero, dime una cosa —dijo él, repitiendo su apócope—. ¿Creés que se deben de ganar todas las batallas que se inician? Me refiero a las discusiones sobre la política en general. Entiendo que quieras hacer entender a la gente sobre tu ideología y forma de pensar, pero todas las personas somos diferentes y no puedes pretender que los demás estén siempre de acuerdo contigo. La política es como la religión, estás a favor o en contra de ello. Siempre va a haber gente que esté a favor o en contra de lo que uno dice o piense, independientemente de si lo que dices es correcto o no —puntualizó él.

Verónica Galdón lo miró a los ojos casi con rabia y desprecio. Y le contestó:

—Ricardo Cantero, me sorprende que todavía sigas pensando así. Por esa razón este país está como está. Con una oligarquía que viene gobernando desde el tiempo de la conquista y nos ha dado siempre atolillo con el dedo para que ellos allá arriba puedan seguir en el poder, saqueando y vendiendo nuestros recursos naturales a empresas multinacionales. Mira, por ejemplo, lo que sucede en las zonas bananeras. Esas empresas americanas explotan a nuestra gente, con sueldos mugres y sin garantías sociales. Y además no pagan impuestos como deberían de hacerlo. Luego se llevan la materia prima a los Estados Unidos y a Europa, y ya cuando nuestros suelos no sirven para nada, los abandonan y los dejan llenos de tóxicos e inservibles para nuestras futuras generaciones. ¡Ah! Y como si fuera poco, con una pila de personas cesantes y llenos de enfermedades incurables. Luego nos venden los mismos productos agrícolas que sacaron de aquí, pero ya manufacturados y con un precio cinco o diez veces mayor del que lo vendimos. Lo mismo está sucediendo con nuestros bosques. Si nos descuidamos, pronto tendremos un país totalmente talado, sin jungla ni animales silvestres. ¿Eso es lo que quieres? —finalizó ella, ardiendo en furia.

La cara de Verónica Galdón se había tornado ahora a un tono rojo carmesí. Su sangre hervía, posiblemente por la rabia de ver que el muchacho que tenía enfrente también había sido chupado por la fuerza del remolino y del torrente capitalista. Él, al igual que la mayoría de los jóvenes en aquel país, se había dejado llevar por la enajenación capitalista que abrazaba a esa nación y a casi todo el continente entero. Él, más que nadie, la debió haber seguido en su sendero de lucha y batalla por los derechos de los pobres, la igualdad de clases y la solidaridad mundial; pero no, ahora él estaba allí casi defendiendo la postura contraria a su ideología. Ella estaba enfadada con el mundo entero y también con Ricardo Cantero. Sin duda, él era parte de ese mundo que ella no quería ver ni tener.

—Tranquila, Vero, yo solo quiero decirte que no podemos cargar el mundo en nuestros hombros. Entiendo perfectamente tu punto de vista y estoy completamente de acuerdo contigo. Pero un cambio socioestructural de esa magnitud, como el que estás proponiendo, no se puede llevar a cabo en tan corto tiempo. Además, nuestra sociedad no está preparada para un cambio tan radical y absoluto. Para cambiar el comportamiento y los valores de un pueblo se requiere de mucho tiempo y de una gran perseverancia —sostuvo Ricardo Cantero totalmente subyugado.

Entonces él se sentía como un perro cuando es reprendido por haber hecho algo indebido. Definitivamente la distancia entre ella y él había crecido enormemente durante esos meses. Era como si un abismo profundo y oscuro entre ellos dos hubiera crecido. Él pensó que ya no había razón para intentar conquistarla de nuevo. Ella ya había arado el surco y sembrado sus convicciones en su cerebro y, posiblemente más temprano de lo que él se imaginaba, ella cosecharía el fruto de sus ideas.

Ella lo tenía todo muy claro, mientras que él todavía andaba buscándose a sí mismo entre la juerga y los estudios, entre los ensueños y la realidad. Ricardo pensaba que las ideologías izquierdistas eran muy atractivas en papel, pero no eran lo suficientemente convincentes como para seducirlo y atraparlo.

Ricardo recordaba ejemplos de revoluciones frustradas, tales como Cuba y la URSS. Por lo tanto, no encontraba mayor fascinación en ese sistema totalitarista y mucho menos para que este fuera aplicado en su país. Tal vez, la falta de conocimientos políticos que Ricardo carecía no le permitía ver más allá de lo que ella ya veía, por eso, le era difícil ver un cambio tan radical que beneficiara a toda la sociedad por igual. Además, él no tenía el suficiente argumento académico como para contradecirle y derribar sus planteamientos. Tenía que dejarla ir y creer que tal vez ella iba a reaccionar positivamente algún día en el futuro.

—Bueno, debemos empezar por algún lado —replicó Verónica Galdón.

—Sí, tienes razón. Tarde o temprano hay que empezar por algún lado, pero la pregunta es cómo, cuándo y dónde —dijo Ricardo Cantero algo sojuzgado.

Ella miró a todos lados y luego fijó la mirada en la calle a través de la ventana. Y muy decididamente dijo:

—No te preocupes, acuérdate que yo nací en un año del gato, como vos mismo me lo has dicho. El país sabrá muy pronto el cómo y el cuándo. Pero el dónde no es tan importante. Te lo aseguro —aseveró ella.

La noche transcurrió y Ricardo Cantero sugirió cambiar de tema. Después de comer se fueron a bailar y a beber algo a la discoteca. Cuando entraron a la disco, solo a él le pidieron la cédula. Por unos instantes durante esa noche, él recordó los bellos momentos que había experimentado antes de declarársele como novio. Ya habían pasado dos años y la década de los 80 empezaba a gatear como un bebé cuando empieza a dar sus primeros pasos. Nuevos vientos sociales y políticos empezaban a soplar por toda la región. El dictador del país vecino del norte había sido vencido por las fuerzas revolucionarias y el poder popular había tomado el mando. Al menos eso era lo que la gente creía. Al mismo tiempo, otras guerrillas similares al del país vecino empezaban a estallar en la misma región. Si la década de los 70 había dejado miles de víctimas en los enfrentamientos armados, la década de los 80 ya había empezado a sumar muertos y posiblemente sea peor que la década anterior. Casi todos los países de la región estaban envueltos en conflictos armados, y sus actores estaban respaldados por la Unión Soviética o por los Estados

Unidos. Verónica Galdón intuía que el momento de actuar se estaba aproximando, también para la pequeña nación.

Por unos instantes, Ricardo Cantero tuvo ganas de volver a conquistarla, pero hubo una fuerza invisible que lo detuvo. Verónica mostraba un comportamiento áspero y ambivalente que desequilibraba la intención de Ricardo. Esa noche, Ricardo Cantero mantuvo la distancia y el respeto de un buen amigo. Pero a pesar de eso, él percibía el tierno roce de sus manos, el suave movimiento de su cuerpo y el dulce olor de su cabello mientras los dos bailaban. Ya avanzada la noche, se marcharon de la discoteca y todo terminó con un beso en la mejilla dentro de un taxi. Él prefirió bajar del vehículo y acompañarla hasta la puerta, mientras el taxista esperaba.

—Nos vemos pronto. Intentaré llamarte algún día de estos —le dijo él en voz baja, mientras ella abría la puerta de la casa.

Él sabía que posiblemente eso no iba a suceder. Llamarla de nuevo y tratar de conquistarla solo complicaría las cosas. Y ahora, ni ella ni él tenían el tiempo suficiente para volver a vivir aquellos momentos inocentes, llenos de amor e ilusión. Ella apenas asintió con la cabeza, como presagiando que él nunca más la volvería a llamar. Así era mejor. Evidentemente, ambos ya habían cambiado y las circunstancias los habían alejado sin un motivo preciso. Luego, ella abrió la puerta de la casa, entró y cerró, desapareciendo en la oscuridad de la sala. Él se montó en el taxi que esperaba y desapareció de aquel sitio. Esa sería la última vez que Ricardo Cantero vería en persona a Verónica Galdón.

# ¿POR QUÉ MATARON A VERÓNICA GALDÓN?

El tiempo transcurría y Ricardo Cantero seguía trabajando de 8 a. m. a 5 p. m. Había amasado la posibilidad de estudiar en el extranjero, y conscientemente se estaba preparando para eso. El problema era que los estudios en el extranjero costaban mucho dinero y sus ahorros no eran los suficientes como para solventar dichos gastos. Además, la inflación y la devaluación de la moneda erosionaban sus ahorros diariamente. Eso hacía que su dinero guardado se redujera a casi nada y esto naturalmente creaba una frustración en él. Debía ahorrar más o simplemente desistir de la idea. Por eso persistió con los estudios universitarios nocturnos, pero el plan de irse a otro país seguía en pie de algún modo.

Ricardo Cantero había empezado a tomar clases de inglés avanzado, en caso de que la suerte lo premiara y pudiera salir del país. Pero el destino no era tan benevolente, y aparentemente la suerte no lo había premiado. Los fines de semana, libres de estudios, los aprovechaba para salir y despistarse de la rutina semanal. Durante esas noches de juerga se embriagaba y a veces lograba realizar conquistas amorosas fortuitas. No fueron pocos los viernes nocturnos que llegó totalmente ebrio a su casa, para después lamentarse de haber hecho esas mamarrachadas. Y no era que el muchacho fuera un gran mujeriego o un gran bebedor de ron, sino más bien que buscaba extasiar sus sentidos bebiendo extraños revoltijos de cerveza con ron y Coca-Cola, y los combinaba con amores pasajeros que desaparecían de su mente al día siguiente. Esas estúpidas combinaciones de amores y sabores le producían siempre sábados amargos. El dolor de cabeza, las náuseas y el arrepentimiento de los actos del día anterior, lo hacían compungirse enormemente, pero pasados algunos días, olvidaba el calvario que había vivido esos fines de semana, y volvía a repetir la misma idiotez, típico comportamiento de la inmadurez.

Verónica Galdón, por su lado, había empezado a tener una vida totalmente diferente a la que tenía en la época de colegio. Después de haber entrado a la universidad, las cosas empezaron a cambiar en su vida. Fue allí donde posiblemente sus ideas y pensamientos se radicalizaron aún más, o más bien tal vez fue allí donde conoció a las personas que la indujeron a una total radicalización de su ideología. Ya para entonces, Verónica Galdón era mayor de edad. Había recién cumplido los dieciocho años y en principio tenía libertad plena para hacer de su vida lo que a ella le complaciera. En las dos contadas ocasiones que lograron verse antes del fatal acontecimiento, Ricardo Cantero había logrado percibir en ella una especie de obsesión casi compulsiva hacia sus ideas. Su pensamiento se había radicalizado por completo. Desde muy temprana edad, ella había descubierto que el mundo estaba lleno de injusticias sociales, y su misión era erradicarlas a toda costa, costara lo que costara. Pero sus mentores ideológicos, que posiblemente ella había encontrado en el ambiente universitario, le habían acelerado esa intrusiva obsesión de actuar con rapidez y determinación, antes de que el espectro del capitalismo y del imperialismo se apoderaran totalmente de aquel país democrático. Su falta de experiencia y su acelerado deseo de cambiar las cosas que no estaban bien en el sistema, la llevaron a cometer un grave error.

La mañana del sábado 13 de junio de 1981, Ricardo Cantero dormía como un lirón. Aún estaba afectado por el licor de la noche anterior. No sabía qué hora era exactamente cuando su prima lo despertó. Ella sujetaba el periódico con las dos manos para que él pudiera ver la gran noticia de la primera plana.

—Levántate, Ricardo, mira esto.

Su prima, con los grandes ojos de asombro, le leyó el titular principal de la horrible noticia. Ricardo Cantero se levantó completamente atolondrado, puso sus pies en el suelo y, de repente, todo el cuarto empezó a dar vueltas. Sintió ganas de vomitar, pero pudo contenerse y se hizo el fuerte. Trató de disimular la borrachera ante su prima. Luego, se sentó en la orilla de la cama. Definitivamente, aún estaba medio borracho como para leer concentrada y detenidamente la noticia que tenía frente a sus ojos. Leyó y releyó lo acontecido y no lo creía. Estaba totalmente atónito.

—¡Qué bárbaro! ¿Cuánto bebiste ayer? Este cuarto huele a puro ron —exclamó la prima.

Ricardo Cantero no respondió a la obvia pregunta que hizo su prima. Encogió sus hombros, levantó el periódico y como pudo empezó a leerlo. El matutino, en forma muy explícita, explicaba el gran suceso ocurrido en la periferia de la capital durante la noche anterior. La noticia decía que: «Verónica Galdón y dos personas más habrían asesinado sangrientamente a tres policías y un taxista. Luego, se habrían dado a la fuga y, en el tiroteo, uno de los terroristas también habría sido herido de muerte». Allí, en la noticia que él entonces leía, la situación se asemejaba a los eventos de la canción que él siempre había escuchado. Pero aquí, la gran diferencia era que Verónica iba en un carro, vestía *jeans* y llevaba puesta una camiseta humedecida por la llovizna de la madrugada. Lamentablemente, en este suceso no había un testigo de ese crimen, como en la letra de la canción. El periódico exhibía la extensa foto de Verónica esposada, siendo llevada por dos oficiales de alta seguridad a una comisaría de la capital. Y con esta imagen ella ya estaba siendo juzgada.

A su lado iban dos compañeras de batalla, quienes también habían sido arrestadas. En ese lugar, las sospechosas pasaron varios días incomunicadas y bajo una severa interrogación día y noche. Después de algunos días las trasladaron a una cárcel más céntrica, en la capital. Ricardo Cantero no quería creer que allí estaban las respuestas de las preguntas que él le había hecho a ella el último día que se vieron: ¿Cómo? ¿Cuándo? ¿Dónde? Era simplemente imposible que ella no tuviera escrúpulos como para atreverse a matar a una persona. Ella podía ser muy radical en su forma de pensar, pero nunca una asesina como la pintaba el periódico.

La prensa catalogaba el suceso como un acto terrorista sin precedentes en la historia del país. Esta era la primera vez, después de la Guerra Civil del 48, que la paz y la democracia de aquella nación habían sido brutalmente violadas por un grupo de jóvenes con una ideología de extrema izquierda, los cuales tenían como objetivo principal desestabilizar políticamente toda la nación, según declaraciones de la policía. Además, según los medios de comunicación, Verónica Galdón era la líder y el cerebro de una de las células terroristas llamada La familia. La tarea principal de la Guardia Civil y de la Policía secreta era entonces desintegrar todas las demás células que componían esa organización de ultraizquierdista. Según la prensa, había células terroristas por todo el país, atomizadas como virus de una epidemia mortal, y estas estaban dispuestas a atacar en cualquier momento, para luego poder derrocar al gobierno y tener la posibilidad de levantar una dictadura proletaria. Esto se haría a través del caos y del anarquismo. Esa epidemia comunista estaba dispuesta a debilitar todos los organismos democráticos y, en poco tiempo, convertiría al país en un cuerpo enfermo, lleno de guerra y miseria, como ya se había hecho en otros países vecinos.

Finalizada la lectura del artículo, Ricardo Cantero salió disparado al baño a vomitar. Sentía que todas sus entrañas estaban siendo expulsadas a través de su boca. Ahora su cabeza estaba a punto de estallar. Hincado en la loza sanitaria, lloraba y no sabía si lloraba por el estado tan deplorable en el que se encontraba en ese instante, o si lloraba por el arresto de Verónica. No creía posible que Verónica Galdón hubiera hecho eso. Él la conocía suficientemente como para entender que ella era incapaz de llevar a cabo un acto tan cruel y salvaje como lo exponían los medios de comunicación en ese artículo. Tuvo la intención de coger el teléfono y llamar a la familia Galdón para escuchar directamente de ellos lo que había sucedido, pero se arrepintió casi inmediatamente. Consideró inapropiado llamar y preguntar qué había pasado cuando todo estaba impreso en los periódicos. Además, hacía mucho tiempo que él no hablaba con ellos, e iba a sonar estúpido llamar para indagar más en lo sucedido. Él no iba a resolver nada preguntando.

Días después, llevaron a Verónica Galdón a un centro penitenciario donde la mantuvieron aislada por varios días. Apenas se le permitía la visita de su mamá. Luego, la trasladaron clandestinamente otra vez a la Primera Comisaría de la capital, y allí las cosas cambiarían de forma drástica. La cizaña sembrada, en parte por los medios de comunicación y prensa y en parte por la élite socioeconómica del país, hicieron que el odio y el rencor en contra de las jóvenes encarceladas crecieran día a día, noche a noche. Las "supuestas asesinas", en principio, ya habían sido juzgadas anticipadamente.

Por otro lado, se especulaba que posiblemente había intereses ocultos en la cumbre de la pirámide socioeconómica, ya que estos estaban obligando al gobierno y a las autoridades a tomar medidas más drásticas de lo que se requería. Se decía que los integrantes de la célula representaban un alto riego para la seguridad pública y, por lo tanto, había que actuar con rapidez. Aparentemente, los interrogatorios en la Primera Comisaría se llevaron a cabo con métodos poco dignos de un país civilizado y democrático. Se rumoraba acerca de todo tipo de acoso por parte de las autoridades, pero era imposible corroborar esos hechos, ya que todo se daba bajo un ambiente secreto y clasificado. Días antes de ser cambiada de lugar de arresto, Verónica Galdón tuvo un mal presagio.

—Presiento que algo malo me va a suceder en los próximos días, pero no te preocupes, mamá, yo seré fuerte y trataré de manejar la situación de la mejor manera posible. Me han interrogado incontables veces, pero todo lo que les he dicho ha sido la verdad, Ya no tengo nada más que decir. Algunos oficiales parecen tener escrúpulos, pero hay otros que son unos perfectos imbéciles. La noche anterior, Uno de ellos me dijo que si no contaba toda la verdad me iba a obligar a desnudarme y luego me iba a tomar fotos para después publicarlas, haciendo referencia a que yo me le estaba sometiendo. Ese tipo está loco. Lamentablemente, aquí hay muchos de esos, y siento el odio que corre por estas paredes —terminó diciendo Verónica Galdón a su madre en una de sus últimas visitas vigiladas.

# EL ASESINATO. EL YIGÜIRRO CALLA
# PARA SIEMPRE

*—¿Quién mató al yigüirro?*
*—Yo, yo lo maté, con mi arco y mi flecha —dijo*
*el soterré...*

Copla anónima costarricense

En su ensueño, Ricardo Cantero recordaba un poema infantil aprendido de memoria en la escuela primaria. El poema hace referencia al asesinato de un yigüirro, una pequeña y bella ave urbana originaria de su país. El canto de esta agraciada ave es silenciado por un soterré, otra ave más silvícola. Por alguna razón incomprensible, el ave silvestre se declara culpable de haber matado al yigüirro. A su ensueño llegaba entonces palpitante esa metáfora alegórica y la razón era que se sabía quién había sido el que había sostenido el arma para asesinar a Verónica Galdón, pero no se sabía quién había dado la orden suprema para llevar a cabo la ejecución. El presagio que Verónica Galdón había tenido no estaba del todo fuera de la realidad. Ella había visto venir su calvario y casi adivinaba su juicio final. Su voz callaría para siempre.

(...) Y mientras los pájaros lloran de dolor
sintiendo la ausencia del pobre cantor,
la justicia alada levanta afanosa una información.
Esta es la noticia de gran sensación
que dan los periódicos de la pequeña nación.

Diecinueve días después de haber sido arrestada, se acercó a la gélida y sucia celda un guardia civil de bajo rango con un arma de fuego de alto calibre. Ella se encontraba en ese compartimiento con dos compañeras más. El oficial se acercó a la puerta de hierro, abrió la mirilla y, a través de ella, descargó sin alma trece balazos o más, causándole una muerte inmediata. Las otras dos muchachas resultaron heridas. Verónica Galdón casi se había acostumbrado, durante esos pocos días, a que la sacaran a ella primero para ir a los interrogatorios. Y fue entonces que el oficial la llamó por su nombre, ella se levantó de la banqueta fría donde estaba sentada y seguidamente el hombre metió el arma entre la ventanilla y empezó a disparar como un demente. Segundos después, ella cayó sin vida sobre el pozo de su propia sangre tibia que había empezado a correr por todo el recinto. Los proyectiles que recibió, todos fueron mortales. Cada uno de ellos contribuyó a causarle una muerte inmediata y, quizás, sin sufrimiento.

Esta fue una muerte instantánea que quizás vino sin mucho dolor. No más dolor del que ocasiona la quemadura de la primera bala cuando roza la piel, penetra el cuerpo y destruye los órganos internos. Lamentablemente, no le dieron el tiempo necesario para ser juzgada ante la justicia, o tal vez los que supuestamente querían justicia no quisieron juzgarla y optaron por el camino más rápido, es decir, eliminarla. Ellos querían borrarla de una vez por todas del campo sociopolítico de aquel país. Desde el primer momento de su captura, la policía y la prensa se habían encargado de juzgarla y de tacharla de terrorista delincuente, y de que cometía robos y asaltos en tiendas y en negocios para financiar el reclutamiento de otros miembros terroristas. La policía y la prensa crearon, desde el comienzo, un prejuicio sobre su figura pública. Según ellos, ella era una joven fría, sin escrúpulos, capaz de asesinar en el momento en que lo necesitara. Proyectaron esa imagen infame de ella hacia el público y, desgraciadamente, la mayoría de la gente lo creyó. No necesitaron invertir tiempo ni recursos para analizar e investigar profundamente el contenido real de lo acontecido la noche del 12 junio de 1981. Su sentencia ya estaba dictada y su caso ya estaba cerrado antes de empezar.

Cuando la detuvieron, le hicieron una prueba llamada «guante de parafina». Esta determinaba si la persona tenía pólvora en sus manos, como evidencia de que había disparado, pero la prueba resultó negativa. Con esto se comprobaba que ella no había disparado en ningún momento. Ella le había dicho a su madre que le siguiera la pista a esa prueba, pues podrían desaparecerla. En esa ocasión, Verónica le juró a su madre que ella nunca mató a nadie y tenía la esperanza de que esa prueba le ayudaría a comprobar que ella era verdaderamente inocente. Además de eso, se había comprobado en un estudio de balística que el arma que ella llevaba cuando fue arrestada no era la misma con que mataron a los tres policías. Esas dos pruebas eran contundentes e indicaban que Verónica no usó arma ni asesinó a nadie en ese suceso. Lo más inverosímil de todo esto fue que una semana después del asesinato de Verónica uno de los integrantes del grupo militante fue juzgado y sentenciado por esos crímenes. Se ha sospechado también que lo que apareció escrito en los expedientes judiciales del caso de Verónica era un plagio, una copia barata de otro suceso histórico acontecido en el pequeño país hacía más de un siglo.

La prensa nacional también contribuyó a extender esa imagen. Era la noticia que aumentaba las ventas de los matutinos y los vespertinos y, naturalmente, esta también aumentaba los ingresos de los anuncios publicitarios en la prensa, la radio y la televisión. Nunca pudieron comprobar si Verónica realmente mató a alguien en ese encuentro criminal, porque no había nada que comprobar. Ella era inocente. Lo que sí fue cierto, fue que ella participó en el trágico enfrentamiento con la Guardia Civil y condujo el carro con el que se dieron a la fuga, de eso no había duda. Su arma no era de fuego, su arma letal no estaba en su mano, estaba en su cerebro, en lo que pensaba, en lo que decía y criticaba sobre el sistema capitalista, que hasta entonces no había estado funcionando como lo pintaba la cúspide de la pirámide social y política de ese país. Su arma era un arma más inteligente, más eficaz, eran sus palabras, sus pensamientos y su forma de decir las cosas. El sistema político establecido la veía como una amenaza latente que podía ser peligrosa a largo plazo.

Todo se reducía a la crítica que ella hacía en público, en los campus de la universidad, en las demostraciones estudiantiles y otros foros públicos. Ella estaba en contra de los grandes intereses que había en la cima de la pirámide de una sociedad elitista y procapitalista. Ella se oponía a una sociedad patriarcal, llena de políticos corruptos y nepotistas, de empresarios derechistas, de terratenientes semifeudales y reaccionarios y de grupos ultraderechistas, los cuales no aceptaban cambios en sus intereses económicos. Ella también estaba hasta cierto punto en contra de una iglesia permisiva y conservadora, la cual también trataba de mantener su hegemonía espiritual de la mano de Mammón y del estado.

Las razones para deshacerse de ella eran muchas, como muchos eran sus enemigos. Estos veían una gran amenaza en la figura de Verónica Galdón. Juzgarla y clavarla en una prisión por toda una vida hubiera resultado muy caro para la cima de la sociedad piramidal. Además, existía el riesgo, según ellos, de que allí dentro formara un grupo aún más fuerte que el que supuestamente ya existía y, al final del día, tal vez ella se convertiría en una amenaza mayor. Eso ya había sucedido en algunos otros países latinoamericanos, pero en este país eso no iba a suceder. Lo mejor era eliminar la raíz del problema.

Verónica Galdón era inteligente y curiosa. Le gustaba investigar las cosas profundamente. La curiosidad es la intención de descubrir algo que uno no sabe o desconoce por completo. En el caso de ella, ella sabía muy bien lo que decía y pensaba, pero tal vez ella desconocía por completo dónde se estaba metiendo. Ella estaba comprometida con sus ideales para obtener un mundo mejor, lleno de igualdad y solidaridad. Su obsesión por alcanzar la implementación de las ideologías en las que ella creía, la llevaron por falsos caminos, y tal vez esa fue la razón por la cual no pudo escapar de las garras del mal, del comunismo, de la ideología imperfecta. Los nobles sentimientos de justicia social que ella tenía quedaron quizás anotados en un cuaderno olvidado, en alguna libreta por ahí, o tal vez solo quedaron grabados en la mente de Ricardo Cantero.

Las declaraciones del oficial de bajo rango que disparó y la asesinó fueron cuestionadas desde el primer momento. El vigilante motivó el asesinato diciendo que había actuado en represalia por la muerte de sus tres compañeros y, por lo tanto, era necesaria una venganza. Después, dijo que lo habían amenazado a él y a su familia si no llevaba a cabo la acción *vendetta* en contra de la Galdón. Pero, posteriormente, agregó que le habían ofrecido una casa de habitación, impunidad y remuneración, si realizaba el inexorable acto. Después de algunos años en la cárcel, dijo que lo habían engañado, nunca recibió nada. No se supo si el vigilante fue simplemente un peón más en el ajedrez de la política de alto rango, o sencillamente fue un acto de resarcimiento. La verdad de toda esta historia es que nunca se supo nada y posiblemente nunca se sabrá. Quién o quiénes fueron los ejecutores intelectuales del asesinato de Verónica Galdón quedó como una incógnita más en los archivos polvorosos del Organismo de Investigación Judicial y del Ministerio del Interior. La investigación de su muerte quedó en el limbo entre la verdad y lo conspirativo, y entre una realidad política y una ilusión ideológica. La imagen de Verónica quedó manchada para siempre, como el piso manchado de sangre de aquella celda donde fue asesinada. Y así como con el yigüirro, ave que murió, se supo quién sostuvo el arco y tiró de la flecha, así murió Verónica Galdón. Fue asesinada por un cabo, pero nunca se supo quién dio la orden suprema de asesinarla.


## EL SEPELIO DE VERÓNICA GALDÓN

Ricardo Cantero estaba profundamente consternado por todo lo sucedido. Se sentía confundido y decepcionado de sí mismo y del sistema político y jurídico de su país. Ahora, más que nunca, quería salir de su tierra natal, dejarlo todo a un lado y nunca más regresar. Pero su responsabilidad laboral y su obligación académica lo retenían en aquel país. Los problemas vividos en su niñez le habían enseñado que no se debía huir de la realidad. La realidad había que vivirla tal y como era, no había atajos. Había crecido creyendo que su país era un oasis de paz, de democracia firme y de grandes valores humanos, pero, en realidad, tal vez no era así. Su mundo estaba yendo otra vez hacia un desorden, hacia una entropía social y espiritual.

En su ensueño, recordaba que en las clases de física había aprendido ese término que se usa en ciencias. La entropía es el estado de transformación o evolución de un sistema, es decir el grado de desorden que tiene un determinado sistema para poder regenerarse y convertirse en otra cosa. Este grado de desorden puede hacerse reversible o irreversible, dependiendo de cómo se manejen los elementos que lo componen. Lo mismo les puede pasar a las sociedades y, por ende, a las personas. Estas también se pueden descomponer o desequilibrar, pero, de igual manera, se pueden ajustar o equilibrar de nuevo en el futuro. Ricardo Cantero experimentaba una especie de entropía en todo lo que estaba sucediendo alrededor suyo. La sociedad, en su país, se había desequilibrado y algo similar estaba ocurriendo con su propia vida. Pero, afortunadamente, existía la posibilidad de un nuevo equilibrio en el futuro, aunque de eso no estaba tan seguro.

Ricardo Cantero no se atrevió a contactar a nadie cercano a Verónica Galdón. Tenía miedo de ser vinculado con los "terroristas". Esto era extraño y patético, ya que él apenas hacía algunos meses atrás había hecho un intento de reconquista en la discoteca. Pero ahora la negaba. Se sentía como Pedro negando a Jesús. Ni siquiera se dio cuenta cuando la enterraron, ni tampoco se interesó por saberlo. El miedo y la cobardía lo habían aterrado. Y entonces, Ricardo Cantero estaba abrumado. Trataba de despistar su comportamiento con rutinas diarias y con estúpidas diversiones nocturnas. Pero esto no lo satisfacía. Justificaba su actitud diciéndose a sí mismo que lo mejor era mantenerse al margen de la situación y no hacer nada hasta que las aguas volvieran a su cauce de tranquilidad. Pensó incontables veces en llamar a la familia Galdón, pero su cobardía siempre lo detenía. Se imaginaba en lo atareada y convulsionada que esta debía estar. La familia Galdón pasaba por momentos muy difíciles, llenos de angustia, de dolor y desesperación. Por su parte, ¿qué les podía él brindar? Posiblemente nada. Lo hecho, hecho estaba. Además, todo entre ella y él había terminado desde hacía mucho tiempo.

Las cosas no estaban prosperando en su país, ni tampoco lo estaban haciendo en su propio ser. Meses después, Ricardo Cantero entró en una etapa de ambivalencia emocional. No sabía exactamente qué rumbo tomar. Pensó seriamente en quedarse ahí y en meterse de lleno en la política y así escarbar desde dentro lo putrefacto del sistema político de su país, pero no tenía las fuerzas ni el coraje para iniciar tal empresa. Además, necesitaba contactos y estos ya se habían olvidado de él. El interés en la política se había esfumado. Ese interés había quedado atrás, en los años de colegio. Por ahora, lo único que quedaba era el trabajo de 8 de la mañana a 5 de la tarde y los estudios universitarios nocturnos de 6 a 10 de la noche. Por el momento, no había más alternativa. Tenía apenas veinte años de edad, pero sentía que había vivido toda una eternidad. Se sentía vencido y desorientado en una sociedad que él no aceptaba, por lo menos, no como estaba en ese momento. No veía un futuro claro en su existencia, pero tampoco iba a permitir que esto lo venciera, seguiría luchando hasta el final. Se comprobaba a sí mismo que era duro crecer y convertirse en adulto. Entonces empezó a concretar la idea de dejar todo como estaba y emigrar del país. Buscaría un nuevo rumbo, otro lugar que le permitiera empezar de nuevo. Ya esto lo había hecho antes y, hasta cierto punto, lo había logrado con la familia Prado. Pero aún no estaba listo, le faltaba mucho por aprender.

Así, una madrugada de abril de 1982, Ricardo Cantero abandonó su madriguera. Estaba muy consciente de que atrás dejaba todo su pasado y, con ello, a todas las personas que amaba y había amado. Se despidió de su familia y de sus amigos y optó por marcharse. Inicialmente, había pensado en llegar a Australia, pero las circunstancias del destino nunca lo llevaron allí. Aunque no lo demostraba externamente, sufría entonces, porque sabía que dejaba a su tierra natal y a muchos seres queridos. La familia Prado, personas muy nobles y abnegadas, le habían proporcionado un hogar seguro y armónico durante varios años. Ellos habían llegado a llenar el vacío y la soledad que María Cantero y Francisco Caballero habían dejado en él. Además, ellos habían sido testigos de la emoción y la alegría experimentada cuando inició su romance con Verónica Galdón, pero también habían conocido profundamente la frustración que él había sentido por todo lo acontecido referente al caso de Verónica.

> Como en una madrugada sacada de una película
> de Bogart,
> te encuentras en un país donde el tiempo volvió atrás.
> De pronto, empiezas a ambular entre la
> muchedumbre,
> como Peter Lorre contemplando un asesinato.
>
> Ves de repente a una chica vestida de satén,
> corriendo por un andén detrás de los rayos del sol,
> su figura se asemeja a una acuarela bajo la lluvia.
>
> En ese lugar, ella no puede dar más explicaciones,
> y solo argumenta que todo ya lo ha explicado,
> porque el año del gato ya ha llegado.

Fragmento traducido de El año del gato, de<br>AL STEWART

# SEGUNDA PARTE

# LA CURIOSIDAD CASI MATA AL GATO

Cuando los cuestionamientos que uno se hace van más allá de la realidad y de lo vivido, uno empieza a pensar en forma distinta y no tan conservadoramente. Quizás, la manera más fácil de poder transmitir esta forma de pensar es a través del género de la ficción. La ficción es una muy buena excusa para poder soñar vivo y es una excelente manera de anhelar un mundo mejor. Cuando anhelamos, pensamos y cuando pensamos, creamos.

> Dichoso el árbol, que es apenas sensitivo,
> y más la piedra dura porque esa ya no siente,
> pues no hay dolor más grande que el dolor
> de ser vivo,
> ni mayor pesadumbre que la vida consciente.

Ser y no saber nada y, ser sin rumbo cierto,
y el temor de haber sido y un futuro terror...
Y el espanto seguro de estar mañana muerto,
y sufrir por la vida y por la sombra y por

lo que no conocemos y apenas sospechamos,
y la carne que tienta con sus frescos racimos,
y la tumba que aguarda con sus fúnebres ramos,

¡y no saber adónde vamos,
ni de dónde venimos!...

Rubén Darío, 1867-1916

CAPÍTULO V:

# EL AÑO DEL YAK 7011

## ENTRELAZAMIENTO DE CONSCIENCIAS EN EL VACÍO INFINITO

En su estado cuántico-espiritual, Ricardo Cantero deseaba saber realmente lo que estaba sucediendo. Quería comprobar si lo que estaba experimentando era una ilusión de la mente provocada por la falta de oxígeno, o simplemente estaba muerto. Ahora solo era un fotón de luz en ese campo cósmico. Quería comprender de una vez por todas por qué razón todos aquellos acontecimientos y fechas se habían entrelazado en ese *memento finis*. Atrapado en esa dimensión etérea, optó entonces por tratar de identificar la información cósmica que constituía a aquellas personas que habían marcado sus años de niñez y de adolescencia. Como el fotón que era entonces, se había desplazado sin masa, sin electromagnetismo ni vibración, y a una velocidad superlumínica por un espacio ilimitado y sin tiempo.

Como ya se ha dicho, la materia está compuesta de átomos, y estos átomos, a su vez, son como microcosmos. Ellos necesitan la luz de los fotones para que la materia pueda ser vista por los observadores. En ausencia absoluta de luz, la materia no existe; es como si esta estuviera en un agujero negro. Eso significaba que la esencia de Ricardo Cantero, convertida ahora en un fotón de luz en ese *memento finis* estaba perdiendo energía y, por lo tanto, se estaba convirtiendo en un taquión. Allí, Ricardo Cantero entendía perfectamente que los taquiones eran partículas hipotéticas y subátomicas capaces de moverse a velocidades más rápidas que la luz y, cuanto más rápido iban, más luz perdían y, al final, se volvían partículas con energía neutral, sin valor positivo ni negativo.

Estas partículas neutrales se iban a transformar de nuevo en información cósmica, y esa información cósmica o taquiónica era la que creaba y mantenía el orden del caos en el cosmos. Toda la materia del universo siempre ha estado en un caos, por causa de la entropía. La entropía es la causante del desorden cósmico. Allí, en esa dimensión fría y sin energía, Ricardo Cantero encontró entonces la memoria de toda la existencia del universo. Allí se encontraba la información pura de todos los seres que habían fallecido, incluso aquellos que él había conocido. Estos seres habían pasado de ser taquiones, a ser información cósmica y pura y, con ello, empezaba otra vez el ciclo de la creación de la materia.

La pregunta que él ahora se hacía era «¿cómo identificar en aquel manto infinito de taquiones, la información cósmica que constituía a María Cantero, a Francisco Caballero, a Verónica Galdón y a todas las personas que habían muerto durante su vida física?». Esto no iba a ser nada fácil. Para lograrlo, él debía convertirse también en un taquión; en otras palabras, debía de disminuir su energía para obtener velocidad superlumínica y así poder entrar en el universo de la información neutral. Pero si se convertía en información taquiónica, nunca más volvería a su propio cuerpo físico, ya que la materia necesita luz para poder ser vista o existir en esto que llamamos realidad. En ese *memento finis* él no existía ni en el microespacio ni tampoco en el macrouniverso. Eso significaba que él, posiblemente, estaba en un nivel intermedio entre la materia subatómica y el universo físico y, por lo tanto, debía apagar su luz, morir oficialmente y ser enterrado en cuerpo y alma, para que su luz pudiera convertirse en un verdadero taquión.

Ahí, en ese estado ambivalente, nadie daba explicaciones de nada, porque nada era nada y todo era todo. Parecía que todo se daba por pura intuición y superposición y lo único que allí prevalecía era el «principio de la causalidad», que dice que todo efecto o evento tiene una causa, pero él no podía discernir si su existencia era una causa o un efecto del acontecimiento que estaba ocurriendo en su realidad. Su pensamiento cuántico-espiritual le indicó que todavía no era la hora de quedarse en ese mundo lleno de dimensiones, donde la superposición era la que dominaba. Su pensamiento cuántico-espiritual buscaba al gran observador, a Dios, pero este no aparecía por ningún lado, ya que este posiblemente tampoco existía aquí. Y fue entonces que su propio pensamiento cuántico-espiritual lo hizo regresar de una manera bastante extraña, le indicó que debía volver al mundo físico, en otras palabras, al real, para enmendar algunas cosas que habían quedado sin completar.

De repente y de un momento a otro, Ricardo Cantero perdió el contacto con los dos mundos. El mundo macro y el subatómico. La esencia de su información fue absorbida por una especie de campo magnético que se movía lentamente, parecida a la sustancia acuosa que había visto en el gran vacío al principio del sueño. Esa sustancia lo abrumó rápidamente en un sentimiento de ataraxia máxima. En ese instante de tranquilidad total, cayó en la cuenta de que estaba siendo absorbido por la fuerza de algo parecido a un agujero negro, que lo atraía y lo llevaba directamente a su núcleo y, de la misma manera, como el cerebro humano crea un pensamiento, él fue proferido por algo dentro de la misma información que habitaba dentro del agujero negro. La información pura de su ser, la esencia de Ricardo Cantero, fue pronunciada y exhalada desde adentro de ese inmenso cerebro cósmico, el cual daba entonces infinitas posibilidades de aparecer en universos cercanos y lejanos. Luego, casi al azar, su información comprimida fue expulsada como un pensamiento proyectado en el infinito, pero sin tener idea de a dónde llegaría a materializarse esta vez.

La información pura del agujero negro había sido esta vez el gran observador. Ricardo Cantero cayó en otro sueño aún más profundo, similar a un estado de inconsciencia. Allí, él se miraba a sí mismo en un espejo que tenía una cantidad infinita de imágenes iguales a él. Los espejos, con su imagen, rotaban a toda velocidad hasta que, repentinamente, la velocidad de uno de los espejos paró. Él se veía al revés en ese espejo, y entonces, entró a través de este y desapareció. Al otro lado del espejo, se hubo convertido en otro ser llamado Odracir.

# HABITANDO UN MUNDO PARALELO Y ENTRELAZADO

Odracir despertó. Su cama y su cobija estaban llenas de sudor. Lo primero que se le vino a la mente fue el sueño que tuvo la noche anterior. Odracir recordó que había pasado soñando toda la noche, pero el sueño que había tenido había sido tan real que tuvo que despertar a su esposa, que aún dormía profundamente. Quería comprobar que él era él, y no la figura con la cual él había protagonizado su sueño. El reloj aún no marcaba las seis antes del zenit, y los rayos de la estrella Girax se escurrían a través de los laterales de las cortinas finas y delicadas, que caían verticalmente, serpenteando la pared, y tocaban apenas el piso de la habitación.

—¿Qué pasa, amor mío? —reaccionó Airelav, algo inquieta. Ella aún estaba semidormida.

Odracir no sabía qué decir, escuchaba la voz de Airelav en la lejanía, como si ella estuviera en otra dimensión. Su cerebro aún estaba embriagado por los hechos de su letargoso estado, y sus pensamientos aún estaban atrapados en los acontecimientos del sueño tan real que había tenido la noche anterior. Se sentía semiatolondrado. Así que no le pudo responder inmediatamente a su mujer. No fue sino hasta después de que él se pusiera de pie que dijo:

—Veo que la sábana está empapada. Voy a tomar un baño. Mi pijama también está empapada. Pasé soñando toda la noche y el sueño fue tan real que aún me da vueltas la cabeza. Me siento algo extraño. Nunca he experimentado esto antes —dijo el joven Odracir casi en voz baja. Odracir pensó enfáticamente que nunca había sentido eso antes y, hasta cierto punto, pudo percibir una sensación de preocupación en su ser.

—¿Qué pasó, mi amado Odracir? —volvió ella a preguntar con una voz aún soñolienta, y agregó:—. ¿Quizás anoche empezaron las tormentas estelares y posiblemente te hayan afectado? He escuchado en los informativos que las tormentas empiezan a dañar nuestros organismos de manera acelerada. Hoy, justamente, iniciamos otro nuevo año del yak. Es increíble cómo pasa el tiempo, pareciera que fue ayer el último que tuvimos. Y pensar que eso fue hace doce girax —agregó ella de manera casi indignada.

Odracir apenas pudo escucharla. Él estaba ahora de pie frente al espejo del baño. Se miraba la cara y notaba cómo su rostro se había tornado a una forma más adulta y varonil, comparado con el rostro que había tenido hacía doce horas. Pero ese cambio era apenas muy sutil y, posiblemente, nadie hasta el momento lo haya percibido, pensó él. El chorro del agua caliente que salía de un grifo metálico y dorado, hacía sonar la pila metálica donde se mojaba su cara. Tomó algo parecido a una navaja de afeitar y llenó de una loción suave toda la parte inferior de su rostro. Sintió inmediatamente que ese *déjà vu* ya lo había vivido anteriormente. Casi pudo predecir el próximo instante. Sintió un escalofrío. Luego alzó la voz, pensando en que su apreciada Airelav tal vez no lo escuchaba, y preguntó:

—Hoy es el primer día del tercer mes del girax 7011. Es así, ¿verdad?

Se quedó esperando la respuesta de Airelav, pero esta no llegó. Odracir volvió a dirigirse a ella con otra pregunta.

—¿A qué hora piensas irte a la reunión del Concilio Ejecutivo?

Cerró la llave del grifo para poder escuchar la respuesta de su esposa.

—Sí, hoy tengo la reunión del Concilio Ejecutivo. Empieza a las nueve, antes del zenit. Así que hoy tomaré el autodesplazador para llegar a tiempo —sostuvo Airelav.

Ella se estiró como un felino sobre la cama. Airelav era una mujer delicada y atractiva, de escasos cuarenta girax. Ella había escalado enormemente en su nivel espiritual y de consciencia y había logrado postularse como la Suprema Maestra en el Concejo Nacional de Discernimiento y Pensamiento Profundo, que era como el poder ejecutivo de aquella pequeña nación. La pequeña nación estaba situada en el centro de un largo continente compuesto de siete países, en un planeta lejano llamado Aurum Yak. Dentro de un año vendrían las elecciones federales y ella era la favorita para el puesto de Gran Maestra a nivel federal. Habían pasado ya 48 girax desde el macabro atentado en el palacio del Concejo Nacional donde Acinorev, la hermana de Odracir, había perdido la vida por intervenir en el intento de asesinato de un Gran Maestro, el cual iba a representar al pequeño país en la federación de ese planeta.

## AURUM YAK, EL PLANETA DE LOS GATOS

En este planeta solo había un continente, dividido en siete naciones confederadas. Y aunque todas tenían diferentes razas, en todas se hablaba el mismo idioma, y se regían por un axioma llamado «principio ontológico». Cada país mantenía su propia soberanía y tenía su propia legislación y gobernación, pero el consumo de energía de todo el planeta estaba regulado por un gobierno confederado en consenso y, por lo tanto, el desarrollo industrial y sociocultural de todas las siete naciones era muy similar entre sí. La idea de tener un mundo en plena igualdad, viviendo en países llenos de libertad y colaborando entre sí para lograr una fraternidad mundial, habían sido las bases y los cimientos de la nueva civilización aurumestre.

En aquel lejano planeta, al otro lado del universo no visible, ya no existían clases étnicas ni sociales, ni ideologías políticas, ni religiones, ni credos, ni dioses, pero sí había filosofías basadas en las ciencias, en las artes, en la música y en el pensamiento ontológico agnóstico. Este último era el más importante de todos, ya que este principio era parte de la metafísica que estudiaba al ser en general y a sus propiedades trascendentales. Todo tipo de creencias y cultos habían sido abolidos desde hacía más de 4000 girax, cuando el Imperio del Norte había intentado introducir una nueva creencia en un solo dios. El Imperio del Norte había querido crear una dictadura monoteísta a nivel planetario. La meta final del Imperio del Norte había sido dominar y gobernar a todas las siete naciones, a través de una escritura antigua —supuestamente sagrada— que había sido inventada por los habitantes de la antigua civilización. Esa creencia, que se basaba en un ser divino superior e inalcanzable, se había empezado a gestar hacía más de 7000 girax, cuando un pueblo nómada dotado de escribas había empezado a formar un culto en torno a un ser supremo, creador de todo el planeta y de todo el universo visible. Y entonces, vino la guerra.

Según esas escrituras antiguas, ese dios había bajado al planeta desde el cielo y había dejado claras instrucciones de cómo sus habitantes debían comportarse y actuar en ese mundo físico. La evolución y el desarrollo de esa creencia religiosa habían fraccionado a aquel lejano mundo en dos diferentes bandos: los gnósticos y los agnósticos. Los que inicialmente habían aceptado ese nuevo culto se convirtieron en los gnósticos. Los que lo negaban, se convirtieron en los agnósticos. Los gnósticos fueron creciendo con el tiempo y, a su vez, se fueron dividiendo por la creencia en un mismo dios, pero con diferentes nombres. Así fue como se crearon las distintas sectas basadas en la fe en un mismo dios. En principio, los gnósticos tenían un mismo credo pero con distintas corrientes teológicas. Los agnósticos, por el contrario, no creían en dioses ni en religiones. No aceptaban ninguna creencia en seres supremos más que la de existir por una pura causalidad cósmica, o sea, en un mundo basado totalmente en la ontología, en el conocimiento científico y sus comprobaciones. Sin embargo, ellos siempre estaban con la mente abierta y conscientes de que esa verdad podía cambiar en cualquier momento, si se comprobaba lo contrario a lo ya investigado por las ciencias. El bando agnóstico fue el ala sobreviviente en la guerra del credo y, posteriormente, fue el bando dominante en todas las sociedades después del holocausto. En realidad, en aquella guerra no hubo vencedores, ya que la mayor parte de la población fue casi erradicada por completo. Solo unos pocos agnósticos fueron los que lograron sobrevivir. Estos se escondieron en las selvas y cuevas de un pequeño país llamado Mesoaurum y, a partir de ahí, se formó una nueva civilización bajo un principio totalmente ontológico. Para ellos, el estudio del ser, tanto físico como de espíritu, era lo más importante.

# LA ENTIDAD ETERNA: EL ESPÍRITU ETERNO

Los aurumestres estaban completamente conscientes de que cada ser vivo poseía una Entidad Eterna. Esta entidad se traía desde el nacimiento, y se trataba de una chispa de energía viva dentro de cada ser. La Entidad Eterna era el espíritu, el alma, la consciencia y la mente, todas juntas en un solo ser unificado. El propósito final de todo ser aurumestre era entrelazar en una sola unidad la Entidad Eterna con la Información Pura del universo. Para ellos, la Entidad Eterna se materializaba en un ser físico de ese planeta. Por lo tanto, esto se creaba en forma de un metal, un vegetal, un animal o un aurumestre. Todas las cosas se habían formado por la composición de una determinada cantidad de átomos y partículas, y no por la creación divina de un ser todopoderoso, un dios. Era el impulso de la Información Pura del universo que, conjuntamente con la energía y la vibración, daban así paso a la creación de los primeros niveles de consciencia. Posteriormente, estos se iban desarrollando en niveles de consciencia mucho más elevados, hasta alcanzar el último nivel, que era la unificación de la Entidad Eterna de ese ser con la Información Pura. En otras palabras, el sentido de la vida era la unión íntegra entre la consciencia de ese ser con la Información Pura del universo.

Los habitantes de este planeta comprendían claramente que la Entidad Eterna intrínseca en cada uno de ellos era la que estaba estrechamente ligada a esa megaconsciencia o Información Pura y universal. La Entidad Eterna de cada ser se acoplaba a la Información Pura del universo infinito, cuando el cuerpo físico, o sea la materia, se disipaba en el aire. En otras palabras, cuando ellos se apagaban, "morían". Ellos estaban plenamente conscientes de que necesitaban "regresar" a la Información Pura para volver a vivir, pero no en cuerpos físicos, sino en consciencia cósmica o en información pura. Consideraban casi macabra la idea de resucitar en otro cuerpo físico. Volver a otro cuerpo físico —o reencarnar—, era como repetir una y mil veces el mismo error. Por lo tanto, era importantísimo amarse y ayudarse unos a otros, respetarse, no juzgar a nadie, no hacer daño al prójimo y mucho menos matarse entre sí. Ellos ya habían dejado atrás los anhelos, los deseos, los miedos, la codicia y todas las confusiones que eran propias del ego, propias de una entidad de bajo nivel de consciencia. Ellos estaban concentrados en alcanzar la resplandeciente luz de la Entidad Eterna, basada en la moral, en la ética, en la solidaridad, en el altruismo, en la reconciliación, en el amor eterno y la unidad infinita.

Era así como se generaba la verdadera felicidad en el ser de este planeta. Los seres de Aurum basaban su filosofía agnóstica en la supresión de la creencia en algo o en alguien. Ellos no veneraban ni idolatraban a la Información Pura, sino que más bien se identificaban como parte de ella. Así había sido desde entonces y para siempre. Ellos no hacían separación de su Entidad Eterna y la Información Pura. En el fondo, para ellos todo era lo mismo. Por el contrario, el dogma y la teología de los gnósticos, que en principio era una corriente mística para una salvación propia a través de un dios desconocido, sí lo hacían. Fue esto lo que llevó al planeta a un holocausto total que acabó con el 98 por ciento de la población, además de otros seres vivos en la antigua civilización.

# EL DISCO DORADO CAÍDO DEL CIELO

Hacía 7000 girax que las primeras generaciones de Aurum Yak habían sido edificadas bajo la influencia de una creencia en un solo dios. El pensamiento gnóstico había nacido, pero este aún no se había dispersado por todo el planeta. Aurum se regía entonces bajo la doctrina del Gran Templo, y en él estaban los escritos, las imágenes y las leyes que el Dios único y omnipotente había enviado a ese mundo. Estos habían venido en un disco dorado radioactivo que había caído del cielo. El legado divino había sido recogido por un humilde habitante del desierto gélido septentrional, un ser llamado Lleinda. Este ser había recibido las instrucciones de cómo los aurumestres debían comportarse en la antigua civilización. El legado de Lleinda, con sus escrituras y leyes antiguas, había sido transmitido de generación en generación por aproximadamente 3000 girax en todo ese mundo. El disco dorado era un disco de oro de baja calidad. Este estaba contaminado por unos rayos radioactivos no conocidos en esa parte del universo. El disco contenía textos, imágenes y sonidos jamás vistos ni escuchados en aquel planeta, pero las imágenes y los sonidos del contenido del disco tenían rasgos muy semejantes a los ya existentes en Aurum. El disco fue encontrado por un ser bastante mayor llamado Lleinda y, según las leyendas antiguas, este ser aurumestre había llevado el disco dorado a los sabios científicos de aquella época para que lo analizaran. Pero poco tiempo después de este acontecimiento, el viejo Lleinda murió, y lo hizo de una manera nunca antes vista en aquel mundo. La materia de su cuerpo nunca se evaporó, como solía suceder en Aurum, sino que, más bien, su cuerpo quedó momificado y tuvo que ser incinerado, algo que tampoco nunca había sucedido en aquel planeta, o sea, quemar los cuerpos. Después de ese suceso, se decidió destruir aquel disco dorado, pero su contenido, o sea la información que llevaba, se guardó digitalmente en un lugar llamado el Gran Templo. En ese gran templo existía una *matrix* inteligente, llamada Acumulador de Conocimientos Físicos (ACF), una especie de inteligencia artificial.

Con el tiempo, los habitantes del país del norte empezaron a reclamar la difusión del contenido del disco dorado, que se encontraba en el ACF, y fue así que empezó la creencia en un dios proveniente de algún lugar del universo. Antes de esto, los seres de la antigua civilización aurumestre no creían en ninguna fuerza sobrenatural. Para poder entender estos escritos sagrados, era necesario entrar en el conocimiento profundo de la palabra, o sea, ser gnóstico. Solo así se podría interpretar en forma correcta la información del disco dorado. De nada servía leer los textos literalmente y ver las imágenes grabadas en él. Los escritos sagrados en el disco dorado estaban narrados en forma críptica y era como un códice secreto que abría las puertas a la felicidad eterna y divina a todos aquellos que lograban interpretarlos de manera correcta, según decían los sabios de ese entonces. Y fue así que empezó una lucha a nivel individual y colectivo, que luego se fue transformando en una lucha local, luego regional y finalmente mundial. Con el tiempo, la evolución de esa creencia gnóstica fue generando un desmembramiento total en la población mundial de Aurum Yak. Esto dio paso a un caos sociopolítico y de pensamiento espiritual a tal extremo que empezaron a germinar diferentes ramas de fe y de credos, los cuales comenzaron a tener profundos rasgos etnopolíticos. Durante ese tiempo, nacieron diferentes religiones y sectas en los diferentes siete países, que pronto empezaron a luchar entre sí, alegando que la religión de su país era la más adecuada y la más perfecta de todas, ya que ellos habían logrado interpretar de la mejor manera posible todos los antiguos escritos sagrados encontrados en aquel disco dorado. Fue así como el odio, la hostilidad, el racismo y la intolerancia empezaron a crecer en forma acelerada y descontrolada en todo aquel mundo antiguo. Este mundo se volvió un caos y lo llevó a la destrucción total del mismo.

## AURUM CAMBIA DE NOMBRE A AURUM 496

Cuando finalizó la Guerra del Credo y el Gran Templo fue destruido y todas sus leyes abolidas, se inició un nuevo mundo con los pocos habitantes que quedaron en el planeta. En su mayoría fueron los agnósticos los que lograron sobrevivir. A partir de ahí, se creó una nueva civilización con los pocos habitantes sobrevivientes, y estos llegaron a un consenso mundial de que las ciencias, la música y el arte iban a ser los pilares básicos que regirían el pensamiento de todos los habitantes de Aurum, y que, a partir de entonces, el planeta se llamaría Aurum Yak o Aurum 496, en honor al único género animal de cuatro patas que había sobrevivido la gran hecatombe planetaria. Los aurumestres hablaban un idioma compuesto de 49 letras y este a su vez tenía su propia gematría, donde cada letra tenía un valor numérico. El nombre «yak», que era el nombre del género de los felinos, se representaba con el número 496 y, por lo tanto, este número se consideraba naturalmente armonioso. Ese número representaba de algún modo la hermosa armonía del vasto universo y del mundo subatómico, ya que ambos mundos coexistían con las propiedades matemáticas en función de ese número. La raza de felinos era la única de los animales existentes que no volaban en aquel planeta. Y además, eran los únicos que caminaban en cuatro patas. Estos bellos y robustos animales habían acompañado y protegido en sus propias madrigueras a muchos de los seres sobrevivientes en la Guerra del Credo y, por eso, se había creado una relación muy íntima de amistad y respeto entre los seres aurumestres y los yaks. Se decía que los yaks fueron capaces de identificar a aquellos aurumestres que no tuvieron miedo durante el tiempo del holocausto y, por eso, los yaks acogieron a esos individuos y los mantuvieron protegidos hasta el final de la guerra. Se decía también que estos felinos, grandes como los pumas y los leopardos de nuestra tierra, tenían la capacidad de conectarse psíquica y espiritualmente con los seres de Aurum 496 y, por esa razón, ellos podían percibir la energía y la vibración de los aurumestres de una manera muy particular.

Allí, casi todos los animales de dos y cuatro patas habían sido exterminados a causa del hambre que se había desatado durante la terrible guerra en la antigua civilización. Los únicos mamíferos sobrevivientes habían sido los yaks. Los yaks eran una especie híbrida de pumas, panteras y linces de bellos colores y de diversos tamaños. Su carne nunca había sido apetecible para los habitantes de la antigua civilización. Al principio, ellos consideraban a estos felinos animales impuros y, quizás por esa razón, habían sido eximidos de la hambruna desatada durante la Guerra del Credo. También existían diversos tipos de aves, que volaban por doquier pero que nunca bajaban al suelo, solo se mantenían volando o descansando en las copas de los árboles. Allí, estas comían sus frutos. A partir del génesis de la nueva civilización, los yaks vinieron a ser parte fundamental en la vida de los seres de este planeta. Estos siete tipos de felinos representaban lo siguiente: el Lince Amarillo era el guardián de los minerales; el Puma Verde era el guardián de toda la vegetación; el Puma Rojo era el guardián del amor; el Puma Violeta era el guardián de la paz espiritual; el Leopardo Amarillo era el guardián de la libertad de pensamiento; el Leopardo Azul era el guardián de la tranquilidad emocional; el Puma Negro era el felino principal: este era el guardián del enlazamiento entre la unión de la Entidad Eterna del ser y la Información Pura del universo. Era el que señalaba cuándo era la hora de partir al vacío para el encuentro con la Información Pura. Cuando este animal se posaba frente al hogar de un ser aurumestre, era la hora de partir hacia ese encuentro. Entonces, el animal mostraba que este ser había alcanzado el nivel de consciencia óptimo para partir al encuentro con la Información Pura, independientemente de si este había alcanzado o no el más alto grado de consciencia.

# MESOAURUM, LA PEQUEÑA NACIÓN CENTRAL

Mesoaurum era la nación central donde Odracir y su esposa Airelav habitaban. Esta nación se encontraba en la parte central del continente y fue una de las zonas menos afectadas por el holocausto, ya que en sus junglas y en sus montañas recónditas existía la mayor variedad de yaks de todo el planeta. Allí no había inviernos fríos. Era una nación con un clima de eterna primavera, por lo tanto, allí no se requería de tanta energía para calentarse y encontrar alimento. Las demás naciones estaban situadas en la parte septentrional y meridional del planeta y, por lo tanto, eran azotadas por la nieve y el frío periódicamente. La posición geográfica de esta pequeña nación era la más óptima de toda Aurum 496 y se había convertido en un verdadero paraíso en ese planeta. Durante la época de la antigua civilización y hasta el final de la Guerra del Credo, este país estaba en principio deshabitado y era catalogado como «la tierra salvaje de los yaks», por lo tanto, nunca fue atractivo para la mayoría de los aurumestres en la antigua civilización. Ahora, este pequeño país contaba con la mayor cantidad de fusionatos, una especie de reactores de energía de fusión, los cuales absorbían la luz de la estrella Girax a través de unos espejos de diamante, y luego la convertían en energía pura. Luego, la almacenaban en enormes acumuladores subterráneos que posteriormente distribuían a través de redes inalámbricas extendidas por todo el continente. Como proveedora de energía, Mesoaurum era ahora muy respetada por su geoposición y por sus enormes avances ontológicos y tecnológicos, por eso, mantenía el estatus de nación modelo para el resto de ese mundo. Además, había sido allí donde la nueva civilización había surgido de nuevo.

Después de la Guerra del Credo, se llevó a cabo un Concilio Agnóstico Mundial, en donde se llegó a un convenio. Los habitantes de Aurum nunca más se irían al conflicto armado para solventar los problemas, ni tampoco nunca más se veneraría a ningún dios ni a ninguna fuerza suprema divina. El monoteísmo que se había engendrado durante la época de la antigua civilización, se había eliminado a sí mismo con el fin de la Guerra del Credo. A partir de entonces, ellos empezaron a trabajar intensamente para elevar el nivel de consciencia y el nivel espiritual de cada individuo y así poder lograr la mayor elevación de la Entidad Eterna que albergaba en cada ser. En la nueva civilización, las cosas materiales se volvieron irrelevantes, pero al mismo tiempo, ellos estuvieron conscientes de que la materia también tenía un nivel de consciencia, pero este era mucho más bajo que el de los habitantes de este planeta. El anhelo y la codicia por lo material habían quedado atrás, enterrados con la antigua civilización. La meta absoluta de cada habitante en Aurum 496 era la de desarrollar y evolucionar su propia consciencia y espíritu. El propósito final era poder unirse con la Información Pura y cósmica, más o menos como las aguas de los ríos hacen con los mares.

La guerra por la creencia en un solo dios había sido la causante de la desgracia de la antigua civilización en Aurum 496. Pero Aurum 496 se había vuelto a levantar de las cenizas y era un mundo equilibrado, en paz y plenamente feliz. Allí, todo se regía por la física cuántica. Ellos habían logrado descifrar todos los misterios que había detrás de la mecánica cuántica y, por eso, ellos se manejaban bajo los principios de esta ciencia. Los sobrevivientes habían llegado a un acuerdo consensual de que, a partir de entonces, no iba a haber más creencias en ningún dios "personificado" y externo y, por lo tanto, no iban a existir más discrepancias religiosas, étnicas, ni sociales. La creencia en un dios personificado había dividido a ese mundo y lo había convertido en una pocilga de seres gobernados y dirigidos por una élite de farsantes e impostores que manipulaban la creencia en un ser divino para obtener beneficio político y mayor poder económico.

Los gobernantes de la antigua civilización habían aprendido a mantenerse en el poder a cualquier precio. Cambiaban las leyes y las constituciones y mataban a sus propios ciudadanos, si era necesario.

Usaban sus ejércitos equipados de material bélico y todo tipo de armamento destructivo para derribar pueblos y ciudades. Ellos iniciaron una conquista etnoconfesional y fue en la nación del norte donde todo empezó, ya que allí fue donde el disco dorado había caído. Ese disco llevaba la información de otra civilización, de la cual ellos no sabían nada, pero ellos creían que podía provenir de seres más desarrollados que ellos mismos. Lamentablemente, estaban muy equivocados.

# LA NUEVA CIVILIZACIÓN: UN RENACIMIENTO ESPIRITUAL

En la nueva Aurum 496 se era consciente de que se poseía una Entidad Eterna y esta era la que guiaba y dirigía el comportamiento social, emocional, espiritual y mental de cada ser vivo. Allí, el mayor propósito de los aurumestres era alcanzar el nivel máximo de superación de la Entidad Eterna antes de morir. Había siete niveles o dimensiones de superación. Los que alcanzaban los primeros cinco niveles se desarrollaban en coexistencia con la materia física y sin necesidad de aislamiento de la misma. Ellos convivían constantemente con la materia física, aunque sabían que la materia física era un medio y no un fin para alcanzar la serenidad y la felicidad finita en ese planeta. Los que alcanzaban los últimos dos niveles estaban muy cerca de la Información Pura, por lo tanto, habían aprendido a conectarse cuánticamente con la mente. Estos seres ya no dependían directamente del mundo material físico.

El apego a lo material había sido eliminado a través del desarrollo y el ascenso de la consciencia en estos seres. Acumular lo material físico estaba ligado al pensamiento de la antigua civilización, por eso, en este renacimiento no se veneraba la materia física, más bien esto se consideraba como un subdesarrollo espiritual. La meta colectiva de estos seres era llegar a alcanzar la unión con la Información Pura en el momento de la desintegración del cuerpo físico. Los habitantes de la nueva civilización sabían que la felicidad era algo que tenía un fin y, cuando esta se acababa, surgía la tristeza; pero esta tampoco era eterna y, cuando la tristeza desaparecía, regresaba otra vez la alegría. Y así, sucesivamente, este ciclo se repetía en todos aquellos que habían evolucionado hasta el quinto nivel. A partir del sexto nivel, la felicidad, la armonía y el amor estaban totalmente equilibrados, ya que la Entidad Eterna se entrelazaba directamente con la Información Pura. Era como si la introspección practicada por ellos les diera la llave para entrar al mundo cuántico, o sea a la Información Pura.

Asimismo, la nueva civilización estaba consciente de que la materia de los objetos poseía un nivel de consciencia muy básico y, por lo tanto, esa materia física siempre iba a estar en un nivel mucho más bajo que el de la Entidad Eterna de estos seres. Por el contrario, los seres en la antigua civilización habían aprendido a darle a la materia física un nivel de consciencia más alto, dando cabida así a la envidia, a las ansias, a los anhelos, a la codicia, a los resentimientos y al odio entre ellos mismos. Se decía que este fue el segundo detonante que contribuyó a la Guerra del Credo, ya que los seres de la antigua civilización nunca llegaron a entender que la materia física tenía un nivel de consciencia muy bajo. Ellos se habían dedicado a acumular cosas materiales para obtener felicidad, pero como la felicidad que generaban los objetos materiales era finita, la felicidad se desvanecía en poco tiempo. Y así se fue creando un círculo vicioso donde ellos empezaron a desear, luego a adquirir y después a acumular cosas físicas para obtener más felicidad. Cuando la felicidad que provocaban esas cosas físicas se agotaba, ellos volvían a adquirir más objetos materiales y, al final, se volvían como locos con tanto objeto material acumulado. Y finalmente, no hubo más felicidad en el espíritu de estos seres. Y la angustia y el desatino los abrumó plenamente.

Los seres aurumestres en la antigua civilización se desequilibraron totalmente, y hubo un colapso a nivel existencial y espiritual en todo el planeta. Toda felicidad ligada a la materia física empezó a devaluarse y todo valor ligado al espíritu y a la consciencia, desapareció por completo. Para entonces, ya todo estaba destruido y la felicidad eterna que ellos buscaban nunca fue alcanzada. Fue entonces cuando la doctrina monoteísta gnóstica cogió fuerza y la llama de la esperanza para encontrar la felicidad eterna a través de un pensamiento dogmático, se encendió de nuevo. Empezaron entonces a surgir diferentes credos y religiones que, supuestamente, ayudaban a elevar los grados de consciencia y espiritualidad y permitían alcanzar la felicidad eterna que todos buscaban. Fue así como surgieron cultos religiosos ligados al Dios eterno del viejo Lleinda. Pero después de algunos siglos, estos se ramificaron y se convirtieron en diferentes religiones que adoraban a otros dioses, como los que se crearon en las diferentes naciones o como los dioses venidos de fuera del espacio. Al final, empezaron a adorar todo lo material, como la adoración a la sal, al agua, a las montañas y a su estrella. Pero ninguno de esos credos logró apagar el hambre de felicidad espiritual que los aurumestres buscaban. La felicidad perpetua se volvió inalcanzable y, en menos de 2000 girax, los seres de la antigua civilización acabaron con el planeta y casi se exterminaron a sí mismos.

En la nueva civilización, la mayoría de estos seres ya habían logrado alcanzar mayores niveles de consciencia y de felicidad perpetua. Ya no necesitaban adorar a ningún dios celoso, ni iracundo, ni tampoco anhelaban la materia física de las cosas. La profundización del conocimiento de una Entidad Eterna propia, contenía una fuerza intrínseca que ayudaba a evolucionar al ser. Ese conocimiento no estaba directamente ligado a la inteligencia, sino más bien al espíritu, a la esencia del ser. Por eso no disminuía ni se agotaba, más bien aumentaba con la acción generosa y cotidiana. Esto permitía que los habitantes de Aurum 496 se interrelacionaran en una constante cooperación de beneficios mutuos, en otras palabras, el beneficio no solo era para el emisor, sino también para el receptor. De algún modo, ellos habían aprendido a llevar a cabo todo en función del bienestar común de todo el planeta. La naturaleza en general era devotamente respetada en todo su ámbito. El respeto íntegro a cada ser y a cada habitante estaba por encima de todo, independientemente de la nacionalidad o del color de piel que se tuviese. Ese autoconocimiento y control de sí mismo habían contribuido enormemente a elevar los valores espirituales, éticos y morales a un nivel inimaginable.

Desde hacía mucho tiempo se había destruido todo tipo de armas y material bélico. No había ejércitos de guerra porque el odio y la codicia, en principio, ya no existían en la mente de estos seres regenerados. No había por qué pelear: el anhelo de lo material y de las riquezas ya no existía en el pensamiento de los aurumestres. La mayor meta de cada individuo era la de alcanzar la felicidad perpetua a través de la meditación y la introspección. El poder conectarse con la Información Pura sin estar muerto y paralelamente conviviendo con la materia, era uno de los mayores logros espirituales que un ser aurumestre podía experimentar en su vida. Esto representaba el clímax de la felicidad, o más bien la excitación eterna en este mundo.

# COSMOLOGÍA, GEOGRAFÍA Y FISIOLOGÍA

Este planeta tenía una luna relativamente grande. Su tamaño era aproximadamente una tercera parte de ese mundo. En principio, Murref, como la luna se llamaba, era una pequeña copia de Aurum 496, ya que su composición física y química era muy similar a la del planeta madre. Murref, al igual que Aurum 496, poseía mares, montañas, ríos, bosques y hasta pequeños desiertos compuestos de un polvo rojizo que no era arena. Murref era como un pequeño planeta satélite deshabitado que giraba alrededor de Aurum 496. Cada doce años, cuando las tormentas solares se intensificaban, el satélite se interponía entre Aurum 496 y Girax, su estrella. Cuando esto sucedía, generaba una renegrida y tenebrosa oscuridad en el planeta. El eclipse tardaba varias horas. La fuerza gravitacional de Aurum 496 era extremadamente fuerte. Su masa compacta, rica en diamantes, oro y otros metales preciosos, convertían a Aurum 496 en un planeta macizo y robusto, con una fuerza de atracción aproximadamente dos veces mayor que la de la Tierra. Este planeta rotaba y giraba alrededor de su sol, la estrella Girax, una estrella pequeña de neutrones, situada en una parte recóndita del universo. Su año solar (un girax) estaba compuesto de siete meses, y cada mes tenía el nombre de una de las siete razas felinas que habían sobrevivido al holocausto.

Lo más asombroso de todo era que los aurumestres aún no habían logrado volar más allá de su estratósfera, no porque técnicamente no pudieran, sino porque había una fuerza invisible, un campo de fuerza muy poderoso, que no permitía ni la salida ni la entrada de ningún objeto al planeta. Cualquier objeto que quisiera entrar o salir, era inmediatamente desintegrado, por más grande y fuerte que este fuera. Por esa razón, en este planeta nunca habían caído meteoritos o cuerpos celestes, pero tampoco ningún cuerpo podía salir de él. Ellos podían ver el espacio cercano con algo parecido a telescopios y medir y descifrar el espacio lejano con una tecnología similar a los radiotelescopios. Ellos suponían, al igual que nosotros los humanos, que debía haber otros seres en otros planetas. Pero ellos no estaban seguros de eso.

También por esa razón y, desde el principio de la creencia en un solo dios, se había dudado de la historia narrada por el viejo Lleinda en la antigua civilización. ¿Cómo iba a poder ese dios penetrar la atmósfera del planeta, cuando se sabía que nada podía entrar o salir de este? En la nueva civilización, muchos historiadores sabios sospechaban que este personaje antiguo, conjuntamente con otros escribas del desierto del norte, habían confabulado la historia del dios que vino del cielo, el cual había dejado las leyes escritas en el disco de oro radioactivo. Los aurumestres habían comprobado científicamente que era imposible entrar o salir del planeta. Los rayos que su estrella madre emanaba eran mortalmente destructivos para cualquier ser vivo u objeto que entrara o saliera a través de la estratosfera. Esta era una incógnita que nunca había sido resuelta.

La anatomía de los aurumestres estaba totalmente adaptada a ese mundo. Sus órganos, músculos y huesos estaban plenamente amoldados a esa fuerza gravitacional. La cantidad de oxígeno era casi dos veces mayor que la del planeta Tierra, pero eso no afectaba negativamente la cantidad de radicales libres en los habitantes, más bien por el contrario, esto había ayudado a aumentar la edad y a fortificar todos los organismos vivos de Aurum 496. De alguna manera, este oxígeno no oxidaba los metales, como en la Tierra. Los aurumestres habían logrado grandes avances tecnológicos en el desarrollo de infraestructuras arquitectónicas y científicas. No existían —ni nunca habían existido— los combustibles derivados de hidrocarburos. Simplemente no conocían el término «contaminación ambiental».

Desde los inicios de la evolución del planeta y, por alguna razón desconocida, los movimientos tectónicos, conjuntamente con la composición química del suelo, generaban un proceso de metalización y cristalización de todos los desechos y residuos que allí se producían. Este sistema geológico convertía los desechos en oro puro y en diamantes, pero nunca en carbón. Después de algunos miles de girax de descomposición, todos los desechos se solidificaban y se incorporaban a una capa metálica y cristalizada, la cual era presionada hacia arriba por un candente núcleo que formaba más de dos terceras partes de la masa del planeta.

También había allí una capa relativamente delgada, formada por rocas, suelo y agua. Los mares de agua dulce no eran tan profundos como los de la Tierra, pero el planeta sí tenía una muy gruesa atmósfera que protegía a todos los seres y estaba acorazada con un potente campo magnético. Esto evitaba que la radiación de los rayos cósmicos entrara a la atmósfera y destruyeran las células de sus habitantes y demás seres vivos. Por esa razón, los aurumestres eran longevos y se mantenían vitales, sin arrugas y podían vivir muchos girax. La vida promedio de los aurumestres era de aproximadamente 343 girax. La ingesta de alimentos por parte de estos era muy reducida. Todos los alimentos provenían de dos inmensos océanos y estaban hechos fundamentalmente de hierbas y de algas marítimas.

# LA SAL ERA COMO EL ORO EN LA TIERRA

El planeta contaba con cantidades muy pequeñas de sal que se encontraban encima del manto tectónico y esto convertía a la sal en una especie de mineral codiciado, como el oro lo es en la Tierra. Por eso, una de las pocas cosas que aún se conservaban provenientes de la antigua civilización eran las rocas de sal. Este mineral apenas existía en este planeta. De igual manera, las rocas de sal hacían recordar el odio, la codicia y la avaricia del ser primitivo en la antigua civilización. En la nueva civilización, las rocas de sal fueron expuestas como artefactos de exhibición única y exclusivamente en museos. De algún modo, esas piedras de sal se mostraban allí para recordar el primitivismo de la antigua civilización y para no olvidar la desgracia causada en el planeta.

Durante la Guerra del Credo fue tal la avaricia con la sal, que al final de esta, los sacerdotes y dirigentes religiosos habían llegado a pregonar la idea de que el que donara una pequeña piedra de sal al culto, alcanzaría directamente la felicidad perpetua. Y fue así, entonces, que los líderes religiosos empezaron a acumular el mineral y lo convirtieron en rocas más grandes. Luego las escondieron en diferentes lugares subterráneos para acumularlas como objetos de veneración y capitalización. Siglos después, encontraron esas rocas de sal en las profundidades de las cavernas. Las ciudades allí tenían bellas formas arquitectónicas, cubiertas de vegetación y bosques naturales, los cuales eran de mil colores y estaban sembrados en un material similar a una arena amarillosa. Curiosamente, los materiales más usados en la construcción de infraestructuras en ese planeta, eran el oro y los diamantes, pero también hacían aleaciones con otros metales. Las construcciones y los edificios tenían ventanas con cristales de diamante, que refractaban la luz y producían arcoíris en todo su entorno. Todo aquello daba la sensación de ser un paraíso.

# TORMENTAS YÁKSICAS (TORMENTAS ESTELARES)

El planeta se encontraba en una zona de óptima habitabilidad, rotando alrededor de Girax, su estrella. Esta era una estrella pequeña pero muy brillante. Afortunadamente, Aurum 496 contaba con un fuerte campo magnético que impedía todo tipo de radiación cósmica, especialmente la proveniente de su propia estrella. Los habitantes de este planeta sabían que su estrella producía tormentas solares cada doce girax y que, paralelamente, con esas tormentas también se producía un gran eclipse. A esos períodos de doce girax, con tormentas solares y con oscuros eclipses, los llamaban «el año del yak» o, más bien, «el año del gato», ya que los rayos provenientes de sus erupciones solares perturbaban a todos los sistemas cuánticos del planeta y, por lo tanto, dañaban lentamente la protección de los mismos, similar al rasgado que hacen los felinos cuando arañan las paredes. Además, cuando esto sucedía, se producía una oscuridad durante algunos días. Esta era negra y opaca como una pantera.

Muchas veces, las tormentas producidas en esos años del yak eran de tal magnitud, que, en ocasiones, atravesaban el casco electromagnético del planeta y afectaban los sistemas de comunicación e infraestructura y, por ende, todo tipo de inteligencia artificial. La inteligencia artificial estaba presente en todas las infraestructuras del planeta, en forma de androides y robots, con igual grado de inteligencia que cualquier otro ser aurumestre, pero sin consciencia ni capacidad de conexión con la Entidad Eterna. La inteligencia de estos robots estaba limitada al campo científico y habían sido programados exclusivamente para el desarrollo de la sociedad con tareas muy específicas, que no daban oportunidad de evolución intelectual ni espiritual, más que la de atender las necesidades de la población y resolver los problemas de carácter cotidiano. Ellos eran la base y el fundamento del manejo de todos los sistemas de mantenimiento y del orden público en la sociedad. Ellos también inspeccionaban, reparaban, producían y mantenían al planeta en un funcionamiento totalmente holístico.

Desafortunadamente, las tormentas yáksicas paralizaban ocasionalmente a la sociedad, dislocaban la infraestructura de producción y de los servicios públicos y, a veces, estos ocasionaban accidentes en los sistemas cuánticos. Las tormentas estaban acortando la longevidad de algunos seres vivos en el planeta. Cuando esto sucedía, la necesidad de energía se triplicaba, ya que había que reforzar el campo magnético con más energía de lo normal. Los pronósticos de tormentas solares eran muy exactos y precisos y, por esa razón, casi siempre se lograba advertir del peligro a toda la población. Generalmente, esto se hacía con algunos días de antelación para evitar daños mayores. Los aurumestres se habían habituado a estas repetidas amenazas desde hacía muchos siglos, pero en los últimos 144 girax, la densidad de las tormentas se había intensificado enormemente y había empezado a causar problemas mayores a nivel planetario.

Aurum 496 era un planeta bello, limpio y ordenado, donde no había pobreza, ni riqueza, ni clases sociales, ni razas, ni credos. La poca población y el avance en la ontología y la ciencia, habían hecho posible el desarrollo de una sociedad superavanzada, igualitaria y con una justicia intrínseca en todos los sectores socioeconómicos y culturales del planeta. La balanza entre la natalidad y la mortalidad era exacta. En principio, nacía un habitante por cada ser fallecido. Esa dinámica de población equilibrada y natural había evolucionado en forma gradual y coordinada pocos años después del holocausto. Allí no había tampoco diferencia ni distinción de rango entre los sexos. Ambos sexos eran plenamente iguales ante la sociedad. Tanto el sexo masculino como el femenino eran fértiles desde los veinte girax en adelante hasta la postrimería, así que no había un límite superior de edad para fecundar. Ellos podían procrear hijos incluso antes de la desintegración de sus cuerpos, si así lo deseaban. Quizás por esa razón se podía mantener el equilibrio natural de la población.

# UN MUNDO SIN VEJEZ Y EL COMETIDO DEL PUMA NEGRO

En este planeta la vejez no existía. Se nacía, se era infante desde el nacimiento hasta los veintiún girax y, después de ahí, el cuerpo físico se mantenía sin desgaste alguno hasta la muerte. Por lo tanto, los aurumestres no sabían qué era la ancianidad. La muerte no venía por el deterioro físico, sino por la causalidad de un accidente o por decisión de la Entidad Eterna: la chispa dentro de cada ser se apagaba para siempre, y entonces era la hora de regresar a la Información Pura. El cuerpo era solo un medio para alcanzar la convergencia entre la Entidad Eterna y la Información Pura. La muerte o, más bien, el desprendimiento de la Entidad Eterna, solía ocurrir en un día indeterminado, generalmente después de tres siglos de vida. Usualmente, esto sucedía después de que un puma negro se posara siete veces al frente del domicilio de un aurumestre antes de partir. Esa era la señal que mejor marcaba e indicaba la partida de un ser aurumestre al entrelazamiento con la Información Pura.

Cuando esto sucedía, el cuerpo del aurumestre sencillamente dejaba de funcionar, sin dolor ni sufrimiento, y quedaba completamente inerte. A menudo esto sucedía cuando el ser dormía en su cama o se encontraba en la naturaleza o en el mar. Y era entonces que la Entidad Eterna se desvanecía del cuerpo para aliarse con la Información Pura. Después de algunas horas, el cuerpo se evaporaba como el alcohol y no quedaba ningún resto físico en el medio ambiente. Por eso no existían los cementerios ni los camposantos en este planeta. Aquí no se conocían los oficios solemnes ni las exequias a los muertos, ya que no había cuerpos a quienes conmemorar.

# UN PLANETA CON UN ALTO NIVEL
# DE CONSCIENCIA

En la nueva civilización que había surgido después del holocausto no existía el miedo a la muerte. La muerte era parte de la vida y la vida era la que los ayudaba a elevar sus consciencias. Hasta cierto punto, los aurumestres consideraban la muerte como la culminación de un proceso existencial que se debía vivir y experimentar en plena armonía con la materia física, pero luego la materia física dejaba de existir y entonces la consciencia se unía a la Información Infinita. Los aurumestres no anhelaban volver a vivir en cuerpos físicos ni tenían apego a sus cuerpos llenos de materia, pero sí a sus Entidades Eternas. Estos seres estaban plenamente conscientes de que ellos no eran sus cuerpos. Sus cuerpos funcionaban como todo lo material, en forma efímera y volátil y, por lo tanto, comprendían que su estado físico era solamente un envoltorio transitorio que servía como medio para aumentar el amor, desarrollar el equilibrio de la consciencia y crecer espiritualmente.

Era así como ellos podían hacer evolucionar al ser que estaba dentro de ellos, o sea, a la propia Entidad Eterna. Sin embargo, los seres de la nueva civilización estaban conscientes de que en un cuerpo físico sano podía albergar una muy alta vibración de energía, y esa energía armonizaba el entrelazamiento de la Entidad Eterna con la Información Infinita. Los aurumestres sabían que la mente y la consciencia eran partes integrales de la Entidad Eterna y, por lo tanto, si lograban elevar esas partes viviendo estrechamente en un mundo material, ayudaban a desarrollar a la Entidad Eterna que habitaba dentro de ellos y, así, podían alcanzar más fácilmente el séptimo nivel de consciencia infinita, que era la meta final de cada ser. Eso les facilitaba enormemente la unificación con la Información Pura.

Casi todos los seres de este planeta ya habían alcanzado el quinto nivel de consciencia pura, pero había un pequeño grupo, que todavía estaba en ascenso hacia ese nivel. Estos no habían logrado llegar al quinto nivel, ya fuera por la poca edad o por la falta de concentración en la introspección. Los que habían logrado llegar al sexto y séptimo nivel eran los sabios y los maestros del planeta. A pesar de su temprana edad, Airelav ya lo había logrado y, por esa razón, ella estaba en el Concejo Nacional, el cual era el que dirigía a la nación. Ella, al igual que otros seres que se encontraban en el sexto nivel, podía levitar libremente e, incluso, desplazarse de un lugar a otro sin necesidad de transportar su cuerpo físico.

La levitación como medio de desplazamiento era algo muy exclusivo de este grupo. Asimismo, la auscultación y el poder de leer los pensamientos de otros. Estas facultades especiales eran como la credencial que confirmaba la elevación de la Eterna Entidad en este planeta. A pesar de ello, este grupo de maestros y sabios practicaban la humildad y la sencillez y no se permitían a sí mismos hacer diferencia entre ellos y los demás. Ellos vivían para el servicio del planeta y ese era uno de los principios elementales de este grupo. Ellos estaban plenamente conscientes de que pudiendo llevar a cabo acciones sobrenaturales nunca lo hacían en público ni tampoco obtenían provecho o beneficio propio de ello. Su profunda nobleza y gran humildad no les permitía ir más allá de su preeminencia.

## ODRACIR Y RICARDO: DOS SERES DISTINTOS, UN MISMO SER

Odracir y Airelav estaban todavía en su hogar antes de salir a la importante reunión en el Concejo. Fue entonces que Odracir comentó:

—He escuchado que los centros de información han dado la alarma de que este año las tormentas yáksicas se intensificarán y alcanzarán su grado máximo de estragos desde que empezaron a medirse hace 204 girax. Él parecía algo intranquilo cuando hizo el comentario. Su compañera de consciencia, Airelav, iría esa mañana al edificio del Concejo Nacional, donde se reunirían todos los representantes de las diferentes órdenes provinciales para discutir temas de carácter nacional y tratar los lineamientos consensuales que se aplicarían a nivel mundial. Por lo tanto, ella debía estar allí, físicamente, en la Junta Directiva. Los dos se miraron uno al otro, como presagiando algo por venir.

Odracir miró a través de la ventana de la habitación y pensó en lo bello que era su mundo. Todo a su alrededor era de colores vivos, como un arcoíris. La vegetación presentaba árboles, arbustos, pastos y todo tipo de plantas llenas de colores con suaves matices que armonizaban con el suelo rojiamarillo y con los grandes lagos de color aguamarina y púrpura. Los dos océanos de este planeta tenían un color cerúleo y un cielo con un tono turquesa. Luego, Odracir giró la mirada hacia su esposa y la contempló por algunos segundos. Pensó en lo bella y serena que era aquella criatura. Ella irradiaba una paz y una sensación de sobria pureza. Su cuerpo y su cabello eran perfectos como los de una diosa sacada de un cuento. Pero lo que más lo llenaba era su forma de pensar y su manera de ver las cosas. Ella había alcanzado un nivel muy alto en su Entidad Eterna y eso se mostraba en su actitud y en su comportamiento. Sus palabras eran clínica y perfectamente dichas cada vez que expresaba algo. Ella había logrado llegar a formar parte del Concilio Nacional para la Elevación de la Consciencia Infinita y era la representante de su país en el Concilio Mundial. Dentro de un año, posiblemente ella iba a dirigir el poder ejecutivo de la pequeña nación.

## LA MUERTE TEMPRANA DE ACINOREV

Odracir seguía pensando en lo perturbador que había sido el sueño que había tenido la noche anterior. Esa sensación de inquietud nunca antes la había experimentado, ni siquiera cuando sucedió lo ocurrido con su hermana Acinorev. Y ahora, ese pensamiento no lo dejaba en paz. Inicialmente pensó relatarle toda la historia del sueño a Airelav, pero ese día era un día muy especial para ella, y relatar el sueño le iba a tomar tiempo y posiblemente la atrasaría en su reunión. Por lo tanto, se abstuvo de comentárselo y pensó que lo haría después, cuando ella regresara del importantísimo encuentro. Tomaron el desayuno juntos y Odracir le sugirió a su esposa que sería mejor que él la acompañara al edificio del Concejo Nacional. La tormenta estelar podía agudizarse en cualquier momento y podría causar mayores problemas en las vías de circulación, especialmente al inicio de la temporada de tormentas. Además, él iba aprovechar para tomar un baño de levitación artificial en un centro deportivo, no muy lejos del lugar donde su esposa tenía la reunión.

Camino al Concejo Nacional, Odracir le preguntó a Airelav, si ella alguna vez había sentido haber vivido en otro mundo que no fuera Aurum 496, y si ella creía en la posibilidad de que ellos ya se hubieran encontrado en otro mundo que no fuera el suyo. La respuesta de Airelav fue rotunda e inmediata.

—Claro que sí, mi Entidad Eterna siempre ha sabido que tú y yo nos hemos conocido como Información Pura antes de estar en estos cuerpos, pero que por razones causales no podemos acordarnos de esto cuando habitamos en estos cuerpos físicos. Tanto mi mente como mi consciencia te reconocieron inmediatamente el primer día que te vi, y lo confirmé el día que te besé. Debo admitir que ese encuentro y ese beso fueron las señales vitales para mi elección de ti como pareja. A través de ti he logrado elevar aún más mi Entidad Eterna. Nunca he dudado de eso, y pienso que siempre vamos a estar entrelazados, como dos fotones en un mismo rayo de luz —Su voz sonaba armónica y tranquila y generaba una paz interna en él. Y continuó diciendo:—. Sabes que un amor pleno, que haya nacido en la raíz del ser, no puede verosímilmente desaparecer. Las circunstancias como, por ejemplo, la distancia sideral, podrán impedir su necesaria nutrición y, entonces, ese amor perderá volumen, se convertirá en un fino hilo sentimental, breve capilar de emoción que seguirá manando en la base de la Entidad Eterna del ser. Pero no desaparecerá. Su calidad sentimental perdurará de forma intacta. En ese espacio vacío, el ser que ha amado se sigue sintiendo absolutamente amado. La causalidad podrá llevarla de aquí para allá en el espacio físico y material, pero eso no importa, porque él o ella seguirá estando junto a quien ama y ha amado. Esta es la revelación suprema del verdadero amor: estar al lado de lo amado en contacto y proximidad infinita, sin importar los espacios cósmicos. A esto se le llama estar ontológicamente entrelazado con el ser amado, fiel al destino de este, sea cual sea. Yo sí sé a dónde van los besos llenos de amor. ¿Por qué me preguntas eso ahora, amado Odracir? —terminó diciendo Airelav, con voz tierna y angelical.

—Tú eres el único ser, aparte de mi madre, que verdaderamente conoce la historia de mi hermana Acinorev y de cómo su partida realmente nos ha afectado —aseveró él.

—Así es, amor mío. Toda la nación, incluso todo el planeta, supo del atentado y de su muerte, pero muy pocos conocen los detalles. Lo que realmente sucedió no pasará al olvido tan fácilmente. Acinorev era muy joven y posiblemente hubiera podido desarrollar su Entidad Eterna y elevar su espíritu a un nivel mucho más alto del que alcanzó. Y, ¿sabes?, creo que lo logró, interponiéndose para que no asesinaran al Gran Maestro. Como ya te lo he explicado antes, las palabras no tienen sentido si no hay hechos. Las palabras interpretan la voz de la mente, pero los hechos materializan el cuerpo de la Entidad Eterna, y eso es lo que vale al final de todo. El acto de valentía que Acinorev mostró, logró verificar que ella realmente tenía una Entidad Eterna más elevada de la que nosotros suponíamos. Acuérdate de que no se puede prohibir el pensamiento, pero sí las acciones que se engendran a causa de él. Esa es la gran dificultad que tenemos todos los seres que poseemos una Entidad Eterna elevada y, por eso, esta está ligada a la Información Infinita —Airelav continuó hablando, mientras él la escuchaba:—. La lucha es diaria y constante. Tratar de frenar y eliminar de nuestra mente todos aquellos pensamientos que nos llevan a la destrucción, no es nada fácil, pero en eso consiste la vida: en persistir y no desistir tan fácilmente, eso es lo difícil. Como ya lo he explicado en mis cátedras, la materia tiene un nivel de consciencia muy bajo, porque tiene un polo positivo y uno negativo, pero también tiene un polo neutro, y es en el polo neutro donde debemos mantenernos para alcanzar la felicidad infinita, si queremos estar aquí en este mundo de materia, en este mundo físico que vemos. Nuestros antepasados nunca entendieron eso, y por esa razón cayeron en el caos y en la desgracia. Se dejaron atraer por los polos opuestos de la materia, sin importarles si esta era de buena o de mala inclinación —terminó diciendo ella con voz nostálgica pero equilibrada, y agregó:—. Pero no te inquietes, amado mío, nosotros, los nacidos en los años del yak, solemos ser afortunados, ya sea en esta vida o en la vida eterna —concluyó diciendo Airelav con una bella sonrisa, refiriéndose a que tanto ella como Acinorev habían nacido en años de tormentas estelares y de eclipses.

Odracir quedó cavilando en las palabras de Airelav. En el sueño que él había tenido la noche anterior, había un personaje muy similar al de Acinorev, y esa chica del sueño había sido asesinada por razones político-ideológicas en aquel mundo subdesarrollado, y no por razones de fe en un dios que no existía, como en el caso de su hermana. Los dos personajes que él contorneaba en el sueño, parecían aún muy jóvenes e inexpertos y, aunque aparentemente tenían una relación de amor de adolescentes, él casi podía captar el amor puro entre ellos dos. La pregunta que él se hacía ahora era si había alguna diferencia entre ser asesinado por una creencia ideológica o ser asesinado por una creencia teológica. En realidad, tal vez no. Aunque ambas eran consideradas como doctrinas, la primera era una ciencia política, por lo menos en aquel planeta subdesarrollado, mientras que la segunda era una filosofía metafísica, por lo menos en su propio planeta. Así pensaba Odracir mientras viajaba en el vehículo silencioso que se desplazaba hacia la reunión de su amada Airelav.

—Puedo ver en tu espíritu que hoy estás perturbado por algo. ¿Qué te pasa, cariño? —preguntó Airelav aun sabiendo lo que sucedía, puesto que ella ya había auscultado el pensamiento de Odracir cuando estaba casi por bajarse del vehículo.

Odracir no dijo nada. Permaneció sentado en el silencioso vehículo hasta llegar al palacio deportivo. Allí disfrutaría de un largo rato flotando en gravitación cero. Este ejercicio era una buena manera de relajarse y dejar el pensamiento volar en forma libre, pero siempre acoplado a la Entidad Eterna. Los habitantes de Aurum 496 también disponían de una gran habilidad para los deportes y disfrutaban una gran parte de su tiempo ejercitando sus cuerpos. Su anatomía y su capacidad pulmonar les permitían realizar deportes sobrehumanos. Podían, por ejemplo, nadar velozmente sumergidos bajo el agua por un tiempo indefinido, sin respirar, casi como los delfines de la Tierra. Fácilmente podían levantar tres veces más su peso corporal y esto era válido tanto para hombres como para mujeres. Los aurumestres podían correr largas carreras a grandes velocidades y no agotarse. Los deportes en general estaban maravillosamente inscritos en la genética de estos seres. Ante nuestros ojos, ellos eran superdotados.

Odracir se introdujo en el vestíbulo para cambiar sus ropas y vestirse apropiadamente para poder levitar en la cámara al vacío, la cual ocupaba una gran parte de la superficie del aquel centro polideportivo. Se preparó y entró por las tres compuertas descompresionadas antes de llegar a la enorme sala carente de gravitación. Ya ahí adentro, empezó a levitar como una pluma movida por el viento. Se relajó profundamente y entró en un sueño. Luego volvió a revivir lo soñado la noche anterior, solo que esta vez él soñaba en forma totalmente lúcida y casi consciente de lo que estaba sucediendo en su propio sueño.

# ODRACIR Y RICARDO ENTRELAZAN SUS SUEÑOS

En su sueño de la noche anterior, Odracir se encontraba en un planeta que no era Aurum 496, era un planeta más atrasado y menos desarrollado en todo el sentido de la palabra. Este tenía una gran similitud con la antigua civilización de su planeta. Sus habitantes eran muy vulnerables a las enfermedades, a las catástrofes naturales y a las desgracias sociales, y eran verdaderamente propensos a la guerra y al conflicto armado. Peleaban por el poder de los territorios llenos de minerales que, a menudo, usaban como combustible para crear energía o para crear artefactos tridimensionales y que luego desechaban, y creaban montañas de basura contaminando todo el planeta. Ensuciaban los mares, los ríos, las montañas y todo el espacio libre que se les pusiera al frente. Aquel planeta era definitivamente un lugar sucio, contaminado, pobre y corrupto.

Daba la sensación de que los habitantes de ese planeta no poseían una Entidad Eterna que les indicara lo bueno y lo malo y los guiara por el camino de la justicia y de la buena inclinación. Aparentemente, estos seres se enfrascaban en el dilema de la verdad y la mentira. Tenían diferentes credos y se mataban entre sí para poder empujar violentamente sus filosofías y sus doctrinas. La mayoría de las guerras en ese planeta habían surgido casi siempre a causa de un desequilibrio de su primitivo pensamiento y por el estado de consciencia tan inferior que poseían sus habitantes. Allí, si alguien aparecía diciendo ser dueño de una verdad absoluta y, luego, aparecían otros que negaban esa verdad única, estallaba un conflicto de un instante a otro. Además, creían en dioses inventados por ellos mismos, en la división de razas y en las ideologías políticas basadas en la división de clases sociales, credos religiosos y clases étnicas. Sus habitantes eran muy similares físicamente a los de su propio planeta, solo que estos eran menos desarrollados anatómicamente y sin ningún poder sobrenatural. Definitivamente, ese planeta tenía una gran similitud con la antigua Aurum, pero lo extraño de todo era cómo los personajes del sueño estaban de algún modo entrelazados con él y su familia. Incluso algunos de los acontecimientos en el sueño se sentían tan reales como si él los estuviera viviendo allí mismo y en carne propia.

En el sueño, Odracir pensó en su madre. Airam era una gran mujer, de enorme sabiduría y gran experiencia astronómica. Sus conocimientos eran respetados en toda la nación y gozaba de gran renombre a nivel planetario, ya que sus investigaciones habían beneficiado enormemente al planeta en los últimos cien girax. Airam le había contado alguna vez a Odracir, cuando él aún era un niño, la historia de cómo ella vino al mundo. Había sido durante una tormenta estelar y un eclipse total. La tormenta estelar había afectado a todos los sistemas digitales cuánticos del complejo médico donde su madre iba a nacer y, a causa de esto, la madre de Odracir tuvo que ser asistida por médicos que aún practicaban la medicina arcaica pero que, gracias a ello, Airam había logrado venir al mundo sana y salva. Posiblemente, esa fue una de las mayores razones por la cual Airam siempre había dedicado su tiempo profesional a tratar de resolver el problema del casco magnético de Aurum 496.

El problema del campo magnético era que este disminuía su potencia en ciertos períodos de tiempo, cada doce girax. Y cuando esto sucedía, se requería mayor potencia y energía en los sistemas de protección del planeta, lo cual afectaba a los fusionatos que producían la energía. Esto, a su vez, debilitaba el funcionamiento de todos los demás sistemas que hacían funcionar a Aurum 496. Eso significaba que cuanto más fuertes eran las tormentas yáksicas, menos energía había para el consumo interno, y esto ocasionaba daños en toda la infraestructura y sistemas cuánticos a nivel planetario. Airam ya había fallecido. Lo hizo poco después de la muerte de su marido Orellabac. Como científica que era, Airam creía en la posibilidad de la existencia de otras culturas interplanetarias, aun cuando todavía no había pruebas palpables de ello.

Airam siempre decía que la razón por la cual las civilizaciones interplanetarias no se comunicaban entre sí era porque el nivel de consciencia en las diferentes civilizaciones no estaba en equilibrio. Ella explicaba que una civilización con un bajo nivel de consciencia quizás se desequilibraría y tal vez hasta se autodestruiría, si tuviera contacto con otra civilización con un mayor nivel de consciencia. El nivel de consciencia era vital en el contacto de las civilizaciones interplanetarias, solía ella decir. Ella creía que lo mejor era pasar inadvertido en este gran universo, y no hacer tanto ruido cósmico. Al final de cuentas, los seres de otros planetas no ayudarían en nada a mejorar la unión de la Entidad Eterna con la Información Pura. A pesar de ser científica, Airam era un ser que aceptaba la posibilidad de la existencia de otros seres cósmicos, recordaba Odracir en ese instante.

En su estado onírico, Odracir sentía entonces tristeza y angustia por la mujer que veía en su sueño, y cuyo nombre era María Cantero. No entendía cómo los seres podían vivir allí, en plena ignorancia, ser iletrados y, además, padecer de tantas desgracias y amargura. Casi no encontraba las palabras para definir el término analfabeto, ya que esa incompetencia e inhabilidad no existía en Aurum 496. De igual manera, tampoco comprendía cómo los seres de ese planeta podían morir por enfermedades a tan temprana edad. Ahora que él y Ricardo Cantero estaban entrelazados en mente, Odracir podía percibir el dolor que sentía Ricardo Cantero por la ida de su madre. Contrariamente a esto, Odracir sentía también displicencia por el comportamiento del hombre llamado Francisco Caballero y esa sensación de desagrado nunca la había experimentado antes por otro ser. Pero ahora, compenetrado en su ensueño, esa negativa alteración de ánimo emergía como una boya en el mar, y esto le estaba ocasionando un gran malestar a su Entidad Eterna. Necesitaba mantenerse neutral en el sueño para no involucrarse en este, pero eso se hacía más difícil conforme transcurrían los sucesos en este sueño lúcido. Luego él empezó a entrelazarse más y más con el pensamiento de Ricardo Cantero.

Los padres de Odracir, Airam y Orellabac, tenían una larga trayectoria científica y artística y eso había influido enormemente en sus dos hijos. Los dos hermanos habían crecido en el seno de una familia educada y culta, en donde los principios científicos y artísticos siempre habían sido las bases esenciales de su comportamiento sociocultural. Odracir era un par de girax mayor que su hermana Acinorev. Los dos hermanos habían estudiado su fase primaria de estudios generales en la misma academia de aprendizaje. En Aurum 496, cuando se cumplían los veintiún girax, se culminaban los estudios generales, y luego se empezaba la segunda fase de estudios especiales. Esta iba hasta la edad de los treinta y un girax, que era cuando se obtenía una maestría en la materia correspondiente a lo que se estudiaba.

Cuando Odracir terminó los estudios generales, dos girax antes que su hermana, se trasladó a otro centro educativo, ubicado geográficamente en otra parte de la nación. Allí, él iniciaría su especialidad. Tanto en el primer nivel educativo como en el segundo, los estudiantes vivían internados en habitaciones dotadas de todas las comodidades y en forma individual, pero también se reunían en forma colectiva en grandes y espaciosas salas que disponían de todas las facilidades para poder interactuar científica, artística y ociosamente. Odracir siempre había tenido un gran amor fraternal hacia su hermana menor, Acinorev. Ella siempre había mostrado una mayor capacidad de conocimiento y sabiduría en todas las áreas y se expresaba como una adulta ya desde muy niña. A muy temprana edad, Acinorev también había dado indicios de tener una Entidad Eterna muy elevada, la cual, a menudo, embriagaba espiritualmente a los seres que la trataban por primera vez. Su carisma radiaba como una estrella al amanecer y era un ser dulce y acogedor. Ese amor fraternal que Odracir sentía por ella, se había intensificado aún más después del apagamiento de la Entidad Eterna de su padre, el gran maestro en arte y música, Orellabac.

La Entidad Eterna de Orellabac había dejado de alumbrar a las 9 horas antes del zenit, del quinto mes del girax de 6975. Ese año había sido un año de fuertes tormentas yáksicas y de un eclipse total, los cuales habían ocasionado grandes estragos en todo el planeta. Pero también en ese mismo año había nacido Airelav, su esposa amada y, al igual que Airam, la pequeña Airelav tuvo que ser atendida por una partera con métodos de medicina arcaica y no robótica, como solía ser la costumbre allí. El gran maestro Orellabac amaba a sus dos hijos, pero él tenía una mayor preferencia por su hija menor, la cual, desde su nacimiento, lo había encantado con su gracia y su ataraxia. Airam y Orellabac habían decidido no tener más hijos, tal vez por esa razón, Orellabac tenía un afecto muy especial hacia Acinorev. Entre su padre y ella existía un gran vínculo de respeto y un estrecho lazo de amor y comprensión. Era Orellabac quien le contaba con lujo de detalles a Acinorev todo el desarrollo histórico de la Guerra del Credo y del Gran Templo y cómo esta guerra acabó. Airam siempre se oponía a ello. Airam le suplicaba a su marido que por favor no hiciera eso, que la chica aún era muy joven para entender ese tipo de historias, y que, tarde o temprano, eso iba a afectar el desarrollo espiritual y de pensamiento de su hija. Orellabac siempre terminaba diciendo que su hija menor era muy inteligente y lo suficientemente capaz como para discernir y diferenciar entre la realidad y la historia. Pero lamentablemente no fue así.

## LO GNÓSTICO CONTRA LO AGNÓSTICO

Poco tiempo después de la muerte de Orellabac, Acinorev empezó a mostrar signos de rebeldía y a cuestionar la doctrina agnóstica acoplada a la Entidad Eterna. Muchos de los seres en este mundo, que estaban en un nivel más bajo de consciencia, experimentaban este tipo de patología espiritual, pero iban mejorando conforme experimentaban la introspección y la reflexión, las cuales se practicaban siempre junto a la vivencia con la materia a lo largo de sus vidas. Para los aurumestres era de vital importancia elevar sus consciencias conviviendo con la materia. Ellos sabían que la mayoría de los aurumestres lograban alcanzar los niveles más altos de consciencia antes de su muerte. Aquellos que nacían con niveles bajos de consciencia tenían que luchar fuertemente para alcanzar los niveles superiores, pero, a menudo, esto significaba atravesar un camino psíquicamente difícil y no muy pocas veces oscuro y lleno de contradicciones. A este tipo de trastorno de la consciencia se le llamaba «desequilibrio de la Entidad Eterna». Después de todo, no todos los aurumestres nacían con una Entidad Eterna equilibrada.

En este planeta, la ciencia ya había erradicado todo tipo de defectos genéticos y patológicos, los cuales habían existido en los albores de la vieja civilización. La medicina no trataba patologías físicas, porque estas ya no existían. Se dedicaban única y exclusivamente a tratar la patología espiritual y de la consciencia. Así que la conclusión de los sabios científicos en el campo de la Entidad Eterna había sido que Acinorev padecía de una alteración en su fuente espiritual y ontológica y, por lo tanto, ella debía someterse a un reposo absoluto, a una especie de saneamiento espiritual, para que así pudiera alcanzar un equilibrio con la Información Pura. Por esa razón, Acinorev fue internada en un centro de equilibrio de Entidad Eterna, inicialmente por un corto tiempo, pero luego, la terapia cognitiva ontológica se prolongó por un tiempo indefinido.

Odracir visitaba a menudo a su hermana en el sanatorio y conversaban mucho. Allí, ellos recordaban los bellos momentos de su infancia. Después de un tiempo, ella parecía haber estado superando la crisis en forma rápida y positiva. Los dos hermanos solían caminar por los jardines colgantes, que se extendían más allá del horizonte. Veían armónicamente los géiseres de agua fría que subían y bajaban en forma de cascadas salpicando toda la vegetación alrededor. Observaban las aves que siempre llegaban a comer frutos de los árboles. Escuchaban juntos la polifónica música que se dispersaba por todo aquel bello lugar, y reían como dos niños pequeños, felices de la vida. Todo parecía ir de acuerdo con lo estipulado en los lineamientos que estaban establecidos en el esquema de la terapia que Acinorev recibía.

Pero en uno de esos encuentros, Acinorev, acostada en un lecho móvil que colgaba de un elegante semiarco, le preguntó a su hermano:

—¿Qué piensas sobre la creencia en un dios divino, creador de este planeta y todo el universo?

Odracir no se esperaba esa pregunta, y mucho menos ahora que ella estaba internada y, supuestamente, recibiendo terapia de buena inclinación. La miró con asombro y, casi asustado, le devolvió la respuesta con otra pregunta:

—¿Por qué me preguntas eso, adorada hermana?

—No quiero que me contestes con otra pregunta. Por favor, dime: ¿qué piensas respecto a un dios muy por encima de nosotros, un dios omnipotente y todopoderoso? —recalcó ella decididamente.

Odracir quedó aún más consternado con el nuevo cuestionamiento que ella hizo. No dijo nada por un largo lapso de tiempo. Y luego, la miró a los ojos y le dijo:

—Sabes muy bien que para mí y para todo nuestro planeta, la filosofía gnóstica, basada en un ser divino que bajó del cielo y dejó las leyes que indican cómo nosotros, los aurumestres, debemos comportarnos, actuar y vivir, esa filosofía murió con la Guerra del Credo. Desde el principio, el Concilio Agnóstico Mundial ha sido muy claro y transparente con eso —recalcó él y continuó:—. No puede haber un dios único en el universo cuando sabemos científicamente que tanto la materia y como la inmateria, «lo no visible», ha sido creado por la Información Pura a través de la energía y la vibración que existe en el cosmos. Esa es la verdadera consciencia de todo lo que existe, eso es lo que nos ha creado, no hay un ser físico que lo haya hecho —y continuó:—. Esa deidad, de la que tú me hablas, fue la razón del caos en nuestro mundo y eso tú bien los sabes. La antigua civilización tomó al medio y lo convirtió en el fin. Me refiero a que construyó un dios para alcanzar la eternidad, pero se quedaron idolatrando a ese dios y olvidaron a la Entidad Eterna, que es la Información Pura, que compone todo lo que existe. Nuestros ancestros cometieron el error de tratar de encontrar siempre una entidad física, la cual materializaba todo y, cuando no entendían algo, se lo entregaban a ese dios, para que ese dios lo resolviera todo. El problema fue que *ese* dios solo existió en la mente de cada uno de ellos, y *este* dios nunca pudo resolver nada. ¿Y sabes por qué? Porque somos nosotros mismos los que debemos resolver nuestros problemas, aquellos que a menudo imaginamos e inventamos. Y eso solo lo podemos hacer si realmente conectamos nuestra Entidad Eterna con la información Pura. Los gnósticos fueron los que le crearon problemas al dios inventado, y como el dios inventado era producto de la imaginación, este nunca pudo resolver nada, porque este nunca existió —terminó diciendo Odracir algo irritado.

Acinorev permaneció acostada en el lecho móvil y, con voz pausada y equilibrada, dijo:

—Mi noble hermano, debes admitir que no has leído nada sobre la deidad del viejo Lleinda. Hablas única y exclusivamente con base en lo que las leyes agnósticas nos han enseñado. Esa antigua escritura no es tan errada como los agnósticos la proyectan. Yo he empezado a escrudiñar los antiguos textos y sus onomatopeyas y pienso que esos ruidos, imágenes y escritos antiguos no difieren mucho de lo que nosotros practicamos actualmente en nuestro planeta. Dice la leyenda que el viejo Lleinda aseguró haber visto físicamente a la deidad divina cuando se le apareció en el Monte de la Verdad, en forma de luz, y le prometió a él y a su pueblo la salvación eterna si seguían al pie de la letra las instrucciones divinas que se les entregaba. Estas leyes estaban grabadas en el disco dorado radioactivo y, por lo tanto, se podían leer, pero nunca tocar. Por eso el disco dorado fue minuciosamente colocado y protegido en el Gran Templo. Y, como tú sabes, el Gran Templo fue la joya maravillosa de ingeniería de todo el planeta, y fue allí donde el país del norte luchó para que fuera construido en la ciudad divina de Atinob, lugar mismo donde Lleinda encontró a su Dios. El convenio entre esa deidad y Lleinda consistía en la promesa de veneración absoluta a él y no a ningún otro dios. Las leyes de ese dios son muy similares a las nuestras, solo que nosotros no veneramos a ninguna deidad más que a nuestra propia Entidad Eterna. En verdad te digo, hermano, al igual que Lleinda y su pueblo, no sabemos si nuestra Entidad Eterna, que habita en nuestro ser, realmente existe en el infinito y es parte integral de la información cósmica, como siempre nos han enseñado —terminó afirmando seriamente Acinorev.

Aunque en aquel planeta había plena libertad de pensamiento y expresión, el tema del Gran Templo y la Guerra del Credo era algo que se sabía, pero nunca se discutía. Nunca se trató de reprimir directamente esa creencia, pero era de algún modo cohibida en la nueva sociedad, posiblemente, para no despertar el dolor y el sufrimiento que desde hacía mucho tiempo esta había causado. Leer la traducción de los antiguos textos y sonidos del disco de oro era casi como un tabú en la nueva civilización. Este acto de leer los antiguos textos limitaba la fluctuación de la energía positiva de la Entidad Eterna y erosionaba enormemente el pensamiento científico. No se prohibía leer esa literatura gnóstica ni tampoco escuchar los sonidos que estaban impresos y grabados allí, pero tampoco se recomendaba que se hiciera, ya que eso podía inquietar el ascenso hacia la Entidad Eterna. Ahora, esa nación y todo el planeta vivían en paz y en armonía consigo mismos y, por lo tanto, no era necesario perturbar a la Entidad Eterna individual consumiendo hechos históricos que desequilibraban la energía positiva de todo el colectivo.

Durante el tiempo que Acinorev permaneció en el Sanatorio de Entidad Eterna Equilibrada, aprovechó para indagar profundamente todas las historias y todos los hechos ocurridos antes y después de la Guerra del Credo. Sin ninguna vigilancia, porque esta no existía, Acinorev empezó a devorar escritos antiguos y a escuchar los sonidos "sagrados" que hablaban del inicio de la vida en Aurum 496, pero ella lo hacía desde la perspectiva netamente religiosa y confesional, no histórica. Pasaba días y noches leyendo toda esa información antigua, tanto en forma física como digital. Era tal su euforia por aprender más y más, que muchas veces ignoraba los tiempos de ocio, música e introspección que estaban esquematizados exclusivamente para ella en la terapia de perfeccionamiento espiritual. No fue sino hasta después de algunos meses cuando la familia de Acinorev se enteró de que ella no estaba asistiendo correctamente al programa de superación colectiva de la Entidad Eterna.

Entonces, Odracir habló con ella:

—Mi querida hermana, veo y escucho que has escudriñado profundamente los textos antiguos, y eso no es prohibido, pero sí es contraindicado. Me refiero a que hermenéuticamente has estado leyendo las escrituras antiguas. Sabes muy bien que nuestros antepasados manipularon y tergiversaron consciente e inconscientemente todos los escritos que se hacen llamar "sagrados". Eres demasiado inteligente y lúcida como para entender que los textos originales fueron adaptándose al pensamiento de los sabios conforme pasaba el tiempo, pero, a su vez, estos se fueron reinterpretando de acuerdo con los intereses y el pensamiento de cada generación de sabios. En otras palabras, en esas escrituras se ha llevado a cabo una exégesis de gran magnitud desde el principio de la historia. Me refiero a que, desde el inicio y, conforme pasaba el tiempo, tanto los sacerdotes como los sabios y los escribas, se dedicaron a adornar esas escrituras con textos supuestamente divinos y agregaron hechos que fueron simplemente fingidos para representar parábolas. De manera que ni ahora ni nunca lo que está escrito en las antiguas escrituras ha sido verdad, ya que esas leyes divinas son leyendas ficticias. Ellas fueron creadas para unificar a los pueblos nómadas del norte y, posteriormente, se fueron reinterpretando de manera diferente conforme iban avanzando las generaciones en la antigua civilización —Odracir seguía con su diálogo, casi como dando una lección de antítesis a lo que su hermana creía.

»Te digo, amada hermana, que si el dios de Lleinda hubiese sido tan perfecto, no se habría producido la dispersión de nuestros pueblos y de nuestras naciones. Tampoco el desmembramiento de razas ni de credos, ni habría acontecido la aterradora guerra que casi acaba con nuestro planeta. Un dios perfecto no es celoso, ni envidioso, ni tampoco exige amor ni veneración única hacia él. Esa es la gran diferencia entre ese dios de Lleinda y nuestra Entidad Eterna. La Entidad Eterna que habita en ti, en mí y en todos nosotros, siempre ha existido y no exige nada, solo es, solo existe, solo fluye en el universo, como las aguas del río que corren en su cauce y llegan al océano.

»Si nosotros nos permitimos fluir libremente, sin represiones ni obstáculos, tocaremos siempre las dos orillas del cauce, la lisa y la rocosa. Pero las orillas rocosas no nos harán daño, porque no nos dejaremos atrapar en ellas, y, tarde o temprano, llegaremos a unificarnos con el agua magna del océano divino, con la Información Pura que está en el vacío. Así es, hermana mía, tenemos el libre albedrío, la potestad de obrar por reflexión y elección propia. Eso te lo indica tu propia Entidad Eterna, y nunca un ser fuera de ti, un dios externo. No sé exactamente dónde quieres ir con este comportamiento tan desequilibrado que has empezado a mostrar en los últimos meses —terminó diciendo Odracir, y ahora él sonaba molesto. Esta era la primera vez que Odracir le hablaba así a su hermana.

Fue después de esa conversación que Odracir comprendió que Acinorev no solo había examinado las antiguas escrituras, sino que también había empezado a interpretarlas de acuerdo con los dos métodos existentes de estudio, o sea, a través del estudio exegético y hermenéutico. Su hermana había logrado en poco tiempo encontrar una interpretación centrada en la literalidad del texto y en la reconstrucción de su significado original en el momento de la redacción. En otras palabras, ella había hecho un análisis exegético de las escrituras sagradas, pero al mismo tiempo también había logrado hacer un análisis hermenéutico y, por lo tanto, había hecho búsquedas de rasgos y significados espirituales dentro de esas escrituras. Esto iba de algún modo en contra del agnosticismo implementado en la nueva civilización de Aurum 496.

La evolución de las diferentes religiones en el mundo antiguo se había dado gracias a las diferentes interpretaciones y entendimientos que habían surgido a través de los siglos, los cuales fueron difundidos por supuestos sabios de esas escrituras divinas. El problema radicaba en que, conforme transcurrían los siglos, los escribas iban cambiando los rasgos y los significados espirituales de los textos divinos, tratando de adaptarlos al mundo contemporáneo de ese entonces. Y eso había creado una gran confusión espiritual en las siguientes generaciones. Por tal razón, los aurumestres, a través del tiempo, empezaron a interpretar los textos divinos en forma literal y no espiritualmente, o sea, no en forma hermenéutica, como se debía hacer según lo estipulado desde el principio por el viejo Lleinda.

Odracir entendía ahora que su hermana Acinorev había alcanzado un alto nivel de conocimiento sobre las antiguas escrituras, y no era que ella estaba confundida, por el contrario, ella había empezado a comparar el mensaje de las escrituras del Gran Templo con la filosofía totalmente agnóstica de la Entidad Eterna y la Información Pura y había encontrado puntos de relación muy relevantes para su forma de vivir y para su futura existencia. En Acinorev se había despertado de algún modo el espíritu de la "revelación divina" de aquella antigua escritura, la cual había estado dormida por muchos siglos en aquel planeta. Ahora, se presentaba en forma viva y activa a través de ella. Ella había empezado a sentir que estaba alcanzando el conocimiento divino y la certeza de un dios eterno y creador de todo el universo a través de esas escrituras. En muy corto tiempo, Acinorev había podido encontrar métodos místicos para analizar el propio misticismo de las escrituras del Gran Templo, y esa disciplina le había abierto las puertas para entrar a las zonas recónditas de las escrituras monoteístas escritas desde el tiempo del viejo Lleinda.

Para Acinorev, su mayor deseo desde niña había sido saber cuál era el propósito de su vida en ese planeta y en todo el universo. Tal vez ella había sido indirectamente influenciada por su padre Orellabac, pero quizás ya desde temprana edad ella traía consigo esa inquietud espiritual que no la dejaba en paz, aunque en su casa y en toda la sociedad siempre se le dijo que buscara la verdad dentro de su propia Entidad Eterna. Pero por más que lo intentó, ella nunca pudo encontrar nada dentro de sí. Según la filosofía agnóstica, era la Entidad Eterna misma la que tenía siempre todas las respuestas a todas las preguntas existenciales, y era a través de la Entidad Eterna que el ser se podía mirar hacia adentro, hacia lo interno, hacia lo espiritual, hacia lo infinito. Pero Acinorev siempre tuvo dificultad para encontrar esa felicidad y serenidad dentro de su propio ser.

En general, la mayoría de los habitantes de Aurum 496 ya habían alcanzado y sobrepasado la felicidad emocional que se genera a través de las cosas materiales. La felicidad transitoria, como ellos la llamaban, había quedado enterrada al final de la civilización antigua hacía miles de girax. Ahora, el sentimiento de felicidad que ellos sentían se encontraba en otro plano, en un nivel espiritual mucho más elevado que el de sus antepasados. Ellos sabían que la felicidad generada por la materia era finita, ya que esta se generaba en un plano inferior, en un mundo de deseos finitos y, por lo tanto, cuando la materia se acababa, se acababa la felicidad también. La mayoría de los seres de este planeta contaban ya con un placer infinito, transcendente y permanente, que no se encontraba en su realidad física, sino que, por lo contrario, se experimentaba en un mundo superior. Se podría decir que ellos ya habían alcanzado la "excitación permanente", pero no en términos mundanos, sino plenamente espirituales.

Sin embargo, todavía existían seres que aún no habían alcanzado los niveles altos de felicidad espiritual y, por lo tanto, estos se encontraban en desigualdad de felicidad, comparados con la mayoría. Pero estos eran respetados y tratados como cualquier otro aurumestre. Lo curioso de esta civilización era que, si alguien se encontraba en un nivel más bajo de felicidad, no se le obligaba a ir más allá si este no lo deseaba. Muchos seres de Aurum 496 vivían plenamente felices en niveles inferiores, sin que se notara la diferencia entre ellos y los de niveles superiores. De igual manera, los que vivían en niveles inferiores eran longevos y lograban vivir sin mayores problemas hasta el final de sus días.

En esa civilización tampoco existía el elitismo espiritual ni ufano. Lo que sí era sabido era que, si un ser de nivel inferior buscaba por cuenta propia el crecimiento de su Entidad Eterna a través de un dios proveniente de fuera del universo, pagaba un precio muy alto, porque el camino podía ser complicado y a veces hasta doloroso, ya que muchos de ellos se confundían y entraban en las sombras y en la oscuridad de su propio ser. Algunos de ellos no tenían idea de lo difícil que esto podía ser, y si no tenían suficiente persistencia y autoconocimiento, caían en un abismo de oscuridad que los llevaba a la muerte anticipada, sin haber podido elevar su Entidad Eterna. Por esa razón existía una guía existencial y ontológica desde muy temprana edad.

## DESEQUILIBRIO DE ACINOREV

Después de haber escuchado a su hermana, Odracir comprendió por primera vez que Acinorev se encontraba en un nivel de consciencia y de felicidad muy bajo. El problema era que ella había tratado de encontrar la felicidad superior por cuenta propia y había tomado el camino de las escrituras sagradas. Por esa razón se había desviado de la línea espiritual de la Entidad Eterna. Hacerla cambiar de opinión iba en contra de los principios éticos, morales y espirituales de la propia filosofía de la Entidad Eterna.

En Aurum 496 cada ser tenía libertad de pensamiento y voluntad de acción, siempre y cuando eso no dañara la integridad colectiva de todos los seres vivos del planeta. Si bien era cierto ese pensamiento que Acinorev tenía ahora, iba en cierto modo en contra de los principios de la Entidad Eterna. Sin embargo, eso no dañaba la integridad colectiva, ya que eso se consideraba como fluidez de pensamiento y no como un hecho, una acción. Era a través del pensamiento que, luego, convertido en un hecho, se podía romper el principio del respeto y del orden colectivo. Eso sí podía afectar a toda la sociedad.

Ella todavía no había llegado allí, además, ella misma había aceptado internarse en un Sanatorio de Entidad Eterna —una especie de institución reformativa— justamente para retomar el camino limpio y puro que iba a equilibrar su propio espíritu.

En la conversación, Acinorev retomó la palabra y dijo:

—Nuestro padre Orellabac fue una persona muy culta y artística. Él tenía conocimiento de casi todos los sonidos y textos divinos encontrados en el disco de oro. Además, él sabía todo sobre la Guerra del Credo en la antigua civilización. Pero él nunca estuvo desequilibrado ni tampoco dejó de desarrollar su Entidad Eterna, aun teniendo el amplio conocimiento de los textos del disco dorado. Pero veo que tú, Odracir, siempre has estado en contra de algo que puede ser verdad y que ustedes los agnósticos lo consideran como algo místico u oculto, perturbador y dañino para la Entidad Eterna. ¿Por qué tiene que ser siempre así? ¿Por qué deben ser ustedes los que siempre tienen la razón? ¿Quién dice que hay una verdad absoluta? —y continuó diciendo:—. Nosotros los aurumestres hemos sido educados bajo una filosofía totalmente agnóstica y, por lo tanto, estamos siempre ligados a los resultados de las pruebas científicas, pero nunca podremos llegar a comprobar todo. Eso es imposible y tú bien lo sabes, mi querido hermano. ¿Por qué no dar oportunidad a otra forma de pensar? Siempre tenemos que ir adonde va la mayoría y, si la mayoría dice que eso es la verdad, esa verdad se vuelve absoluta y en principio se convierte en ley. Y sabemos que las leyes no se pueden quebrantar. Yo no quiero seguir siendo una gota más en la corriente de agua de ese río del que tú hablas. Quiero realmente saber si existe algo divino, algo que nos ha pensado y nos ha creado, tales y como somos. Y esa verdad está en el disco dorado, llamado «Sodinos Ed Al Arreit» —enfatizó enérgicamente Acinorev, sin dirigir la vista a su hermano.

Odracir no salía de su asombro al escuchar a su hermana. Ella ahora verbalizaba su forma de pensar y profería la frase "sagrada" de los gnósticos: «Sodinos Ed Al Arreit». Y como si ella misma fuera una fuente de sabiduría mística del conocimiento antiguo, explicaba entonces en detalle la razón de su pensar y sus acciones. Lamentablemente, él no podía hacer nada en contra de eso. Él no podía impedir que su hermana pensara de esa manera, ni tampoco podía hacerla cambiar de parecer. Eso estaba grabado en su Entidad Eterna y nadie más que ella era la única que podía cambiar eso. Ella tenía que cruzar por sí sola el túnel a través de la oscuridad y de las sombras, para poder encontrar la luz de su Entidad Eterna. Nadie podía acompañarla en ese viaje. Él sabía que el conocimiento y el desarrollo de la Entidad Eterna solo se podían conseguir por la experiencia vivida y probada por el ser mismo. No se podía conseguir a través de la teoría o por la experiencia de otros. Las experiencias se tenían que vivir para poder entenderse y así poder crecer en espíritu. Eso lo sabía cada ser en ese planeta.

Su hermana menor permaneció algún tiempo más en el sanatorio y, cuando salió de allí, se adhirió a un muy pequeño grupo de militantes gnósticos creyentes en las escrituras antiguas. Estos solían reunirse en diferentes lugares para estudiar y analizar los antiguos textos. En el grupo había exégetas y hermeneutas que trataban de interpretar muy detalladamente los textos y ellos, entre sí, se explicaban el trasfondo de los mismos. Algunos de ellos asumían que los textos tenían un código secreto y en el momento de que este fuera revelado se comprendería perfectamente la naturaleza del ser y el objetivo de la existencia de los seres en el universo. La participación de Acinorev en este grupo se fue intensificando conforme avanzaba el tiempo. Asimismo, la distancia entre ella y su familia se fue extendiendo. Algún tiempo después, cuando ella alcanzó la edad adulta, ella disminuyó radicalmente los encuentros con sus parientes. La relación entre ellos se fue empeorando hasta llegar al extremo de que Odracir no sabía con exactitud dónde habitaba ella. Sencillamente, había perdido el enlace con su hermana.

De algún modo, esta situación había roto el lazo de familiaridad que existía principalmente entre ellos dos. El respeto a la integridad física y espiritual en ese planeta le impedía a Odracir averiguar con más detalle sobre la vida de Acinorev. Transcurrió algún tiempo sin que Odracir y Acinorev tuvieran algún contacto. Hasta que un día de tantos, él la vio caminando rápidamente en una estación central del desplazador colectivo. La estación contaba con una gran sala de espera que más bien parecía una selva rodeada de verdor y color. Odracir se apresuró y la alcanzó ya en el gran salón. Ella se veía algo inquieta y apurada y observaba a todos los seres que transitaban por el lugar.

—¡Amada Acinorev! —gritó Odracir—. ¡Qué gran alegría verte! ¿Dónde has estado? Te he estado buscando y he tratado de averiguar dónde vives, pero sin ningún resultado.

Odracir pudo sentir la inestable vibración que su hermana irradiaba y hasta pudo leer su miedo, cosa que antes no había podido hacer.

—Estoy bien, no debes de preocuparte por mí. He estado fuera de la ciudad, cerca de las Montañas de la Serenidad, tratando de evolucionar mi Entidad Eterna —dijo Acinorev, mirándolo a los ojos para que su hermano no sospechara que ella estaba mintiendo flagrantemente. Odracir comprendía entonces que ella había perdido niveles de consciencia. Ahora su hermana se encontraba en un nivel espiritual aún más bajo del que ella tenía antes de haber entrado al sanatorio. Y no era solo eso, sino que mentía, fingía y engañaba, y esos atributos negativos eran propiamente de un estado de Entidad Eterna muy primitivo. En su estado de letargo, levitando en aquella gran sala de gravitación cero, Odracir entonces entendió perfectamente qué sentían los seres de aquel subdesarrollado mundo lleno de hipocresía, mentira y codicia. Y conforme sus emociones y sentimientos se entrelazaban más y más con los de Ricardo Cantero, su mente se tornaba más hacia lo humano.

—Querido hermano, me temo que debo despedirme de ti ahora, porque pienso tomar el próximo desplazador, que sale dentro de muy poco tiempo. He encontrado un compañero de consciencia y estamos ascendiendo en nuestra espiritualidad y ahora él me espera. Me comprometí a llegar a tiempo para la ingestión de alimentos y no quiero llegar tarde a la cita. Pronto iré a visitarte —terminó diciendo Acinorev y salió corriendo hacia la puerta que daba a la plataforma del andén.

Esa iba a ser la última vez que Odracir vería físicamente a su hermana Acinorev. Odracir, en su ensueño recordaba cómo seis meses después de haber visto a su hermana, despertó una mañana con la noticia de que la Entidad Eterna de Acinorev se había apagado, a causa de un accidente sufrido en las instalaciones del Concejo Nacional de Consciencia y Espíritu. Según el reporte del Departamento de Inspección de Ética y Moral, algo equivalente a una policía civil, explicaba que la víctima, la cual iba acompañada de dos elementos desconocidos, entraron abruptamente al edificio con el propósito de asesinar al máximo representante del Concejo Nacional. Luego, gritaron la frase sagrada de los creyentes gnósticos: «Sodinos Ed Al Arreit», pero en ese mismo instante Acinorev se había interpuesto para proteger al gran sabio y, a causa de eso, ella había recibido varios impactos de energía negativa en su cuerpo, los cuales habían sido disparados por un androide que estaba configurado para proteger al Gran Maestro. Ella había caído sin vida y sin posibilidad de salvación, ya que los impactos que accidentalmente fueron disparados, dañaron su cuerpo. Los otros dos individuos habían sido arrestados y habían confesado que ellos solamente querían raptar al Gran Maestro para poder luego negociar con los miembros del Concejo Nacional.

Este suceso había roto por completo la confianza que tenían los habitantes de la nación y había puesto en duda el concepto de que todo ser en Aurum 496 poseía una buena inclinación. Por lo tanto, la nación no iba a permitir que se cometieran actos indebidos ni tampoco actos de degradación espiritual. En general, este acaecimiento había alertado a todo el planeta de que tal acción podía ocurrir en cualquier parte de ese mundo y que, definitivamente, había que trabajar en forma colectiva para prevenir y eliminar la mala inclinación que todavía persistía en algunos seres de Aurum 496. Sin duda, los bajos niveles de consciencia de algunos seres podían fácilmente llevarlos por el camino de la mala inclinación e inducirlos a cometer delitos y crímenes.

Los reportes y las declaraciones de los sujetos apresados, apuntaban a que la supuesta víctima del atentado iba a ser el Supremo Sabio, que era el máximo representante del Concejo Nacional, ya que ellos querían lograr una revolución gnóstica y para eso había que raptarlo. Eliminando al Supremo Maestro se llevaría a cabo el cambio de paradigma en Mesoaurum y, posteriormente, en los demás seis países del planeta. Según los canales informativos, Acinorev formaba parte activa del grupo rebelde y ellos habían planeado minuciosamente el secuestro durante un largo tiempo. La meta final de esta acción subversiva era la de obligar al Concejo Nacional a la no imposición de la rectificación de la Entidad Eterna en los casos donde la creencia en las antiguas escrituras prevaleciera. Eso significaba que si un ser creía en la doctrina monoteísta del dios de Lleinda, no debía ser sugerido a internarse en un sanatorio para evolucionar su consciencia y su felicidad. Vale recalcar que el término «obligación» no existía en Aurum 496.

Por lo tanto, todo estaba basado en el libre albedrío. La libre elección de pensamiento era parte vital de la filosofía agnóstica, pero la sugerencia a alguien de llevar a cabo algo que estaba en contra de sí mismo, tenía ya de por sí un peso moral y de consciencia muy alto en este planeta. Aquí, una sugerencia de cualquier tipo se interpretaba casi como una ley inherente y esto aparentemente causaba malestar en la población que poseía un nivel inferior de consciencia. Aquellos que no estaban totalmente de acuerdo con la doctrina agnóstica —los cuales no eran muchos pero sí los suficientes como para organizarse a nivel nacional y tratar de llevar a cabo una liberación de pensamiento sobre la creencia en la Entidad Eterna— querían plena libertad de elección.

De algún modo la lucha entre los agnósticos y gnósticos todavía prevalecía. Los que habían entrado en contacto con las escrituras antiguas eran los más militantes de este grupo y eran ellos los que ocasionalmente reclamaban. El alegato de ellos consistía en que el Concejo Nacional no debía aplicar reglas de orden y acatamiento espiritual ni de consciencia. El objetivo principal del Concejo Nacional de esta nación y de todo el resto del planeta era el de guiar y dirigir a los grupos con menores niveles de consciencia a una mayor felicidad perpetua. Los sabios consideraban que las doctrinas gnósticas desviaban y confundían a los individuos y los llevaban a la locura e, incluso, a veces hasta a cometer delitos de consciencia. Esto ya había sucedido muchos siglos atrás y obviamente los maestros no querían que esto se repitiera.

Odracir seguía en su estado onírico. Y dentro de su sueño cuántico trataba de entender la interrelación entre su hermana y la muchacha llamada Verónica Galdón. En el último minuto, Acinorev se había arrepentido de su participación en el asalto y se había interpuesto entre los militantes gnósticos y los representantes del Concejo Nacional, dando así oportuno aviso para que los detuvieran antes de consumar el crimen, pero el resultado fue mortal para ella. Ella había sido alcanzada por un rayo de energía negativa, disparado por un androide de apariencia antropomorfa que había logrado leer los gestos de los sujetos antes de perpetrar el crimen. Acinorev había perdido la vida y había caído instantáneamente al suelo. El rayo había atravesado su corazón. Lo raro de lo acontecido era que esos rayos habían sido diseñados para inhabilitar a cualquier individuo, pero nunca fueron hechos para matar. El asesinar a alguien iba siempre en contra de todos los principios agnósticos. Los otros dos militantes fueron inhabilitados y llevados a reformación. Este similar suceso se repetía levemente en el sueño del entrelazamiento de Odracir con Ricardo Cantero. Acinorev había nacido en el girax de 6963, precisamente un año donde las tormentas también habían sido muy fuertes y el eclipse había tardado más de lo normal. Estos fenómenos habían causado grandes daños a nivel mundial y, ahora, en el sueño de Odracir, sucedía algo similar con la muchacha llamada Verónica Galdón.

Al igual que el personaje principal en su sueño cuántico, Odracir pensaba que definitivamente había una relación muy íntima entre él y Ricardo Cantero y esto no podía ser una coincidencia ni casualidad. Esto era sencillamente una causalidad del tiempo y el espacio. Su madre, Airam, había nacido en un año de tormentas yáksicas, al igual que Acinorev y su compañera Airelav, pero Orellabac, su padre, él había muerto en uno de esos girax de tormentas y eclipses. Lo rocambolesco era que todos estos personajes tenían una relación con el año del yak, o más bien con las tormentas yáksicas y los eclipses. En el sueño, él pensaba que había algo más que escudriñar, algo más que él hasta el momento no entendía, pero ese algo se iba enredando conforme avanzaba su estado de letargo.

# EL ENCUENTRO CON AIRELAV

El personaje de Valeria se introdujo en forma inmediata en su sueño. Entonces fue cuando Odracir tuvo una reflexión onírica: «¿Qué papel jugaba Valeria Cano en aquel lúcido sueño?». Esa mujer estaba inserta en la vida de Ricardo Cantero, pero de ella no había mucha información más que la de ser la persona que estaba muy cerca de aquel ser terrenal llamado Ricardo. Odracir pensó que su unión con Airelav lo había hecho crecer espiritual y ontológicamente. Con ella había alcanzado un nivel más alto de consciencia y un mayor conocimiento de sí mismo y de todo su mundo alrededor. Sabía que Airelav, hasta cierto punto, lo había rescatado de las garras del desequilibrio espiritual y emocional, que había adquirido a causa de la ida tan inesperada de su hermana Acinorev.

Odracir recordaba cómo había sido el encuentro entre él y Airelav. Ella había atrapado su atención en una cátedra pública expuesta en una universidad de estudios de introspección espiritual y de consciencia. Recordaba cómo ella había entrado en la gran sala para exponer su tesis final y su extenso estudio del pensamiento sobre la Entidad Eterna. Él estaba allí como oyente, formando parte del público. Desde el primer momento en que la vio, quedó impresionado por su manera de expresarse y su forma visionaria de cómo cada individuo podía elevar y acercar su consciencia a la Entidad Eterna en aquella sociedad tan avanzada. La meta final de cada ser en Aurum 496 era la de conseguir un estado de total armonía y de plena felicidad eterna y, cuanto más se estudiaba el tema, más complicado este a veces parecía. Pero ella tenía la virtud de explicarlo de una manera muy sencilla y natural y su discurso en la universidad realmente lo había atrapado.

Desde muy pequeña, Airelav ya traía el don de la auscultación. Su finísimo sentido de la audición le permitía escuchar el pensamiento de los demás, si ella así lo quería. Eso la hacía comprender mejor el comportamiento de todos los seres en su planeta. Pero había algo que ella nunca hacía y era que ella no utilizaba sus dones para obtener ventajas, ni tampoco los utilizaba como medio de manipulación sobre otros seres. Más bien por el contrario, los usaba para encontrar puntos de consenso y cooperación y lograr una armonía en todos sus encuentros con cualquier otro ser.

Su temprano autoconocimiento le había abierto las puertas para iniciarse en la introspección y lograr rápidamente niveles altos de consciencia para ayudar a otros seres a alcanzar el camino de la eterna satisfacción. Esa misma noche del encuentro con Airelav, Odracir recordaba cómo él se acercó a ella. Cuando lo hizo, le comentó lo sorprendido que estaba por la conferencia que había dado hacía algunos minutos. Ella todavía era muy joven, pero su manera formal de vestir, su semántica y su capacidad lingüística para expresarse, la hacían parecer un ser de mayor edad. Airelav estaba finalizando su maestría y pronto estaría lista con sus estudios de alto nivel. En esa ocasión Airelav no pudo evitar auscultar el pensamiento de Odracir. Lo hizo con el objetivo de entender la razón por la cual él se había acercado a ella. Allí, ella inmediatamente entendió que él lo había hecho no solo por lo interesante del tema de la conferencia, sino también por una atracción física que él había sentido hacia ella en ese preciso instante.

Ella trató de desconectar activamente su poder de auscultación, pero la voz del pensamiento de Odracir era más fuerte que su voluntad de desconexión. Así que percibió todo lo que Odracir pensaba de ella y, para ser honesto, esa fue la primera vez que algo así le ocurría. Ella trataba de frenar ese pensamiento de cuasi cohibición que entonces ella sentía, pero ahora frente a él, ella trataba de disimularlo. Algunos minutos antes, frente al podio donde ella estaba de pie conferenciando, ya lo había observado. De algún modo ella también se sentía atraída hacia él. Allí ella pudo notar que el espíritu de Odracir estaba triste y agobiado, pero además de eso, ella percibía una tristeza mezclada con un sentimiento de culpabilidad. Una culpabilidad de algo que hasta el momento ella no podía descifrar. Pero ella estaba concentrada explicando el contenido de su tesis y, por lo tanto, no era apropiado auscultar a nadie en ese preciso instante.

Cuando finalizó la conferencia, Odracir se le acercó rápidamente y casi la sorprendió cuando le dijo:

—Hola, mi nombre es Odracir y no necesitas decir el tuyo, ya lo conozco. Airelav, ¿no es así? —recalcó él de manera determinante y continuó:—. Debo felicitarte porque realmente has dado una verdadera cátedra sobre la visión de cómo debemos de comportarnos para que todos los seres de este planeta podamos alcanzar la felicidad eterna antes de unificarnos con la Información Pura. Realmente es apasionante lo que has expuesto. Y debo admitir que lo has explicado de una manera tan concisa y didáctica, que en realidad no hay manera de confundirse.

Airelav estaba muy emocionada de escuchar a Odracir diciendo esas palabras, y más aún cuando él se acercó a ella.

—Me entusiasma mucho que te haya gustado mi exposición —dijo ella con una gran sonrisa.

Ahora que ella lo tenía enfrente, notaba que él se veía algo mayor, pero su espíritu reflejaba aún mucha juventud interna, a pesar de lo abatido que lo había percibido minutos antes. Odracir, por su lado, sintió la necesidad de decirle que él necesitaba volver a verla. Pero no encontraba la mejor manera de hacerlo. Airelav volvió involuntariamente a escuchar el pensamiento de él, y entonces le facilitó las cosas, diciéndole:

—La próxima semana voy a exponer la segunda parte de mis estudios en los auditorios de Los Bosques de la Luz. ¿Tienes posibilidad de venir? Me encantaría que estuvieras ahí. ¿Has estado en ese lugar alguna vez? —terminó diciendo ella.

—¡Oh! Cuánto me alegra que me hayas preguntado. Estudié en esa en provincia y vivía en una aldea aledaña a Los Bosques de La Luz, así que conozco muy bien esa zona y me gustaría volver allí, y aún más si voy acompañado de ti —constestó Odracir rebosante de alegría.

Los Bosques de la Luz era un lugar mágico. De día, toda la vegetación existente allí se vestía de colores como los arcoíris. Las cortezas de los árboles eran rayadas, con diferentes colores vivos, y las hojas cambiaban de color de acuerdo con el estado del tiempo. Si el clima estaba nublado, se tornaba con un tono rojo anaranjado y amarillo brillante. Si el cielo estaba despejado, se tornaba un tranquilizante tono verde azulado y púrpura. En las noches, toda vegetación con flores brillaba como luciérnagas y creaba un espectáculo de luces que se veía desde el espacio. Asimismo, todas las aves allí brillaban en la oscuridad de la noche, cuando descansaban sobre las ramas de los grandes y frondosos árboles. Todas estas luces irradiadas por la naturaleza formaban un reflejo prismático en el agua de los ríos. Esas luces se intensificaban aún más, ya que el fondo de los ríos estaba cubierto de una arena orificada que creaba una sensación de luces pirotécnicas. Este lugar era sencillamente precioso y majestuoso.

Odracir sintió armonía y mucha felicidad en solo pensar que aquella criatura hermosa lo estaba invitando a aquel bello lugar lleno de energía y paz. Odracir se había dedicado completamente a su carrera y, como botánico que era, conocía la mayoría de las plantas de su planeta, especialmente las plantas comestibles marítimas, las cuales se habían convertido en la base de la industria alimentaria en ese mundo. Después del fallecimiento de su hermana, él se había sentido solo y había optado por viajar a las siete naciones del planeta, explorando y descubriendo nuevas plantas que pudieran servir como alimento. Y gracias a él y a un grupo de botánicos de varias naciones, la variedad de plantas marítimas se había diversificado y ahora estas se servían en las mesas de muchos hogares de aquel mundo. En ese viaje de encuentro con Airelav, él iba a tener la oportunidad de mostrarle a ella algunos lugares que él ya conocía, y a la vez iba a ser una muy buena ocasión para conocerla más profundamente.

## EL VIAJE DE UNIÓN ENTRE ODRACIR Y AIRELAV

Odracir y Airelav llegaron juntos a una pequeña ciudad cercana a Los Bosques de la Luz. Allí se hospedaron en un alojamiento hermoso y acogedor. Estaba atardeciendo y la estrella estaba a punto de caer en el horizonte. La luna azul aún se lograba ver en el crepúsculo. El hotel estaba construido totalmente de cristal de diamante y, desde el acantilado donde este se encontraba, se apreciaba todo el gran valle.

—¿Conocías ya este lugar, entonces? Realmente es un lugar muy encantador —acentuó Airelav.

—Sí, ya lo conocía. Verdad que inspira tranquilidad —dijo Odracir y continuó:—. Mañana, después de tu exposición, te voy a llevar a un lugar muy especial para mí. Creo que es el lugar que más te va a encantar y hasta cierto punto te va a impresionar —terminó diciendo él.

—Sí, pues desde ya deseo que sea mañana —dijo ella muy emocionada.

Mientras tanto, los dos saboreaban una bebida caliente y comían unas verduras cubiertas con algo gelatinoso. Airelav trataba de frenarse para no leer el pensamiento de Odracir. No quería echar a perder aquel momento tan especial que estaba experimentando con él. En realidad, esta era la primera vez que sentía algo tan particular por alguien. Ella se había dedicado de lleno toda su vida a la investigación ontológica y a las ciencias socio-espirituales de su planeta, y esto le había restado tiempo para pensar en un compañero de vida eterna. Luego, en forma súbita e inesperada, Odracir la sorprendió con un comentario que ella inconscientemente esperaba, pero al mismo tiempo no estaba segura de que este viniera tan pronto.

—Debo confesarte que siento algo muy profundo por ti, y desde hace mucho tiempo no sentía esto por nadie. Desde nuestro primer encuentro no he dejado de pensar en ti. Hoy me siento como un pubescente. La muerte de Acinorev casi apaga la chispa de mi Entidad Eterna y ha opacado mis días durante los últimos tiempos. El miedo me acorraló. Pero después de la charla que diste en tu exposición de tesis sobre el futuro de nuestra existencia, vi las cosas más claramente. Ahora entiendo mejor por qué tenemos que vivir en armonía y tratar de experimentar mayormente nuestra felicidad. Y es que todo esto es para hacernos crecer en espíritu y consciencia. Y que las derrotas y las pérdidas no son más que una prueba en la evolución de nuestra Entidad Eterna. Yo siempre creí que el antónimo del temor era la valentía y el coraje, pero ahora entiendo que es el amor. Es el amor el que vence cualquier fuerza negativa y endereza el pensamiento y el espíritu. Sin amor nunca iremos a conectar con la Información Pura e infinita —dijo él.

Los grandes y hermosos ojos de Airelav se tornaron de diferentes colores, mostrando así amor profundo y alegría. Luego ella contestó:

—Así es, noble Odracir. Yo también me siento halagada de que mi charla te haya despertado, y eso llena mi espíritu. Pero recuerda siempre que existe una gran diferencia entre temor y miedo. Estos dos términos suelen ser confundidos por nuestros semejantes que poseen un nivel espiritual y de consciencia menor que el de nosotros. En la civilización antigua el miedo escudaba, me refiero a que el miedo era una emoción natural que protegía a nuestros antepasados de situaciones de peligro reales. Mientras que el temor era y sigue siendo una emoción artificial producida en nuestra mente, la cual nos hace evitar o huir de situaciones de peligro imaginario, ya que ese peligro no existe más que en nuestra mente. Esto lo podemos ver actualmente en los aurumestres de bajo nivel de consciencia —terminó ella diciendo con voz tierna y mirándolo profundamente a los ojos.

La noche caía velozmente y el bosque que cobijaba las montañas alrededor de aquella posada se dejaba desvelar en la lejanía. Las luces empezaban a brillar por doquier como luciérnagas alumbrando prados en verano. Ellos conversaban en la terraza del hotel, el cual estaba construido en un acantilado de cientos de metros. Este era rociado por millones de gotas de agua brillantes que provenían de la cascada del río que bañaba todo aquel hermoso lugar. Más allá de la catarata, el río se desplazaba por varios kilómetros y desembocaba en un lago cristalino que reflejaba las luces del bosque, como un espejo reflejando las luces de un parque de atracciones. Era un lugar inimaginable que definitivamente se prestaba para germinar y florecer sentimientos y emociones de amor. Sin embargo, estos seres no estaban exentos de sensaciones pasionales, pero estas estaban en un muy alto grado, ligadas al espíritu, no a lo carnal, porque era en lo espiritual donde se iniciaba la atracción física entre ellos.

Los aurumestres, a pesar de no tener apego a sus cuerpos físicos, apreciaban la belleza física de todo ser. La atracción física entre estos seres no empezaba con la observación visual de uno al otro, sino más bien con la comunicación espiritual de las Entidades Eternas. Era como una fuerza sagrada e invisible que hacía posible el contacto entre ellos, y esto, posteriormente, llevaba a la pareja a la unificación, entrelazándolos para siempre. Pero era de vital importancia que la fuerza que los atraía fuera genuinamente divina. Ellos tenían completo control del deseo sexual. El deseo indómito y animal que había en los albores de la civilización antigua habían quedado enterrados para siempre después del fin de la Guerra del Credo. Allí ya no existía la morbosidad ni la malicia, ni la perversidad, ni lo pernicioso, ni tampoco la lujuria.

En estos seres no había sexualidad como los humanos la percibimos. El ser femenino era el único ser que tenía un orificio externo exclusivo para engendrar. El ser masculino carecía de órganos externos. Los verdaderos órganos sexuales estaban incrustados en el cerebro en forma de glándula, los cuales expulsaban una secreción química que se mezclaba en la boca y era digerida por la «mujer» si se quería engendrar a un hijo. La fecundación de un ser ocurría si la Entidad Eterna del sexo femenino se conectaba genuinamente con la Entidad Eterna del sexo masculino. A esto le llamaban «el entrelazamiento eterno». Allí, ambos debían estar en consenso pleno y entrelazados entre sí con sus Entidades Eternas. Si la Información Pura lo permitía, entonces esa sustancia química se producía simultáneamente en el cerebro de ambos y se depositaba a través de la boca en el cuerpo del ser femenino. Era entonces a través del beso que se engendraba a los hijos. Por lo tanto, la concepción de un ser era a través de un acto de amor puro, pero obviamente era un proceso netamente químico-biológico, el cual no tenía ningún peso moral ni ético. Aquí no había ni nunca hubo un "pecado original", ya que en los aurumestres no existía la morbosidad sexual como en los humanos.

## EL BESO DE LA UNIÓN ETERNA

El beso, por el contrario, tenía un matiz casi subliminal, más elevado que el del sexo coital humano, pero de alguna manera, esto era lo más licencioso que los aurumestres podían alcanzar en una relación de pareja. Era a través del beso que dos Entidades Eternas culminaban su entrelazamiento y lograban llegar a la cúspide de la unión de sus espíritus. La cavidad de la boca era sagrada, como un templo religioso, si se puede comparar con eso. Era a través de la boca que se emitían las palabras pensadas y creadas en la mente. Y era la manera más eficaz de verbalizar actos y explicar hechos, por lo tanto, la boca, conjuntamente con los labios y la lengua, pertenecía a la cavidad divina, donde entraban los alimentos y donde se transmitía el lenguaje y el sentimiento. Era también aquí donde se experimentaba el poder degustativo, pero al mismo tiempo era la única zona libidinosa del cuerpo que mantenía un atractivo cuasi impúdico, cuasi sensual pero, en cierta manera, misterioso. La cavidad bucal era la parte del cuerpo que estaba más elevada, más cerca de los ojos y del cerebro. Por eso la boca se asociaba a las dimensiones superiores del espíritu.

Odracir, desde su primer encuentro con Airelav, se había fijado discretamente en la boca de la doncella, y trataba de desviar constante y activamente ese pensamiento. Se esforzaba por alejar de su intelecto los proyectiles mentales que lo atacaban y lo obligaban a pensar en la boca voluptuosa de aquel ser. Él comprendía que aquel reflejo mental era solamente un vestigio proveniente de un ser con una consciencia inferior, como la de los felinos, los yaks, o como las aves del cielo. Él ya había alcanzado los altos niveles de consciencia y, por lo tanto, no podía permitirse pensar así. Pero aparentemente el pensamiento «carnal», de vez en cuando, hacía su incursión en la mente de los aurumestres y era entonces cuando había que doblegar al espíritu de la materia, como ellos lo llamaban. Era el espíritu de la materia el que trataba todo el tiempo de interferir en la relación entre la Entidad Eterna y la Información Pura.

Los aurumestres no se consideraban seres evolutivos, ya que ellos no provenían de una raza inferior o de algún animal. En ellos nunca hubo una transformación evolutiva, físicamente hablando, pero sí compartían algunas características biológicas con los animales y las plantas, ya que todos los seres en Aurum 496 estaban entrelazados entre sí a través de algo parecido a una red de neuronas cerebrales existentes dentro del planeta y, en cierto modo, la Entidad Eterna de cada ser estaba conectada a esa red planetaria de neuronas. De lo que sí ellos estaban plenamente conscientes, era de que había habido una alteración, o más bien un desarrollo, en la mente y en la consciencia de toda la raza aurumestre. Esta había empezado a evolucionar velozmente durante los últimos 6000 girax y con mayor aceleración después de la Guerra del Credo.

De acuerdo con los escritos históricos, este cambio había empezado a acelerarse algunos años después de la Guerra del Credo, y tomó más fuerza con los pequeños grupos de sobrevivientes que quedaron en las diferentes naciones. Se decía que los habitantes que sobrevivieron el holocausto aprendieron a pensar rápidamente con el espíritu y no con la mente. Fueron el espíritu y la consciencia los que estuvieron conectados con la Información Pura, y fue a través del espíritu que la energía infinita fluctuó e hizo que la mente, sin influencia del pensamiento materialista, transmitiera paz y armonía a través de la boca. Así, todos los sobrevivientes y sus futuras generaciones alcanzaron la paz plena. Cuanto más evolucionado espiritualmente era el ser, más limpia y clínica era la transmisión del lenguaje que provenía de su boca y, por ende, este estaba más cercano a la conexión con la Información Pura.

Se asumía que el haber empezado a comer únicamente frutas y vegetales marítimos y haber desechado de su dieta básica todo tipo de carne, habían influido positivamente en la evolución del espíritu. Los relatos históricos apuntaban a que la ingesta de carnes de cualquier tipo, particularmente durante el desarrollo de la civilización antigua, había también sido parte de los detonantes que causaron la decadencia de los pueblos antiguos. Por esa razón, la carne ya no era apetecible, ya que esto manchaba directamente la relación que existía entre la Entidad Eterna de cada ser y la Información Pura. Quizás por esa razón el beso "pasional" se asociaba de alguna manera a la ingesta de carne y, aunque ellos no conocían el término «pecado», porque este no existía ni nunca existió, se había interpretado como algo casi prohibido, pero no impuro. Introducir la lengua de un ser en la boca de otro ser se hacía solamente cuando dos seres acordaban que sus espíritus estaban listos para entrelazarse por siempre. Y a partir de ahí, esos dos seres quedaban entrelazados para la eternidad, de la misma manera que se lleva a cabo un acuerdo matrimonial en la Tierra.

Era entonces a través del beso que los aurumestres lograban insuflar lo inmaterial de la Entidad Eterna de un ser a otro. En ellos, el deseo erótico, fuertemente concebido en la mente de los humanos, había sido sustituido por un anhelo netamente espiritual que empezaba no con la atracción física, sino con la atracción de las fuerzas invisibles de lo espiritual. Era como si las fuerzas de sus Entidades Eternas se atrajeran por fuerzas electromagnéticas, como dos imanes con polos opuestos pero calzándose y ajustándose perfectamente entre sí, y esto solo sucedía después de haber alcanzado la mayoría de edad, o sea después de los veintiún girax. Antes de esto no había ningún tipo de atracción física ni espiritual, ya que las Entidades Eternas en esos seres jóvenes se mantenían neutrales hasta entonces.

El color natural de los labios de estos seres era de un tono lazulita, pero durante la acción del beso intimado se tornaban escalonadamente a un tono rojo vivo. Cuanto más rojo vivo era el tono de los labios, mayor armonía y entrelazamiento existía entre las Entidades Eternas de ambos seres. Ningún ser con altos niveles de consciencia realizaba el acto del beso si no estaba completamente seguro de que iba a unificar su Entidad Eterna para siempre con la del otro ser, ya que se corría el riesgo de contaminar y debilitar la energía de la Entidad Eterna y esto podía bajar el nivel espiritual de uno de los seres o de ambos a la vez.

La insuflación de energía proveniente de la Entidad Eterna de algunos seres podía ser positiva o negativa. Si era positiva se realizaba una buena inclinación, o sea una elevación física, subliminal y espiritual simultáneamente. Esto se sentía inmediatamente en el momento de rozar los labios. Por el contrario, si era negativa se llevaba a cabo una mala inclinación, lo cual significaba un descenso del ánimo espiritual y un rechazo físico que, siendo realizado en forma repetitiva, podía hacer descender fuertemente el nivel de la Entidad Eterna de ese ser.

La conversación entre Odracir y Airelav se extendió por varias horas. Allí, él tuvo la oportunidad de contarle sobre su vida y de las experiencias que había alcanzado experimentar durante los viajes científicos a las lejanas tierras del norte, pero también sobre las aventuras en las tierras del sur. Él, como biólogo y botánico que era, había conocido allí una cantidad de especies raras pertenecientes al reino vegetal, las cuales eran casi insólitas, incluso para los habitantes de su planeta. Se notaba que ella disfrutaba de la compañía de aquel interesante aurumestre, el cual narraba sus proezas de una forma muy entretenida. Los dos estaban disfrutando placenteramente y ya habían entrado a la habitación de Airelav, donde se deleitaban con una bebida caliente de color rojizo. Ella estaba recostada sobre unos cojines altos y elegantes que tenían la función de cama y él permanecía sentado sobre un lujoso diván. Por un corto lapso de tiempo los dos mantuvieron un silencio pulcro. Ninguno de los dos se atrevía a tomar el siguiente paso ni a decir nada. Así que después de algunos minutos, él se movió de su lecho y dijo:

—Creo que debes estar cansada después de este largo viaje. Será mejor que yo también me vaya a descansar.

—No, solo estoy relajada escuchando tus increíbles relatos. Quiero que antes me cuentes sobre el árbol de los rubíes, que he escuchado tanto. Tú has estado viajando por esas zonas, ¿no es así? —exclamó ella, algo emocionada.

Odracir se dejó persuadir fácilmente con la pregunta. Se reclinó de nuevo en su lecho y prosiguió con su relato.

—El famoso y místico árbol de los rubíes crece en las zonas boreales más frías del planeta, y está hecho de una corteza dura de color turquesa y tiene hojas suaves de color rubí en forma pentagonal. Es un árbol relativamente alto para su posición geográfica, pero lo interesante de este árbol es que siempre ha existido y nunca ha tirado sus hojas, a pesar de los fuertes vientos y las grandes nevadas que suelen existir allí en ese lugar. Dicen que florece cada mil girax y sus flores son como estrellas azules —explicó Odracir.

—¿Cómo los zafiros? —agregó ella.

Él sonrió levemente y asintió, y luego continuó describiéndolo.

—Realmente es algo espectacular ver este árbol desde la parte más alta del macizo nevado. Este árbol es único allí y está en la mitad del valle nevado que divide las dos montañas del Macizo del Amor. Otra curiosidad es que alrededor del árbol nunca ha habido nieve ni nunca la habrá, ya que las leyendas dicen que en él se materializa la energía pura del universo. Por esa razón, este siempre mantiene su calor. Cuentan también que sus raíces funcionan como un cerebro planetario, que se dispersan y se conectan con sus hilos a todos los árboles del planeta, manteniendo una comunicación y una conexión biológica con todos los otros seres vivos. Los ancianos del norte suelen decir que los que logran encontrar una flor de este árbol, suelen hallar fácilmente al compañero perpetuo de su Entidad Eterna. La dificultad está en encontrar algo tan pequeño en ese vasto lugar, ya que las flores vuelan y son expulsadas a varios kilómetros de distancia y allí desaparecen en la nieve, que cae continuamente. Allí permanecen enterradas para siempre bajo la nieve y el hielo.

—¡Oh! Realmente quisiera conocer ese árbol y obtener una flor de zafiro o una hoja de rubí —dijo Airelav con voz apasionada. Pasaron algunos segundos en silencio y de repente Odracir se levantó de su lecho, se acercó a ella y frente a su rostro le dijo:

—¿Puedo besarte?

Airelav quedó inmóvil, no sabía qué contestar, pero en sus adentros quería experimentar si Odracir realmente era el compañero de su vida y, por lo tanto, no quería dejar pasar esa oportunidad así nomás. Además, su espíritu ya le había dado algunos indicios de que él podría ser el ser que su Entidad Eterna buscaba. Odracir no pudo esperar la respuesta y se atrevió a acercar su rostro al de ella. Luego aproximó sus labios a los labios de la doncella, se arrimó muy suavemente, casi con la segura intención de que ella no lo iba a rechazar. Sintió su suave y fresco aliento. Su fragancia no era de ese mundo y de inmediato una sensación de placer y felicidad lo envolvió.

Era como si él estuviera probando el néctar de la flor más extravagante de ese planeta, y esta tuviera una sustancia alucinógena que lo llevara hasta el fin del universo y lo trajera de vuelta en forma casi instantánea. En cuestión de milésimas de segundo, pensó que tal vez debía retirar sus labios de los de ella, pero presto retomó su acción y sus labios tocaron la tersa textura de los labios de Airelav. Notó que Airelav no opuso resistencia ni tampoco oposición al acto que él estaba efectuando. Ella, con los ojos cerrados, respiraba delicadamente y se dejaba llevar por la acción pasional de Odracir. Ella sentía cómo él rozaba suavemente sus labios contra los de ella. Los labios de ambos empezaron a humedecerse y a tornarse a un tono rosa, pero minutos después estos cambiaron a un rojo candente, como las hojas del árbol de rubí que Odracir hacía algunos minutos antes había narrado.

Transcurrieron algunos minutos más, se acariciaron mutuamente con los labios, los cuales ahora casi ardían y, de repente, Odracir se atrevió a tocar con la punta de su lengua toda la zona del margen rojo de la cavidad bucal de aquella bella criatura. Ella abrió los ojos y él notó que ella estaba como en un trance. Con su órgano muscular gustativo, Odracir humedecía toda la porción labial de Acinorev y pudo sentir cómo el músculo orbicular de la boca de aquel virtuoso ser empezaba a contraerse. Él jamás había experimentado algo semejante. El tiempo seguía transcurriendo y ella estaba ahora tumbada boca arriba en el lecho de una plataforma similar al de una cama. Allí, Odracir se acomodó horizontalmente y, finalmente, introdujo su lengua en aquella bóveda casi sagrada. En el momento en el que él introdujo su lengua pudo sentir la pureza de la energía que ella emanaba desde su interior. Era el efluvio cándido de la fuerza inmaterial que el espíritu de lo infinito irradiaba. Y de igual manera, aquella doncella se sentía positivamente envuelta por una fuerza espiritual pulcra que envolvía su mente y su alma. Finalmente, ambos entraron en un éxtasis de satisfacción eterna y, por un lapso de tiempo indefinido, la pareja logró transportarse al núcleo de la energía infinita, y luego cayeron en una ataraxia indescriptible hasta el siguiente día.

En la mañana, cuando despertaron, los rayos de luz alumbraban parcialmente la cara de los consortes que todavía yacían tendidos en la cama. Los rayos de luz que penetraban en la habitación convertían las paredes en un manto de colores, los cuales producían arcoíris de formas oblicuas sobre las cortinas blancas. Odracir abrió los ojos y dijo:

—Debo admitir que los ancianos del norte tenían razón, el apólogo de la flor del árbol de rubí no era una ficción, era una realidad.

Y luego se levantó y sacó de la faltriquera de su prenda de vestir una flor de color zafiro y se la entregó a ella.

—Es tuya ahora. Somos dos Entidades Eternas en una. Finalmente he encontrado la otra mitad que me faltaba —terminó diciendo Odracir.

Inmediatamente Airelav se sentó en el lecho donde estaba, tomó la flor y entendió que Odracir realmente era el ser que ella buscaba.

—Me siento colmada de felicidad infinita y mi espíritu está lleno de energía pura. Ahora sé que hemos consumado nuestro matrimonio espiritual y, a partir de ahora, no habrá nada que nos separe, aunque no existamos más en este planeta. Tú y yo seremos uno para siempre. Te amo, alma mía —le decía Airelav a Odracir con un candor casi celestial.

Odracir volvió a acercar su rostro a ella y ambos juntaron sus labios, los cuales nuevamente estaban húmedos y rosados. Y entonces Odracir, hablándole junto a su boca, le profería las palabras más bellas que ella jamás había escuchado y luego cayeron en el mismo éxtasis de la noche anterior.

Después de varias horas acostados en aquel lecho de amor, se levantaron y Odracir dijo:

—Creo que debemos alistarnos. Quiero mostrarte el lugar que te prometí ver ayer. Debes verlo —insistió Odracir.

—Con esta bella vivencia que estamos experimentando casi se me había olvidado lo que me habías prometido anoche —dijo Airelav sonriendo ingenuamente.

Se prepararon y luego salieron. Después de viajar algunas horas a través del Bosque de la Luz, llegaron a un lugar que se veía como una pirámide. Aquella gran obra no parecía ser una construcción artificial hecha por seres aurumestres, sino más bien parecía haber sido creada por la misma naturaleza. Aquella enorme obra se elevaba hacia el cielo y tenía por lo menos dos mil metros de altura. Su coraza estaba hecha de una piedra metálica con estrías descendentes y zigzagueantes y estas brillaban con la luz del Girax. Era el oro que habían derretido en medio de sus paredes grises. La gran figura cónica parecía un volcán, pero en este planeta los volcanes no existían. El enorme pico que se levantaba hasta los cielos descansaba sobre una isla rodeada de agua color púrpura, bañada por un lago llamado el Lago de la Comprensión. La extraña edificación había sido construida hacía más de cuatro mil girax, cuando los aurumestres habían decidido recolectar todas las armas bélicas de ese mundo, las cuales habían sido enviadas a Mesoaurum para que allí fueran destruidas y fundidas en metal otra vez.

Después del fin de La Guerra del Credo, las siete naciones habían acordado eliminar todo tipo de armamento bélico, tanto el militar como el nuclear, y habían decidido abolir todos los ejércitos y finalmente habían convenido edificar la gran Montaña de la Amistad en honor a la paz y al desarrollo ontológico aurumestre. Ahora esa montaña de metal se levantaba imponente para recordarles a las futuras generaciones sobre la mala inclinación que había dominado a la antigua civilización, y de algún modo, para que nunca más se repitiera esa incivilizada y bestial forma de pensar en los aurumestres del futuro.

—He visto imágenes de ella, pero esta es la primera vez que la veo con mis propios ojos —asintió Airelav y continuó diciendo:—. Es impresionante. Nunca creí que la Montaña de la Amistad fuera tan alta. Y no sabía que el Lago de la Comprensión fuera tan extenso y tuviera este color tan bello. El color púrpura es uno de mis favoritos, ¿sabías? —recalcó ella—. Gracias por este precioso regalo. Cuando veo estas cosas me doy cuenta de que realmente debemos seguir luchando para que nuestro mundo siga perfeccionándose y nunca jamás caiga en la desgracia que cayeron nuestros antepasados. No puedo imaginar cuánto odio, cuánta avaricia y cuánto miedo debieron haber sentido nuestros ancestros para crear tanta maldad y tanta destrucción —dijo ella volviéndose hacia él con ojos de esperanza.

## UN MUNDO SIN MIEDO

Odracir miró a Airelav algo sorprendido, como tratando de buscar una explicación más detallada de lo que ella estaba comentando acerca del miedo. Entonces, cuestionó él:

—¡Miedo! ¿Crees realmente que fue el miedo lo que los llevó allí, a la destrucción? Pero eso ya casi no existe en nosotros.

Y ella entonces respondió:

—Sí, anteriormente había mucho miedo en los seres de la antigua civilización. Y cuando tenían miedo, esta sensación ocasionaba dos cosas en ellos: se detenían y atacaban, o huían del peligro a toda prisa. Cuando se defendían, podían incluso hasta matar a otro ser a sangre fría, ya que perdían el raciocinio, puesto que la adrenalina se les subía enormemente al cerebro y esto les hacía perder el control de la mente y de las emociones. Parece que la epinefrina, como también se llamaba, incrementaba la frecuencia cardíaca, aumentaba la tasa respiratoria y dilataba los conductos de aire para dar más oxígeno a los pulmones. Es probable que el temor que existe actualmente en algunos de nuestros seres con bajo nivel de consciencia, sea un vestigio de ese miedo que quedó en nuestra raza, y algunos de nosotros no lo han podido eliminar —terminó explicando de manera científica Airelav.

—¡Oh! Ahora entiendo por qué ese miedo aún persiste en los yaks y en las aves. Lo interesante es que ese miedo no existe en el reino vegetal —agregó él, algo sorprendido.

Y entonces ella siguió con su explicación:

—El miedo comenzó siendo algo positivo en los aurumestres de la antigua civilización. Ese miedo salvaguardaba a nuestros antecesores de peligros naturales como los depredadores, las inclemencias del tiempo, las tormentas giráxicas y demás amenazas, colaborando así con la supervivencia de nuestra especie, pero a medida que la civilización iba avanzando, los temores hacia esas desgracias fueron creciendo paulatinamente. Luego, esas desgracias fueron utilizadas por los que tenían el poder para controlar las masas y moldear a las poblaciones a su antojo. Esto culminó con la Guerra del Credo, donde el miedo se apoderó de todos. Nuestra Entidad Eterna nos ha enseñado que el miedo ya no existe. El miedo es una emoción caracterizada por una intensa sensación desagradable, provocada por la percepción de un peligro real o supuesto, y que puede estar en el presente, en el futuro o incluso en el pasado. Es una emoción primaria que se deriva de la aversión natural al riesgo o a la amenaza y se manifiesta en todos los seres de bajo nivel de consciencia, incluyendo a veces al ser aurumestre. Sin embargo, nosotros dichosamente hemos logrado dominarlo, y ahora lo hemos casi erradicado —terminó explicando Airelav.

Odracir aún soñaba lúcidamente y conectó con todos los acontecimientos que abatían a Ricardo Cantero en aquel mundo subdesarrollado. Ahora entendía perfectamente qué era realmente el miedo. Nunca había percibido muy bien esa sensación cuando Airelav se lo había explicado. La sensación del miedo había casi desaparecido por completo en Aurum 496, ya que estos seres no carecían de nada, no había enfermedades, preocupaciones, ni calamidades, y todo era pulcro e higiénico. El único factor de riesgo eran las tormentas giráxicas que sucedían cada doce años, pero los aurumestres ya no temían a ello tampoco. Ellos sabían que podían dominar ese riesgo.

Odracir veía y sentía lúcidamente la vida completa de Ricardo Cantero de la misma manera que se ve una película en una pantalla. Todavía inmerso en su sueño, Odracir implícitamente podía entender y sentir la tristeza y el miedo que abrumaban a aquel niño llamado Ricardo Cantero. Veía y sentía las penurias ocasionadas por la muerte de María Cantero y por la actitud irresponsable e involuntaria del ser llamado Francisco Caballero. Aquel mundo era un mundo adverso y complicado. Pero todo esto, de algún modo, ahora estaba haciendo efecto negativo en Odracir también. Odracir podía percibir la impotencia y la intranquilidad de aquel joven Ricardo Cantero, el cual había iniciado una relación de amor con la chica llamada Verónica Galdón, y la cual, por causa de una creencia en una ideología política radical, se había enredado hasta caer en las garras de un pensamiento casi obsesivo. Y ella, entonces, había tratado de cambiar las condiciones sociopolíticas de aquel país donde habitaba. Pero lamentablemente las cosas habían salido mal, dando como resultado la pérdida de su vida en el cautiverio donde ella estaba sin libertad. Paralelamente, Odracir experimentaba la felicidad terrenal de Ricardo Cantero con su esposa y, aunque esta era una felicidad efímera y pasajera, la sentía intensa y agradable.

Odracir asimilaba perfectamente el amor que Ricardo Cantero sentía hacia Valeria Cano. Era como el amor que él sentía por Airelav. Solo que el amor en ese planeta subdesarrollado era interferido por todos los problemas que esos mismos seres creaban en sus mentes, los cuales generaban también miedos y temores, y eso limitaba la expansión del sentimiento más bello del universo, el amor mismo. Allí prevalecían tanto el miedo a las situaciones de peligro reales como el temor a las situaciones de peligros imaginarios, y ambas situaciones contribuían a crear una felicidad fugaz. Y por eso, ese pobre ser con el cual él ahora estaba entrelazado, sufría aún las consecuencias del pasado, que repercutían directamente en su presente y posiblemente lo iban a eliminar en el futuro. ¿De qué manera podía Odracir ayudarlo entonces?

En aquel estado de letargo, Odracir pudo interpretar que la relación entre Ricardo Cantero y Valeria Cano le recordaba mucho a su relación con Airelav. Aunque en el sueño de Odracir no se proyectaba con claridad el episodio de la evolución del primer beso entre esa pareja, Odracir casi podía sentir la misma sensación de placer espiritual que él sintió cuando besó a su esposa Airelav en El Bosque de La Luz. Lo que Odracir divisaba ahora en su sueño era un lugar muy cálido y frío a la vez, ya que la pareja estaba en un país con un calor asfixiante, pero ellos estaban entonces en una alcoba que era enfriada artificialmente. El aire allí dentro era frío como los vientos helados del Macizo del Amor en la nación del norte. Él distinguía cómo los enamorados, tumbados en una yacija cómoda y suave, se besaban con toda la pasión del mundo. Aparentemente, el beso allí también en ese planeta era de vital importancia, ya que este marcaba el inicio de una relación eterna entre Valeria Cano y Ricardo Cantero.

Ese sentimiento reconfortaba y animaba a Odracir, porque pensaba que, a pesar de todo, en aquel subdesarrollado planeta había esperanza y amor pleno entre los seres que lo habitaban. No todo era calamidad y desgracia. Todo indicaba que existían islas de bondad, amor y espiritualidad en la mente de los seres de aquel atrasado mundo, a pesar de todos los obstáculos que ellos trataban de sobrellevar y resistir. Parecía que, después de todo, existía también la felicidad, aunque esta fuera transitoria, y, en cierto modo, muy parecida al gozo momentáneo de los antiguos seres aurumestres. Eso le llamaba muchísimo la atención. De algún modo, esa visión de ensueño que Odracir estaba experimentando lo estaba haciendo crecer espiritualmente aún más y, aunque el sueño le mostraba un mundo totalmente pobre y desconocido, le revelaba una creación rica en experiencias y llena de mundología, que hasta el momento él no sabía que existía.

Odracir no conocía a nadie en su planeta que hubiese experimentado ese tipo de visiones tan auténticas en una ensoñación, y esa habilidad le creaba una gran satisfacción interna en ese instante.

Esa facultad de tener una visión tan real a través de los sueños no la había descubierto antes. Esta era la primera vez, y quizás por eso había sudado tanto durante la noche anterior. Esa había sido la razón por la cual había decidido ir esa mañana a levitar al centro deportivo. Odracir sentía cierta atracción por seguir escudriñando más acerca de aquel incivilizado planeta. En su ensoñación lúcida, Odracir sintió la necesidad de volverse terrenal, obviamente solo en pensamiento.

Le atrajo enormemente el deseo de apreciar, probar y examinar los verdaderos sentimientos de una sociedad terrenal. Posiblemente una de las cosas que más lo sedujo, fue la necesidad de conocer más sobre Valeria Cano. Valeria Cano había aparecido en la vida de Ricardo Cantero de forma repentina, pero ciertamente cuando él más la necesitaba. En su ensueño, Odracir observaba cómo la vida del ser con el cual él estaba ahora entrelazado se estaba entristeciendo y apagando paulatinamente, pero fue cuando Valeria Cano se personó en su vida. Fue ella la que logró rescatar a aquel mustio hombre que aparentemente había perdido toda esperanza de amor y se encontraba sin energía.

Odracir percibía en su mente que el tiempo en ese planeta subdesarrollado transcurría muy rápida y agitadamente. Sentía que allí podía levitar sin necesidad de cámaras de levitación. Se sentía como una pluma y volaba como un ave cuando es aventada por el viento. Allí había olores que él nunca había percibido, y los colores eran más tenues y más desteñidos que los de su planeta. Había claridad y oscuridad, y esta última era mucho más opaca que la oscuridad de la noche en su mundo. Los seres en ese planeta tenían una consciencia similar a los aurumestres, pero en un nivel muy inferior al de ellos. Parecía que hacían las cosas correctamente, pero sin tener consciencia de lo que sentían. Veían pero no observaban, oían pero no escuchaban, olían pero no olfateaban, tocaban pero no tentaban, y probaban pero no degustaban. Ellos aún seguían perdidos en el espacio.

Sintió compasión por esos seres y pensó que no deseaba vivir en ese mundo. Y entonces, se preparó para terminar su sueño lúcido.

Descendería de su sueño e iría a recoger a su amada esposa, ya que un sensor en su mano derecha le indicaba que el tiempo de levitación se estaba acabando y, por lo tanto, tenía que empezar a cerrar el círculo del sueño. Y fue justo en ese momento que pudo interpretar y entender por primera vez la frase indescifrable de los gnósticos «Sodinos Ed Al Arreit». Eso significaba «Sonidos de la Tierra». En otras palabras, aquel planeta al otro lado del universo se llamaba Tierra. Ahora entendía que los antiguos aurumestres habían fundado sus creencias y dogmas en algo totalmente errado. En un mundo totalmente al revés al de él.

En ese mismo instante, el centro atlético quedó en tinieblas y los seres que estaban allí levitando se vinieron al suelo con toda la fuerza de ese mundo. Entre ellos estaba Odracir. La tormenta giráxica estaba haciendo estragos desde hacía algunas horas y el campo magnético de Aurum 496 estaba siendo fuertemente afectado, como nunca antes lo había hecho. Algunos de los fusionatos se habían destruido con la explosión estelar, lo cual había generado un apagón en los sistemas eléctricos de todas las ciudades de ese mundo. Las plantas de reserva energética de la pequeña nación se dispararon casi instantáneamente, pero la explosión que causó la tormenta estelar esta vez, había sido tan fuerte que había logrado la destrucción de algunos de los fusionatos de reserva que impedían que este tipo de accidentes sucedieran. Los cuerpos de los seres que habían estado levitando, ahora se encontraban tumbados en el piso de la gran sala de levitación. Algunos de ellos estaban totalmente destrozados por dentro, sin vida.

Cuando Airelav se percató de lo ocurrido se desplazó levitando en forma instantánea. Se dirigió al centro atlético en busca de su esposo, tuvo la premonición de que su compañero eterno estaba en peligro y sintió la necesidad de verlo ya. Cuando entró al palacio deportivo, muchos de los aurumestres estaban saliendo del lugar mesuradamente, pero ella no veía por ningún lado a Odracir, hasta que pudo entrar a la sala de levitación y, entonces, vio a su esposo tendido en el piso metálico del gran salón. Se acercó controladamente y se agachó para verle su rostro. Comprobó que definitivamente era Odracir, pero sus rasgos faciales eran ahora los de un ser envejecido, no los del joven Odracir que conocía. Lo extraño era que allí nadie se arrugaba. Esto era algo insólito, ya que en Aurum 496 los seres no envejecían físicamente. Ella abrazó el cuerpo del ser que vio y trató de auscultarlo, pero esta vez no pudo escuchar sus pensamientos.

La mente de Odracir estaba totalmente vacía, como el infinito, como la nada. Acercó su boca a la de él y lo besó tiernamente. En ese mismo instante pensó que Odracir aún no sabía sobre el advenimiento de su primogénito, y luego le insufló con toda la fuerza del universo su aire, el cual esta vez estaba directamente conectado a la Información Pura, y finalmente Odracir despertó, la miró a los ojos y sus palabras inmediatas fueron:

—Te amo, Valeria Cano.

Airelav no entendió lo que le dijo.


# EL REGRESO DE RICARDO
# CANTERO A LA VIDA


Después de repetidos intentos de contacto con Ricardo Cantero, Valeria Cano decidió salir de su consultorio apresuradamente. Se dirigió a su casa para averiguar qué había sucedido con su marido. Iba ya muy preocupada, ya que hacía algunos instantes había hecho su prueba de embarazo y aún no se lo había contado a él. Tan pronto pudo, llegó a su hogar y notó que la puerta principal de la casa estaba sin llave, lo cual significaba que Ricardo Cantero se encontraba adentro o cerca de esta. Ya en el vestíbulo, llamó en voz alta pero nadie respondió. Trató de llamar al gato, pero tampoco este vino. Luego miró que la chaqueta de invierno de su marido no estaba colgada allí, ni tampoco sus guantes negros ni su gorra. Pensó que tal vez él había salido a caminar, o tal vez a realizar alguna gestión cerca de casa, ya que su vehículo también se encontraba estacionado en la entrada de la cochera.

Valeria Cano recordó que él había mencionado en la mañana, antes de que ella saliera al trabajo, que iba a podar los árboles y los arbustos del jardín antes de que iniciara la primavera. Y fue entonces que decidió salir al patio de la casa, abrió la puerta trasera y, para su gran sorpresa, encontró el cuerpo de Ricardo Cantero tendido y hundido en la profundidad de la nieve. Sobre su pecho estaba Yak, el gato negro, acostado sobre el corazón de su amo, como protegiéndolo del frío. Este dio un maullido de alegría al ver a su ama que se acercaba hacia ellos. Ella se paralizó. Estaba en choque. Pero luego reaccionó y empezó a palpar el cuerpo de su marido. Sintió que él estaba totalmente frío. Quitó al gato, que todavía estaba sobre el pecho de Ricardo Cantero, y controló sus signos vitales. Enseguida se dio cuenta de que su temperatura estaba muy por debajo de lo normal. No había frecuencia cardíaca ni tensión arterial, ni mucho menos frecuencia respiratoria. Probablemente él haya estado allí en esa posición por un gran rato.

En su desesperación, ella perdió el control y olvidó llamar al número de emergencias. Y fue entonces que su instinto médico despertó y empezó eufóricamente a brindarle los primeros auxilios de respiración cardiopulmonar. Allí, inclinada sobre él, contaba la cantidad de ventilaciones y compresiones y repetía los ciclos, pensando que no permitiría la ida de su esposo amado. Pensó en el primer beso que él le había dado y, ahora, su boca contra la de él insuflaba el aire de vida que lo devolvería de nuevo a esta tierra de amor y adversidades. Además, él tenía que volver a la vida porque ella le tenía una gran noticia, la de que iba volver a ser padre. Ahora no podía dejarla sola y embarazada. Ese bebé era el resultado de un amor infinito.

Finalmente, ella empezó a notar que Ricardo Cantero volvía a respirar. Él, lentamente, empezaba a mover los ojos, que estaban entreabiertos. Pero su pensamiento y su espíritu apenas estaban regresando de un gran viaje cuántico y, por ello, todavía estaba atolondrado y profundamente confuso. Allí mismo, en ese preciso instante antes de decidirse a entrar en su propio cuerpo, Ricardo Cantero echó de menos el mundo que vio y compartió con Odracir. Y fue entonces que despertó. Y mirándola a los ojos, dijo:

—Te amo, Airelav.

Valeria no entendió lo que le dijo.

*Al abrir una cabeza, lo que vemos no es una mente con pensamientos, ideas y recuerdos, sino materia. ¿Será que lo mental es una ilusión, y que todo lo que hoy describimos en términos mentales puede reducirse a los procesos físicos que observa la ciencia? ¿O será que lo mental es algo efectivamente existente, inmaterial e inobservable?*

RENÉ DESCARTES, Estocolmo, febrero de 1650.

www.ingramcontent.com/pod-product-compliance
Lightning Source LLC
LaVergne TN
LVHW091700190726
843493LV00001B/82